AF237613

DER ALBTRAUM-MÖRDER

BoD™
BOOKS on DEMAND

Zum Buch

Im Landeskriminalamt Hamburg gilt sie als stocksteife Langweilerin, die kein Privatleben zu haben scheint, doch die junge Kriminalrätin Teresa Kohlwein lässt sich nicht beirren. Mit stoischer Emotionslosigkeit treibt sie die Aufklärungsquote nach oben und scheut auch nicht davor zurück, ihre Freizeit für die Ermittlungsarbeit zu opfern. Zwei Jahre nach dem Terroranschlag in der Hafencity brütet sie noch über den Akten, obwohl der Fall offiziell abgeschlossen wurde. Ihre Intuition aber sagt ihr, dass die wahren Zusammenhänge, die sich hinter dem furchtbaren Attentat zu verbergen scheinen, noch ungeklärt sind. Im Fokus ihrer Ermittlungen steht der ehemalige Kriminalbeamte Daniel Brechter, der als Drahtzieher des Anschlags überführt werden konnte. Doch Brechter ist aufgrund einer dissoziativen Identitätsstörung schuldunfähig und befindet sich in der geschlossenen Abteilung der Psychiatrie. Teresa kommt nur mühsam voran. Als eine neue Mordserie von ungeahnter Tragweite die Dimensionen des Verbrechens zu sprengen droht, lautet der Auftrag des Polizeipräsidenten: Alles andere liegen lassen, der Fall hat Priorität. Eine fatale Fehleinschätzung …

Zum Autor

Gerald Gräf, Jahrgang 1957, lebt in einer kleinen Ortschaft am Rande Hamburgs. Neben zwei autobiografischen Werken, »DIE LIQUOR-STRATEGIE« und »WO BITTE GEHT'S DENN HIER ZUM LEBEN?« (Letzteres zusammen mit seiner Partnerin Iris Lewe) veröffentlichte der Autor bisher folgende Bücher: »DER SCHATTEN VON APOPHIS« Mystery-Science-Fiction-Roman, »GOTTES UNSICHTBARE ARMEE« Thriller, »DER MODELLBAUER« Thriller, »DER PAKT DES TERRORISTEN« Thriller. In dem vorliegenden Buch »DER ALBTRAUMMÖRDER« verfolgt ein alternder Killer einen perfiden Plan. Nicht die Opfer sind das Ziel seiner Begierde, sondern die Augenzeugen … und deren zukünftige Kinder.

GERALD GRÄF

DER ALBTRAUMMÖRDER

Thriller

Impressum:

Bibliografische Information der Deutschen Nationalbibliothek.
Die Deutsche Nationalbibliothek verzeichnet diese Publikation in der
Deutschen Nationalbibliografie; detaillierte bibliografische Daten sind im
Internet über http://dnb.dnb.de abrufbar.

© 2020 Gerald Gräf
Alle Rechte vorbehalten

Autor: Gerald Gräf
Umschlaggestaltung: Gerald Gräf, Stefano Conti
Coverfoto: Iris Lewe

Herstellung und Verlag:
BoD - Books on Demand, Norderstedt
www.bod.de

ISBN: 978-3-7519-8151-4

Das Werk, einschließlich seiner Teile, ist urheberrechtlich geschützt. Jede
Verwertung ist ohne Zustimmung des Verlages und des Autors unzulässig.
Dies gilt insbesondere für die elektronische oder sonstige Vervielfältigung,
Übersetzung, Verbreitung und öffentliche Zugänglichmachung.

Dieses Buch ist ein Roman und damit ein Werk der Fiktion. Charaktere,
Orte und Handlungen sind entweder frei erfunden oder werden vom Autor
in fiktiver Weise verwendet. Jede Ähnlichkeit mit lebenden Personen wäre
rein zufällig.

Hoppe, hoppe Reiter …
Er ist von Blut befleckt, der Anfang der Geschichte …
Voller abscheulicher Taten, die sich unserer
Vorstellungskraft entziehen. Mit Bestien bevölkert, die
unsere Albträume nähren. *»DER MODELLBAUER«* *ist einer*
von ihnen.

wenn er fällt …
Mit dem *»DER PAKT DES TERRORISTEN«* *wird der Kreis*
des Bösen erweitert. Seine zerstörerische Kraft fordert
zahlreiche Opfer und erschüttert die Welt in ihren
Grundfesten.

dann schreit er.
Am Ende der Geschichte stehen wir vor dem Nichts. Jener
unbeschreiblichen Dunkelheit, die alles bisher Dagewesene
verschlingt. Es ist *»DER ALBTRAUMMÖRDER«**, der sich*
dem zu widersetzen sucht. Denn er glaubt sie zu kennen –
deine tiefsten Ängste …

Ich hasse ihn … und gleichzeitig bewundere ich ihn.

Er hat mich benutzt. Wie einen billigen Handlanger. Ausgerechnet einen wie mich, dem die erste Leiche bereits zu Füßen lag, als diese seltsame Kreatur noch in die Windeln machte. Ich war nur eine Randfigur in seinem perfiden Plan. Ein Mitläufer, der bereit war, sich bedingungslos unterzuordnen. Schwach und kraftlos. Am Ende wollte er mich loswerden, doch ich hatte Glück, denn die Bullen haben ihn geschnappt.

Ich hätte ihn töten sollen, als ich noch die Gelegenheit hatte, aber jetzt ist er unerreichbar für mich. Spielt sein seltsames Spiel, trickst und manipuliert und entzieht sich geschickt jeglichen Konsequenzen.

Ich hasse ihn und gleichzeitig beneide, ja bewundere ich ihn. Über fünfhundert Tote, zahllose Verletzte – und das an einem einzigen sonnigen Tag. Ein unglaublicher Coup. In den Foren belohnen sie ihn mit der höchsten Punktzahl.

Nur ein kleiner, tolldreister Streich, hatte er gesagt. Eine sensationelle Posse, ein grandioses Spektakel. Da sah ich den Wahnsinn in seinen Augen. Eine teuflische Tat, doch die bloße Anzahl der Toten ist bedeutungslos. Es sind die Veränderungen, für die er verantwortlich ist. Nachhaltige Veränderungen, die mit seiner Person, seinem Namen und seiner Geschichte in Verbindung stehen. Und das auf lange Zeit.

Und ich …, ich war nur ein beschissener Assistent. Ein Rädchen im Getriebe des Terrors. Jemand, der sich hat einschüchtern lassen. Der sich erpressen und vor den Karren dieses Wahnsinnigen spannen ließ. Niemand wird sich je an mich erinnern. Hatte ich wirklich geglaubt, mir damit einen Gefallen zu tun? Ich zermartere mir das

Gehirn, doch es gibt keine Erklärung für meine Taten und meine Versäumnisse.

Jetzt bin ich von seinen Befindlichkeiten abhängig, denn ein Wort von ihm würde genügen. Trotz des Wahnsinns in seinem Geist; sie würden ihm zuhören. Dann wäre ich fällig. Ich würde von der Bildfläche verschwinden – einfach so. Als hätte es mich nie gegeben. Kein Platz in den Annalen des Terrors, keine Erinnerungen an die spektakulären Taten eines verkannten Genies. Und das ausgerechnet jetzt. Zu einem Zeitpunkt, an dem sich mir der Mechanismus offenbarte, den niemand für möglich gehalten hätte. Diese unglaubliche Erkenntnis über die menschlichen Gene, die in der Lage sind, den Schrecken noch über Generationen hinwegzutragen.

Doch meine Zeit ist ohnehin reif – nach so vielen Jahren.

Aber nicht auf diese Art. Nicht wie bei all den anderen Gesichtslosen, die niemals aus dem Schatten ihrer Bedeutungslosigkeit heraustreten. Wenn, dann muss es mit einem großen Knall geschehen. Etwas Aufsehenerregendes, mit dem ich ihm das Wasser reichen kann. Etwas mit Bestand. Etwas, das über Generationen hinweg transportiert wird. Und das schon bald. Je eher, desto besser. Denn es dauert nicht mehr lange, dann erinnere ich mich nicht mehr. Dann betrete ich ihn: diesen Grenzbereich zwischen Leben und Sterben. Genau wie diese verschlagene Kreatur entziehe ich mich den Konsequenzen meiner Sünden. Langsam, aber stetig, vielleicht auch schneller als erwartet. Niemand weiß es. Dann, am Ende des Weges, sind wir beide wie verblödete, geifernde Hyänen, die sich misstrauisch umkreisen. Bis uns die Ewigkeit endgültig verschlingt …

1.

Kinderlachen … Poltern, Getrampel, Gejohle, wildes Durcheinander-Geschnatter und zwischendurch immer wieder die lenkenden, aber liebevollen Stimmen der Erzieherinnen.

In den Gruppenräumen des Kindergartens war die Stimmung auf dem Höhepunkt, denn bald begann die tägliche Lesepause. Die Kleinen waren aufgekratzt und neugierig. Jede Woche wurden sie mit einem neuen Thema überrascht, und in jeder der drei Gruppen wurde aus einem anderen Buch vorgelesen.

Keine x-beliebige Geschichte aus der profanen Kinderbuchecke, sondern etwas Spannendes, mit dem die Erzieherinnen auch Wissen vermitteln wollten. Themen wie der menschliche Körper, Natur, Technik oder die Umwelt. Manchmal ging es um eine Jahreszeit, um Naturvölker, Bäume, Insekten, Schiffe, Mondraketen oder Mikroskope. Die Jungs liebten Indianer, die Mädchen Pferde. Der Vielfalt waren keine Grenzen gesetzt. Lernen sollte Spaß machen, und das bereits im Kindergartenalter. Die Zeiten hatten sich geändert; reine Aufbewahrungsstätten waren die Kitas schon lange nicht mehr.

Die Einrichtung in Hamburg-Duvenstedt war voll belegt. Es war nicht leicht, einen der begehrten Plätze für den Nachwuchs zu ergattern. Die Gebühren waren gering, das Gebäude erst wenige Jahre alt und die gut ausgebildeten Fachkräfte bei den zumeist wohlhabenden Eltern so beliebt, dass sich der einzige Mann im Team – der Hausmeister aus Polen – über so viel Harmonie zu wundern begann. Manchmal schaute er auch misstrauisch drein, denn die gute Laune und das chronische Grinsen einiger aufgekratzter Mütter, die offensichtlich Schauspielunterricht nahmen, ging ihm gelegentlich gehörig auf die Nerven.

In der blauen Gruppe ging es heute um einen alltäglichen Stoff, den jedes Kind kannte – das Wasser.

Auf den ersten Blick ein langweiliges Thema, doch spätestens bei dem Kapitel über die *Geysire* waren die Kleinen sichtlich fasziniert. Heiße Quellen, aus denen das Wasser wie von Zauberhand in die Höhe schießt, und das in einem immerwährenden geheimnisvollen Rhythmus: Von so etwas hatten die meisten *Blauen* noch nie gehört.

Es war die Gruppe von Rita Engel und Jenny, der Auszubildenden. Während Rita, offiziell die Leiterin der Gruppe, vor Energie fast zu platzen schien – ständig arbeitete sie an Projekten, Aktionen und Angeboten für die Kinder –, war Jenny eher ein zurückhaltender Typ, dem es schwerfiel, aus dem Schatten ihrer aufgedrehten Vorgesetzten hervorzutreten. Sie hatte erst vor Kurzem die Ausbildung zur Kinderpflegerin begonnen und musste sich den Respekt der kleinen *Monster* noch erkämpfen.

Jenny hatte sich den Berufseinstieg anders vorgestellt und spielte mit dem Gedanken, den Vertrag vorzeitig zu kündigen. Vielleicht wäre es besser gelaufen, wenn sie in einer der anderen Gruppen gelandet wäre, doch Frau Marquard hatte sie nun einmal in die Obhut von Rita Engel gegeben.

Frau Marquard war die Leiterin des Kindergartens. Eine überaus besonnene Person, die wie ein ruhender Pol in ihrem kleinen Büro zwischen den Gruppenräumen saß. Manchmal übernahm sie auch eine der Gruppen, in der Urlaubszeit oder bei krankheitsbedingten Ausfällen, doch die meiste Zeit des Jahres saß sie auf ihrem Drehstuhl, telefonierte, tippte auf der klapprigen Computertastatur herum und erledigte den leidigen Papierkram. Ihr Markenzeichen waren die roten, widerspenstigen Haare, die sie immer streng nach hinten zusammengebunden hatte. Das zottelige, feuerrote Etwas an ihrem Hinterkopf sah wie ein Wischmopp aus und jeder, der ihr das erste Mal begegnete, vermutete eine überaus temperamentvolle Person vor sich zu haben, doch die *rote* Marquard ließ sich durch nichts aus der Ruhe bringen.

An diesem Tag des Oktobers 2019 jedoch geschah etwas Unvorhergesehenes.

In den Gruppenräumen kehrte jetzt Ruhe ein.

Die Kuschelecken wurden kurzerhand in Beschlag genommen, die Kinder bildeten einen Kreis, und es dauerte nicht lange, dann lauschten sie mit leuchtenden Augen und offenen Mündern den Ausführungen ihrer Erzieherinnen.

Rita Engel war wie immer voll in ihrem Element. Sie gestikulierte wild, las mit dramatischer Betonung, gab zwischendurch Erklärungen ab und blickte dann immer wieder grinsend in die Reihe der Kinder, die an ihren schmalen Lippen hingen.

»Und jetzt!«, sagte sie mit erhobener Stimme, als sich die letzte Seite des Buches schloss, »wer von euch kleinen Nasen hat noch eine Frage?«

Schlagartig reckten alle die Arme nach oben. Bis auf Paul, dem in derartigen Situationen fast nie etwas Gescheites einfiel. Seine Stärken lagen woanders. Im mathematischen Bereich war er den anderen Kindern weit überlegen.

»Ich glaube, heute bist du dran, Melinda«, entschied Rita Engel und warf einen fragenden Blick zu Jenny, die nur stumm nickte.

Alle Aufmerksamkeit richtete sich auf Melinda. »Ich, ich ... äh ... wie viel Wasser gibt es denn eigentlich auf der ganzen Welt?«, wollte sie wissen.

Rita hob die Augenbrauen. »Eine wirklich interessante Frage, Melinda«, sagte sie, und in ihrer Stimme schwang so etwas wie Bewunderung mit. »Sehr gut. Das wurde bestimmt schon von schlauen Leuten berechnet. Mal schauen. Guck doch mal nach, Jenny.«

Jenny stand auf, holte das Smartphone aus ihrer Handtasche und gab die entsprechenden Suchbegriffe ein.

»Ungefähr 1,4 Milliarden Kubikmeter Wasser gibt es auf der Erde«, sagte sie kurz darauf und runzelte die Stirn. »Was immer das bedeuten soll?«

»... der größte Teil der Erde ist mit Wasser bedeckt«, ergänzte Rita. »Das ist wirklich eine ganze ...«

Plötzlich hörten alle einen lauten Knall.

Die Kinder zuckten zusammen; Jenny blickte sich beunruhigt um und Rita stand auf, um den Gruppenraum zu verlassen. Sie war sich unsicher, wie das Geräusch einzuordnen war. Am ehesten kam ihr noch die Fehlzündung eines Automotors in den Sinn, doch in der Sackgasse, an deren Ende sich der Kindergarten befand, war um diese Zeit eigentlich kein Betrieb.

Vielleicht nur einer dieser dummen Jungenstreiche, dachte sie genervt. *Einige dieser Idioten scheinen einen unerschöpflichen Vorrat an Silvesterböllern zu haben.*

Energisch schritt sie auf den breiten Flur hinaus und traf auf einen Teil ihrer Kolleginnen, denen es ähnlich zu gehen schien.

»Was war das, Rita?«, fragte Manu Becker aus der roten Gruppe.

»Keine Ahnung. Vielleicht ein Böller? Oder …?«

Plötzlich schlug die Tür von Frau Marquards Büro mit einem scheppernden Krachen auf. Der Türstopper flog aus der Halterung, die Klinke ließ den Putz an der Wand zerplatzen, und um ein Haar wäre die Marquard, die fluchtartig ihren Arbeitsplatz verlassen hatte, um sich ebenfalls auf dem Flur einzufinden, von ihrer eigenen Tür erschlagen worden. Die Wucht des Rückstoßes war enorm. Die Kita-Leiterin griff sich mit schmerzverzerrtem Gesicht an die Schulter und japste nach Luft. »… Herr Dudek liegt …«, sie deutete auf das Fenster in ihrem Büro, »… da draußen auf dem Rasen. Er ist …«

»Ein Herzinfarkt?«, mutmaßte Rita Engel kreidebleich. »Wir rufen sofort einen Rettungs…«

»Da ist … Blut!«, stotterte Frau Marquard mit panisch aufgerissenen Augen. Sie zitterte am ganzen Körper. Ihre legendäre Gelassenheit schien sich in Luft aufgelöst zu haben. »Ein Schuss … Ich glaube, ich habe einen Schuss gehört.«

Die Frauen auf dem Flur schauten sich ungläubig an. Sorgenvolles Flüstern erfüllte den Gang. Was geschah hier? War dies das Ende ihrer kleinen, heilen Kindergarten-Welt? War das Chaos, das seit Jahren in den Städten immer weiter um sich griff, jetzt auch bei ihnen angekommen? In der beschaulichen Kita am Ende der Straße, in der nur kleine, unschuldige Kinder waren, die nichts weiter wollten als spielen, Spaß haben, staunen, toben und die Welt erkunden, die sich ihnen noch völlig unverdorben darbot. Jetzt fielen hier Schüsse, und der Hausmeister lag regungslos auf dem Rasen.

Sie alle hatten sich hier immer völlig sicher gefühlt. Niemand wäre auf die Idee gekommen, dass etwas passieren könnte. So wie an einigen Schulen, an denen es Amokläufe gegeben hatte. Furchtbare Gewaltexzesse, die so weit weg schienen, als hätten sie auf einem anderen Planeten stattgefunden.

Und jetzt? Würden hier in ihrer kleinen Oase der Unbekümmertheit die letzten Dämme der Menschlichkeit brechen? Oder gab es eine andere, einleuchtende Erklärung für den Vorfall?

Bisher hatten sie nur einen Knall gehört – vielleicht ein Schuss, vielleicht aber auch etwas ganz anderes. Der Hausmeister lag reglos auf dem Rasen und Frau Marquard hatte Blut gesehen, doch es war sehr wahrscheinlich, dass Herr Dudek lediglich einen Unfall gehabt hatte. Ja, eine schlimme Sache, aber kein Weltuntergang. Sicher keine Bedrohung für die Kinder und die Erzieherinnen.

Oder …?

Während Manu Becker ihr Handy mit zitteriger Hand aus der Hosentasche zog, näherte sich Rita Engel der Eingangstür, die aus Sicherheitsgründen immer abgeschlossen war.

»Lassen Sie bloß die Tür zu«, rief Frau Marquard energisch. »Finger weg …!«

Rita Engel drehte sich um. »Wir müssen doch wohl Erste Hilfe leisten«, kam es bissig zurück. »Der Hausmeister …«

Frau Marquard wollte partout nicht hören. Energisch schüttelte sie wortlos den Kopf und stellte sich in den Weg. Manu Becker hatte den Notruf bereits gewählt, doch als die Eingangstür mit einem brachialen Krachen aufschlug, fiel ihr vor Schreck das Handy aus der Hand.

Wie erstarrt blickten die Frauen auf den in Schwarz gekleideten Mann, der in der einen Hand ein Brecheisen und in der anderen eine Waffe hielt. Sein Gesicht wurde von einer Maske verhüllt, die nur seinen blau funkelnden Augen Freiheit gewährte.

In Rita Engels Universum gab es keine schwarz gekleideten Männer, die bewaffnet in Kindergärten eindrangen. Für sie sah das Ganze nach einem schlechten Actionfilm aus, der in Zeitlupe abzulaufen schien. Ihr erster Gedanke galt dem letzten Faschingsfest, bei dem sich eines der Kinder als Zorro verkleidet hatte – den Degen schwingenden Rächer der armen Leute. Dieser Mann, der sich seltsam ungelenk bewegte, so als wäre er bereits im fortgeschrittenen Alter, erinnerte sie an das schwarze Zorro-Kostüm mit dem knielangen

Umhang.

Sie stand wie angewurzelt da, den Mund weit geöffnet und beobachtete, wie der Mann das Brecheisen wegwarf und die Hand mit der Waffe anhob.

Schüsse fielen. Schreiend stoben ihre Kolleginnen auseinander, um in den Gruppenräumen Zuflucht zu finden. Der Fremde in dem schwarzen Kostüm schoss schnell. Viel schneller, als sie erwartet hatte.

Blutüberströmte Leiber fielen zu Boden.

Rita Engels Kopf schien zu bersten. Das Blut pochte mit enormer Intensität gegen ihre Schläfen, so als wenn es überkochen würde. Der Mann in Schwarz schien sie zu ignorieren. Sie dachte an die Kinder und sah in Gedanken, wie sich die Kleinen angstvoll und weinend in den Ecken der Gruppenräume versteckten.

Der Mann lief hinter den Flüchtenden her und schoss. Rita hielt sich die Ohren zu und begann zu schreien. Sie schrie so laut wie nie zuvor in ihrem Leben. Voller Panik sah sie, wie er in die Gruppenräume hineinlief. Vor ihrem geistigen Auge spielten sich unvorstellbare Szenen ab. Die Schreie der Kinder vermengten sich mit denen ihrer Kolleginnen; immer wieder fielen Schüsse.

Ihre Stimme drohte zu versagen.

Sie schloss die Augen. »Ich bin auf Mallorca, ich bin … auf Mallorca, ich bin …«, flüsterte sie immer wieder mit brüchiger Stimme, während sie nach Luft rang. Dann zerplatzte der Traum, mit dem sie ihre Todesangst zu bändigen versuchte. Sie riss die Augen auf und schrie …

Plötzlich stand ihr der Mann gegenüber und Rita

verstummte.

»Ich kenne solche wie dich«, presste er hervor. »Ich weiß, wovor du Angst hast.«

Seine blauen Augen wirkten seltsam leer. So leer, als hätte der Tod schon das Leben aus ihnen herausgesogen.

Er schien sie eine Ewigkeit anzustarren.

Dann kam das Nichts …

2.

Drei Monate vorher

Der Himmel über dem Hamburger Polizeipräsidium verdunkelte sich. Schwere Gewitterwolken zogen auf, und als die ersten Regentropfen, so groß wie reife Kirschen, gegen die gewölbte Fensterscheibe prasselten, blickte die junge Kriminalrätin nachdenklich in einen sich ständig wandelnden Schleier aus Dunst und Regen hinein.

Er ist ohne eine greifbare Struktur, dachte die schlanke Polizistin mit dem hellen Teint und den weichen Gesichtszügen. So wie alles andere auch. Kaum hat sich ein Muster herausgebildet, bricht es schon wieder auseinander.

Teresa Kohlwein hatte keine Angst vor Instabilität, schließlich gehörte das Chaos zu ihrer alltäglichen Polizeiarbeit, doch sie war stets bestrebt, die Interferenzen des Lebens aufzulösen, *damit sich die Dinge in der Waage hielten*, wie sie immer sagte.

Eigentlich hatte Teresa längst Dienstschluss, doch wie so oft brütete sie noch über den Akten, für die nur sie persönlich die offizielle Genehmigung für weitere Ermittlungen besaß. Es ging dabei um nichts Geringeres als den terroristischen Anschlag vom 29. August 2017, bei dem in der Hamburger Hafencity mehr als fünfhundert Menschen ums Leben gekommen waren. Der Fall – eigentlich waren es vermutlich mehrere Fälle, die miteinander in Verbindung standen – war heute, zwei Jahre später, längst abgeschlossen, doch Teresa konnte der Versuchung nicht widerstehen. Und der neu eingesetzte Polizeipräsident griff nach jedem Strohhalm, denn seitdem der Terroranschlag das demokratische Gefüge im Lande stark beschädigt hatte, ging alles drunter und drüber. Zumal einer der Terroristen – der Kopf der Gruppierung – aus den eigenen Reihen gekommen war.

Gegenseitige Schuldzuweisungen waren seitdem an der Tagesordnung. Der Fall war geklärt, doch das Chaos um die Verantwortlichkeiten hielt unvermindert an. Noch leitete Kriminaloberrat Otto Sänger die Hamburger Mordkommission – Teresa würde zweifelsohne in nicht allzu ferner Zukunft in seine Fußstapfen treten –, aber Sänger und die gesamte Führungsriege innerhalb und außerhalb der Polizei waren aufgrund des Attentats stark angeschlagen. Es war nur noch eine Frage der Zeit, dann würden neue Leute das Ruder übernehmen. Erzkonservative Frauen und Männer, die mehr innere Sicherheit und einen stärkeren Staat versprachen.

Schon jetzt hatte es zahlreiche Rücktritte und einige Suizide gegeben, sodass ein Vakuum entstanden war, in dem die blonde Kriminalrätin mit der Bob-Frisur und dem auffälligen Mittelscheitel eigene Ziele verfolgen konnte. Ein Vorteil für Teresa, der die internen Machtkämpfe zuwider waren.

Die Akten wurden wieder geöffnet – inoffiziell und

nach Dienstschluss. Schließlich war dies der Fall der Fälle, *der Jahrhundertfall,* wie ihn die 34-jährige Beamtin nannte, und Teresa galt als eines der hoffnungsvollsten Talente innerhalb der Polizei Hamburg.

Vielleicht hatten die Kollegen etwas übersehen? Oder nicht tief genug gegraben? Sogar der Staatsschutz und das BKA hatten die Sache bereits ad acta gelegt. Die Täter waren gefasst, weitere Ermittlungen unerwünscht. Sie alle hatten Angst, unliebsame Erkenntnisse ans Tageslicht zu befördern, vermutete Teresa. Schließlich hatten zahlreiche Skandale der Vergangenheit dazu geführt, dass es mit dem Vertrauensverhältnis zur Polizei nicht zum Besten stand. Weitere Defizite sollten nicht an die Öffentlichkeit gelangen.

Teresa war sich bewusst, dass sie mit Fingerspitzengefühl vorgehen musste. Schließlich hatte der Anschlag die westliche Welt erschüttert und den Rechtsstaat ins Wanken gebracht. Die politische Lage drohte zu eskalieren. Die Hardliner witterten Morgenluft. Angst und Misstrauen beherrschten das Denken vieler Menschen; die Stimmung im Land kippte rasant.

Nicht ohne Grund, denn dieser Anschlag hatte Europa und somit die Welt verändert und sich tief in das Gedächtnis der Menschen eingebrannt.

Islamistischen Terroristen war es in einer Aktion gelungen, zwei Kleinflugzeuge, vollgepackt mit C4-Sprengstoff, in die Elbphilharmonie und die auslaufende Queen Mary 2 zu steuern. Zwei gewaltige Explosionen erschütterten Hamburg.

Das ehemalige Wahrzeichen der Stadt war seitdem

aufgrund der schweren Beschädigungen gesperrt; die Queen Mary 2, das einst so stolze Kreuzfahrtschiff, wurde verschrottet. Über fünfhundert Tote und zahllose Verletzte waren zu beklagen.

Ein Ereignis, das einen Wendepunkt in der Geschichte Europas markierte. Seitdem hatte sich der Kontinent endgültig in eine Festung verwandelt.

Null Toleranz.

Teresa war politisch eher uninteressiert, musste als Führungskraft des höheren Dienstes aber auf dem Laufenden bleiben. Und zumindest so tun, als würde sie am politisch-gesellschaftlichen Leben teilnehmen.

Inklusive Vorbildfunktion.

Ihr eigentliches Interesse aber galt dem jeweiligen Fall. Alles andere blendete sie aus. Was nicht sonderlich schwierig war, da es ohnehin wenig Abwechslung in Teresas Leben gab.

Die 3-Zimmer-Wohnung in Hamburg-Altona bewohnte sie allein. Die Eltern und der Bruder lebten in Berlin. Gegenseitige Besuche waren selten und von oberflächlicher Natur, sofern sich jemand in Hamburg blicken ließ. Teresa mied Berlin so gut es ging, zumal es bereits seit ihrer Jugend immer wieder zu Konflikten mit ihren Eltern gekommen war. Auch die Anzahl ihrer Freunde in Hamburg war eher bescheiden, da es einen triftigen Grund für die selbst auferlegte Isolation gab.

Desinteresse – auch in sexueller Hinsicht.

Sie hielt sich für unattraktiv, unscheinbar und war sich selbst genug. Ein undefinierbares, diffuses Gefühl, das bereits seit der Pubertät jegliches Verlangen in ihr unterdrückte. Keine intimen Gefühle für Männer – oder für Frauen.

Im Gegenteil: Zu viel Nähe bereitete ihr Unbehagen. Warum das so war, wusste sie nicht. Auch nicht, ob ihr dadurch letztlich etwas fehlen würde. Es war ihr egal und sie hatte auch nicht die Absicht, die Sache durch einen Arzt oder einen dieser Seelenklempner abklären zu lassen.

Sie war eben anders.

Und empfand ein Gefühl des Mitleids, wenn sich ein verliebtes Paar in der Nähe befand. Der enorme Aufwand für die Partnersuche und die nervenaufreibenden Auseinandersetzungen, die sich bei vielen Beziehungen nicht vermeiden ließen, blieben ihr schließlich nicht verborgen. Viel Energie, die ihrer Meinung nach nutzlos verpuffte.

Natürlich wusste Teresa, dass die anderen die *Normalen* waren und sie eine Außenseiterin, doch mit einer gehörigen Portion Gleichgültigkeit ließ es sich auch als absonderliche Einzelgängerin ganz gut leben.

Irgendwann wurde sie neugierig.

Im Internet gab es zahlreiche Artikel zu dem Thema *Frigidität* – der sexuellen Unlust. Dort wurden verschiedene Ursachen für die Gefühlskälte genannt. Hormonelle Störungen, Depressionen, Schmerzen, traumatisierende Erlebnisse oder eine Vergewaltigung waren nur einige der zahlreichen Gründe. Auch zum Thema *Vaginismus* – einer Art Verkrampfung der Vaginalmuskulatur – gab es eine Menge Material. Doch das Einführen eines Tampons bereitete ihr keine Probleme.

Vielleicht *Asexualtität*. Noch so eine Variante, für die es keine wissenschaftliche Erklärung gab. Man hat es, wenn man sich selbst als asexuell empfindet. Ein Leben lang. Kein Verlangen, gepaart mit dem Wunsch nach körperlicher Nähe – aber eben ohne Sex. Für die meisten ein Widerspruch.

Teresa entschied für sich, dass nichts davon auf sie selbst zutraf. Sie war weder frigide, asexuell oder krank, noch litt sie unter sonstigen sexuellen Funktionsstörungen. Wenn überhaupt, dann konnte man das, was mit ihr geschehen war, als eine Laune der Natur betrachten.

Eine gefühlskalte Polizistin ohne Empathie? Die nicht in der Lage war, sich in die Gedankenwelt eines Täters hineinzuversetzen? Völlig ungeeignet, so die einhellige Meinung zahlreicher selbsternannter Experten.

Doch sie lagen falsch.

Schließlich war sie keine Psychopatin. Gefühle waren ihr nicht fremd, und als rücksichtslose Egoistin konnte man sie ebenfalls nicht bezeichnen. Es ließ sich allerdings nicht leugnen, dass sie kalt und berechnend auf ihre Umwelt wirkte. Im Privatleben war dies ein Desaster, doch als Polizistin profitierte sie von der emotionslosen Disziplin, obwohl ihre Vorgehensweise von den Kollegen oft nur mit einem Kopfschütteln quittiert wurde. Auch aus dem Umfeld der Opfer kamen des Öfteren harsche Worte der Kritik.

Dennoch: Gepaart mit einer respektlosen, kaltschnäuzigen Hartnäckigkeit war es der Schlüssel zum Erfolg. Die Aufklärungsquote sprach eine eindeutige

Sprache.

Ich löse Fälle, für die sich niemand zuständig fühlt ...

Sie zahlt einen hohen Preis, dachten viele ihrer Kollegen argwöhnisch. Kein Privatleben, kaum Freunde, wenig Ablenkung, kein Ausgleich zu einem Job, der an den Nerven zehrt.

Die ist schnell ausgebrannt, hieß es.

Doch dem war nicht so. Es ging ihr gut. Doch dieser Zustand war nicht in Stein gemeißelt. Das wusste sie. Ohne die eigene Achtsamkeit war es nur eine Frage der Zeit, dann würde ihr Körper rebellieren.

So jedenfalls stand es in den Flyern des Medizinischen Dienstes.

Rückenschmerzen, Reizdarm, Depressionen, Burn-Out-Syndrom – der klassische Krankheitsverlauf eines Workaholics. Vielleicht wären dies tatsächlich die Konsequenzen eines unachtsamen Lebens, dachte Teresa selbstkritisch, aber es könnte auch alles ganz anders kommen.

Vielleicht ersticke ich eines Tages an der Zahnpasta? Oder ich werde Opfer eines Racheaktes!

Sie hatte nicht vor, sich durch ein derartiges Szenario beeinflussen zu lassen. Es gab keinen Grund, sich zu verändern, zu verbiegen oder die eigene Lebensweise zu verändern. Nicht, solange alles so weiterlief wie bisher. Sollten sich die Dinge eines Tages grundlegend ändern, würde sie sich mit dem Problem beschäftigen, wenn es vor der Tür stand. Nicht vorher.

Der starke Niederschlag ebbte ab und ging in einen Nieselregen über, der aus allen Richtungen gleichzeitig zu kommen schien. Teresa stand auf und ging zu der großen mobilen Pinnwand, die sie extra für ihren *Jahrhundertfall* hatte aufstellen lassen. Eine altertümliche Art, die Informationen eines Verbrechens darzustellen, doch Teresa liebte es, stundenlang gedankenversunken vor der überdimensionalen Tafel zu stehen.

Hier hatte sie einen kompakten Überblick über alle relevanten Informationen.

Querverweise, Fotos aller Beteiligten, Lebensläufe, Tatortbilder, Gutachten, Kopien von Dokumenten, Vermerke, Zeugenbefragungen, Verhöre, Kartenmaterial mit geografischen Hinweisen, Bildern von Tatwaffen und vieles mehr. Eine umfassende Sammlung an Informationen über den Jahrhundertfall. Und über die Fälle, die mit ihm in Verbindung zu stehen schienen. Die beschreibbare Pinnwand quoll fast über, doch das Chaos täuschte. Alles war nach einem Muster geordnet.

Informationsmaterial, das den Anschlag in der Hafencity betraf, der als eine der spektakulärsten terroristischen Aktionen aller Zeiten gewertet wurde, war im Zentrum der Wand angebracht. Dieser Fall stand im Mittelpunkt. Unterlagen über Verbrechen, Personen, Spuren und sonstige Ereignisse, die möglicherweise mit dem Attentat in Verbindung standen – direkt oder indirekt –, waren an den Rändern angeordnet. Offensichtliche Verbindungen hatte Teresa mit dem Filzstift markiert und hier und da Vermerke dazugeschrieben.

Ihre graugrünen Augen wanderten ruhelos umher und blieben dann im Zentrum der Tafel hängen. Das Bild dieses Mannes hatte sie schon oft betrachtet.

Was für ein unschuldig wirkender Sonnyboy, dachte sie

fasziniert. Rote Haare, Sommersprossen, diese filigrane Brille auf der Nase und eine Figur, an der keine überflüssigen Pfunde zu entdecken waren. Mit dem blauen Sakko sah der Mittvierziger fast wie ein Konfirmand aus, der nicht einmal die kriminelle Energie aufbringen könnte, um die städtische Metro ohne gültigen Fahrausweis zu betreten.

Und dennoch handelte es sich bei dem Foto um den Mann, der für einen der weltweit größten Terroranschläge verantwortlich war. Es gab lückenlose, handfeste Beweise; niemand zweifelte an der Schuld dieses unscheinbaren Mannes. Einem ehemaligen Beamten der Hamburger Kriminalpolizei. Aus medizinischen Gründen für unzurechnungsfähig erklärt, wahnsinnig, unberechenbar und doch voller Geheimnisse und Widersprüche.

Der Mörder und Terrorist *Daniel Brechter* ...

3.

Die Räume sahen schäbig und vermüllt aus, an der Decke hingen unzählige Spinnweben und in der Küche stapelte sich das Geschirr im Spülbecken. Es roch nach verschimmelten Essensresten und kaltem Kaffee.

Wie gebannt starrte der alte Mann auf die geschlossene Tür vor sich.

Hinter dieser Tür geschahen seltsame Dinge. Etwas begann sich anzukündigen. Es befand sich jenseits seiner Vorstellungskraft. Schreie, die von Todesangst zeugten. Der Raum um ihn herum schien sich zu verzerren; die Wände waren plötzlich in Farben getaucht, die seine Augen noch nie zuvor gesehen hatten.

Als der alte Mann mit der Warze im Gesicht die Tür öffnete, sprang ihm das Grauen aus längst vergangenen Tagen entgegen. Verwirrt wich er einige Schritte zurück, stieß gegen den alten, abgewetzten Sessel und strauchelte zum Fenster. Mit zitternder Hand griff er nach dem schweren Vorhang und hielt ihn schützend vor sich.

»Was ... was willst du ... von mir?«, stöhnte der Mann, auf dessen Hose plötzlich ein großer nasser Fleck aufkeimte.

Die junge Frau grinste ihm unverhohlen entgegen. Ihr Hals war voller blauer Würgemale. Die Zunge hing ihr kraftlos aus dem Mund; Speichel tropfte auf den

Teppichboden, und dort, wo einmal ihre Augen waren, konnte er nur blutige Höhlen sehen, aus denen sich fingerdicke Schlangen wanden. Die roten Reptilien mit dem schwarz-weißen Streifenmuster schlängelten sich um den Hals der Frau und würgten sie, sodass sich ihr Kopf wie ein Luftballon aufblähte. Er wurde größer und größer, bis er gegen die Decke stieß.

Die Frau fing an sich hin- und herzuwinden. Mit grotesken Bewegungen versuchte sie sich zu befreien. Doch ihr Kopf schwoll immer weiter an, bis er plötzlich mit einem lauten Knall auseinanderplatzte. Der Alte sah, wie matschige Gehirnmasse in alle Richtungen davonflog. Zitternd versteckte er sich hinter dem Sessel und schlug mit beiden Händen um sich. Er hörte ein leises Zischen. Die Schlangen näherten sich. Die Geräusche wurden lauter. Jeden Moment rechnete er damit, dass ihn eines der Reptilien erreichen würde, um die langen, gebogenen Zähne in sein Fleisch zu schlagen, doch dann verstummten die angsteinflößenden Laute.

»Lasst mich in Ruhe, ihr … Teufel«, röchelte er mit brüchiger Stimme. »Haut endlich ab. Hurensöhne. Ich hasse euch … Ich hasse euch alle …«

Die Stimme des Mannes wurde schwächer. Sein Kopf kippte gegen die Rückseite des Sessels, und nach kurzer Zeit war er eingeschlafen. Sein rasselnder Atem ging unregelmäßig. Der Kopf zuckte unruhig hin und her, und gelegentlich stieß er seltsame Geräusche aus, die wie das Grunzen eines Tieres klangen.

Eine Stunde später ging der alte Mann in das Bad, um seine Blase zu erleichtern. Während er sich die

Hände wusch, betrachtete er sein Gesicht in dem zerkratzten Spiegel. Er fühlte sich wie gerädert. Der Anfall hatte Spuren hinterlassen. Zitternd rieb er sich die Augen und schüttelte den Kopf.

Jetzt, da er das siebzigste Lebensjahr überschritten hatte, ging es stetig bergab. Eine Ungerechtigkeit, die es zu akzeptieren galt. Schließlich waren viele aus seinem Jahrgang noch bei guter Gesundheit. Vor Vitalität strotzende Senioren, die Achttausender bezwangen und ganze Kontinente mit dem Fahrrad durchquerten.

Für ihn hatte das Schicksal einen anderen Weg vorgesehen.

Er kniff die blauen, kalten Augen zusammen und näherte sich dem Spiegel. Die riesige Warze prangte immer noch neben der Nase. Tiefe Furchen durchzogen sein kantiges Gesicht; der stoppelige Bart sah ungepflegt aus, und die spärlich wachsenden, grauen Haare auf seinem Kopf standen kreuz und quer. Es ließ sich nicht verleugnen, dass er älter aussah, als er eigentlich war. Ein Umstand, der auch den Schmerzen geschuldet war, unter denen er tagtäglich litt. Sie ließen sich dämpfen, doch die Arthritis hatte sich zu seinem ständigen Begleiter entwickelt. Ein treuer Freund, auf den man sich verlassen konnte.

Als wäre das nicht genug gewesen, spendierte ihm das launenhafte Schicksal ein weiteres heimtückisches Leiden, das all seine Pläne über den Haufen warf. Eine Diagnose, die ihm die Sinne raubte, sodass sich der kauzige Einzelgänger veranlasst sah, eine alte Gewohnheit wieder aufzunehmen. Die Einnahme der

Mikrokügelchen.

Wechselwirkungen mit anderen Substanzen waren nicht ausgeschlossen.

Scheißegal, dachte er trotzig. *Das ist die Strafe für deine Sünden. Man muss bezahlen; so ist es immer. Also lass es nochmal richtig krachen. Dann lohnt es sich wenigstens.*

Die Inkontinenz, die Schmerzen, die Wahnvorstellungen: All dies war nur der Anfang eines langen Weges, an dessen Ende zwei Möglichkeiten standen.

Erstens: Suizid – und zwar solange er dazu noch in der Lage war –, oder zweitens: auf die Dunkelheit warten, die ihn irgendwann zweifelsohne einhüllen würde. Was vielleicht sogar von Vorteil war, denn sein leerer Geist würde den Teufel an seinem Bett gar nicht bemerken. Er würde ihm sabbernd entgegengrinsen, wenn er kam, um ihn abzuholen.

Doch vorher gab es noch einiges zu erledigen.

Seine Gedanken wanderten zu dem Mann mit den zwei Gesichtern, dem es gelungen war, die Welt zu verändern. Eine bewundernswerte Leistung. Schon lange spürte er neben dem Hass und der Wut auch einen nagenden Neid in sich wachsen. Und Bewunderung. Ein unangenehmes Gefühl, denn früher galt seine Bewunderung stets nur einer Person: sich selbst.

Er legte sich auf das Bett mit der verbeulten Matratze und starrte auf das Mobile, das über seinem Kopf von der Decke hing. Dort pendelten an feinen Fäden die Trophäen aus einer längst vergangenen Zeit.

Mittlerweile war er müde. Manchmal war sie noch präsent, diese kribbelnde Energie, doch es war kein Verlass mehr darauf. Dabei nahm der neue Plan in seinem Kopf allmählich Gestalt an. Er würde die Gelegenheit an einem der guten Tage nutzen müssen. Alles andere war egal. Es machte keinen Sinn, besondere Vorsicht walten zu lassen. Im Falle eines Misserfolges gäbe es ohnehin keine ernsthaften Konsequenzen zu befürchten. Im Gegenteil.

Also, lass es darauf ankommen …

Außerdem, irgendetwas schien ihn zu beschützen. Das war schon immer so gewesen. Es schien fast wie ein Fluch zu sein, doch vielleicht war jetzt die Zeit gekommen, diesen Fluch endgültig zu Grabe zu tragen.

Ein leichter Luftzug brachte das fragile Gebilde über seinem Kopf zum Schwingen.

Das Mobile der toten Frauen … zehn in Kunstharz konservierte Augen, die so lebendig wirkten, als würden sie ihm Blicke der Verachtung zuwerfen. Die Körper der Frauen waren längst verwest, doch ihre Augen blickten strafend auf ihn herab, so als wollten sie seine boshafte Seele in die Hölle verdammen.

Er hatte die Frauen erwürgt und ihnen die Augen herausgeschnitten. Das war vierzig Jahre her. Jetzt war es ruhig geworden um den betagten Killer, den das Alter und zahlreiche Krankheiten plagten. Unruhig wälzte er sich im Bett hin und her. Es waren wieder diese seltsamen Geräusche, die ihn nicht zur Ruhe kommen ließen.

»Calastana …, hör mir zu.« Die Stimme schien aus dem Zimmer nebenan zu kommen.

Er wollte aufstehen, doch seine Beine versagten.

»Calastana …«, flüsterte die Stimme mit schmeichelnder Sanftheit. »Die Vergangenheit ist eine Wüste des Grauens. Vergiss sie. Denk an die kurze Zeit, die dir noch bleibt. Du kannst es immer noch, … das Töten. Diese ganzen Huren, der Abschaum, diese elendigen Namenlosen. Du nicht, du bist etwas Besonderes. Du kannst es noch. Das weißt du …!«

»Ja, vielleicht, doch es wird …«, sagte er mit brüchiger Stimme, »… zunehmend schwieriger. Es ist schon so lange …«

Die Stimme schien jetzt durch den Raum zu schweben. »Calastana, du … wirst sie alle überraschen. Das ganze verdammte Pack … du bist wieder ein *Microdoser*, damit geht es dir besser. Und du kannst es hinauszögern. So ist es doch, oder etwa nicht?«

»Ich nehme es an …«, mutmaßte der alte Mann, den die Stimme Calastana nannte.

»Wie ich dich kenne, hast du bereits einen Plan«, sagte die Stimme verführerisch. »Ist er perfide genug? Kannst du sie noch einmal aufleben lassen, die alten Zeiten des Schreckens?«

»Ich glaube … schon«, sagte Calastana matt und fügte hinzu: »Doch der Tod ist mir zu wenig. Diesmal muss es bedeutsamer sein. So wie bei *ihm*. Der mit den zwei Gesichtern.« Seine Stimme gewann wieder an Stärke. »Einige sollen sterben, ja, doch viele sollen es mitansehen müssen. Und leiden … ein Leben lang. Diejenigen, die das Leben noch vor sich haben, sollen leiden. Ein Leben voller Albträume. Etwas, das sie niemals vergessen werden. Und sie werden sie weitergeben – die Albträume. An kommende Generationen.« Seine Stimme schien sich zu überschlagen. Hustend spuckte er die Worte heraus. Der Speichel lief ihm aus den Mundwinkeln. »Ein Ereignis, das noch nie zuvor passiert ist. Etwas Spektakuläres, Schockierendes. Etwas, das niemand ignorieren kann. Meine Rache für all die Demütigungen.«

»Ein würdiges Ende für einen wie dich«, schmeichelte ihm die Stimme. »Doch nichts ist so scheußlich wie der Tod. Töte sie alle, Calastana!«

»Doch!«, sagte Calastana mit fester Stimme. »Natürlich gibt es etwas Schlimmeres als den Tod ...! Natürlich gibt es das! Ich weiß es ... ich weiß es genau ...«

4.

Irgendwo auf dieser Pinnwand zwischen all den Hinweisen gab es ein verstecktes Geheimnis. Ein fehlendes Bindeglied, ein übersehenes Indiz, einen Logik- oder Interpretationsfehler: irgendetwas, das den Fall in einem neuen Licht erscheinen lassen würde. Teresa konnte spüren, dass hier etwas nicht stimmte. Es war nur ein Gefühl, denn der Fall war abgeschlossen, und niemand hatte ein Interesse daran, die Akten wieder zu öffnen, doch Teresa war von Anfang an misstrauisch gewesen.

Eigentlich gab sie wenig auf Gefühle oder nebulöse Vorahnungen, doch wenn Teresa an einem Fall arbeitete – und das tat sie sehr häufig –, dann sah sie irgendwann im Laufe der Ermittlungen ein Muster vor ihrem geistigen Auge. Jeder Fall hinterließ einen *Abdruck* in ihrem Gehirn, und entweder passten die Puzzleteile des jeweiligen Musters zusammen, dann fühlte sich der Abdruck plausibel an, oder es bestand ein Missverhältnis zwischen den einzelnen Teilen.

Und bei diesem Fall gab es so einige Missverhältnisse.

Unverdrossen starrte sie auf die Tafel. Sie hatte sich angewöhnt, das Material jedes Mal auf eine andere Art zu betrachten. Heute ging sie weit in die Vergangenheit zurück und begann mit der Mordserie, an der Kriminaloberkommissar Daniel Brechter im Sommer

2017 zuletzt gearbeitet hatte.

Ende der Siebzigerjahre wütete der *Glasaugen-Mörder* im Raum Hamburg. Fünf Morde gingen auf das Konto des perfiden Täters, dessen Identität bis heute im Dunkeln blieb.

Seine Vorgehensweise war ungewöhnlich. Die Frauen wurden erwürgt, danach schnitt der Täter ihnen die Augen heraus, ersetzte sie durch Glasaugen und verging sich dann an den toten Körpern der Frauen. Ein *Modus Operandi*, der sich in dieser Form seitdem nie wiederholt hatte. Auch die Augen der Frauen blieben verschwunden, genau wie der Täter.

Jahrzehnte später erhielt Brechter von Otto Sänger, dem Leiter der Hamburger Mordkommission, einen zerknitterten Zettel, auf dem die Anschrift eines Hospizes und der Name eines ehemaligen Staatsanwaltes vermerkt waren: Hinrich Seidelberg.

Seidelberg, der seine letzten Tage im Hospiz verbrachte, hatte brisante Informationen zum Fall des Glasaugen-Mörders, die er nur Brechter persönlich anvertrauen wollte.

Daniel Brechter hatte auch damals bereits einen gewissen Bekanntheitsgrad, wusste Teresa.

Er war Mitarbeiter in Sängers Abteilung gewesen und genoss den fragwürdigen Ruf eines selbsternannten *Profilers,* der mit scheinbar übersinnlichen Fähigkeiten auf Verbrecherjagd ging. Und das durchaus mit Erfolg. Sein Name geisterte seinerzeit des Öfteren durch die Medien. Auch im Zusammenhang mit der Mordserie an einigen Obdachlosen, die letztlich aufgeklärt werden konnte.

Erstaunlich, dass die Führung dieses seltsame Verhalten damals toleriert hat … ging es der Kriminalrätin durch den Kopf.

Teresa fiel es schwer, den Sonderstatus Brechters nachzuvollziehen, allerdings war ihre Kritik unangebracht. Ein Umstand, der ihr durchaus bewusst war. Denn sie befand sich heute in einer ähnlichen Situation. Ihre Ermittlungen hinsichtlich des *Jahrhundertfalls* unterlagen ebenfalls einem besonderen Status. Schließlich war der Fall offiziell zu den Akten gelegt worden.

Und: Es war ihre *Intuition*, die ihr sagte, dass hier etwas nicht stimmte. Keine neuen Beweise, keine Indizien, keine knallharten Fakten. Genau wie Brechter damals verließ sie sich heute bei den Ermittlungen zum Jahrhundertfall auf ihr Gespür.

Brechter bekam in jener Zeit von Sänger mehrere Spezialaufträge. Es ist nur eine Art Beschäftigungstherapie gewesen, hatte Sänger ihr gegenüber angedeutet. Alte Fälle, die er auf Plausibilitätsfehler durchforsten sollte. Keine normale, aktuelle Ermittlungsarbeit, denn Daniel Brechter galt bereits damals aufgrund psychischer Beeinträchtigungen als dienstunfähig.

Dass man ihn trotzdem einsetzte – wenn auch unter speziellen Bedingungen – war einer Reihe von besonderen Faktoren geschuldet.

Ein Rückblick: 2016. In seiner damaligen Funktion als Mitarbeiter der SOKO *Altenheim* war Brechter dem berüchtigten *Modellbauer* auf die Schliche gekommen und hatte hierfür einen hohen Preis gezahlt. Um ein Haar wäre er im Folterkeller des Serienkillers zu Tode traktiert worden. In letzter Sekunde gelang es dem

Mobilen Einsatzkommando, ihn aus den Klauen dieses Monsters in Menschengestalt zu befreien, doch die Todesangst hatte tiefe Spuren in seiner Psyche hinterlassen. Normalerweise ein Fall für die Psychiatrie, doch Brechter hatte Glück. Unter Auflagen konnte er unter der Obhut von Kriminaloberrat Otto Sänger im Dienst verbleiben. Ein großzügiges Entgegenkommen der Polizeiführung, die sich vor lauter positiver Publicity zu dem Schritt genötigt sah.

Sänger, ein urwüchsiger Kriminalbeamter mit lichtem Haarkranz und Kugelbauch, der das sechzigste Lebensjahr bereits überschritten hatte, fiel es schwer, Brechters übersinnliche Fähigkeiten in der täglichen Polizeiarbeit zu akzeptieren, doch die beiden ungleichen Männer arrangierten sich. Sänger mit einem Augenzwinkern, denn im Grunde seines Herzens hielt er den ganzen Psycho-Hokuspokus für ausgemachten Quatsch.

Obwohl Brechter Erfolge verzeichnen konnte. Der Altenheim-Mörder, Wolfgang Möller, der sich selbst als *Modellbauer* bezeichnete, konnte zwar flüchten, doch die Altenheim-Mordserie fand mit Brechters mysteriösem Alleingang ein Ende. Die Presse feierte ihn als todesmutigen Helden; der Mythos um den Kriminalbeamten mit den übersinnlichen Fähigkeiten war geboren. Plötzlich war es unpopulär, den eigenwilligen Ermittler auf das Abstellgleis oder in den Vorruhestand abzuschieben.

Teresa konnte sich an den Hype, der damals um Daniel Brechter und die Morde des *Modellbauers* gemacht wurde, noch gut erinnern. Schließlich ging der

Fall bundesweit durch die Medien. Zu dieser Zeit lebte und arbeitete sie in Berlin. Sie liebte die quirlige Hauptstadt, und gleichzeitig hasste sie diesen Schmelztiegel der Kulturen. Der Dienst bei der Berliner Kripo war schwierig; außerdem gab es ständig Ärger mit der Familie, doch sie hatte viel gelernt in der Stadt, in der das Verbrechen so rasant wuchs wie ein Krebsgeschwür im Endstadium. Die Versetzung nach Hamburg war wie ein Befreiungsschlag gewesen.

Sie suchte den Abstand zu unfähigen Kollegen, zwielichtigen Politikern, zu aufdringlichen Typen und nervtötenden Bürokraten – und zu ihrer Familie.

Kaum in Hamburg angekommen, führte ihr erster Gang in die Gerichtsmedizin, um die hüfthohen Figuren des *Modellbauers* zu inspizieren, die die Kollegen aus Hamburg in dem geheimnisvollen Garten des Mörders sichergestellt hatten.

Freiwillig warf niemand einen Blick auf die bizarren Unikate, doch Teresa platzte förmlich vor Neugierde.

Albtraumhafte Objekte, die der Killer aus Knochen, Haut und menschlichen Körperteilen *liebevoll* in Handarbeit angefertigt hatte – in seinem vor Blut triefenden Hobbykeller.

Baumaterial, das von pflegebedürftigen Senioren stammte, die er nachts in ihrem Bett ermordete. Schockierende, abstoßende Verbrechen an wehrlosen Menschen, die ihr Dasein in Altenheimen fristeten.

Während nur wenige dem Anblick der grauenvollen Statuen standhielten, war Teresa sichtlich fasziniert von den *Gartenzwergen der Hölle* – wie sie die Modelle titulierte. Auch heute noch dachte sie mit einer gewissen Bewunderung an die kunstvoll arrangierten Objekte zurück, die – zugegebenermaßen – an Hässlichkeit kaum zu überbieten waren. Der Leiter der Gerichtsmedizin hatte ihr schmunzelnd anvertraut, dass ständig Plastikeimer bereitstanden, um den Mageninhalt jener Besucher aufzufangen, die sich aus dienstlichen Gründen mit den grausigen Objekten des Killers auseinandersetzen mussten.

Doch zurück zum Ausgangspunkt meiner Überlegungen, ermahnte sie sich innerlich. *Brechters letzter Fall.*

An der Pinnwand hing eine Kopie des kleinen Zettels, den Brechter damals von seinem Vorgesetzten erhalten hatte. Neben der Anschrift des Hospizes stand auch der Name des pensionierten Staatsanwaltes darauf: Hinrich Seidelberg. Der Mann wollte im Angesicht seines nahen Todes offenbar reinen Tisch machen und Informationen zum Fall des Glasaugen-Mörders preisgeben. Doch die wenigen schriftlichen Notizen, die Brechter hierzu verfasst hatte, deckten sich nicht hundertprozentig mit den Aussagen seines damaligen Chefs Otto Sänger.

Sänger hatte Brechter freie Hand gelassen. Einzige Bedingung: Brechter war wegen Personalknappheit auf sich allein gestellt. Bei Fällen, die derart lange zurücklagen, war das keine außergewöhnliche Vorgehensweise. Aktuelle Straftaten standen immer im Fokus der Ermittlungen und erforderten in der Regel einen immensen Personalbedarf.

Teresa konnte anhand der gespeicherten Daten rekonstruieren, dass Brechter nach seinem Besuch im

Hospiz am 17. Juli 2017 verschiedene Recherchen an seinem dienstlichen Computer durchgeführt hatte. Per Mail schrieb er diverse Glasaugenfabrikanten an, um die Herkunft der künstlichen Augen zu ermitteln, die der Täter seinen Opfern eingesetzt hatte. Allerdings ohne Erfolg. Nach vierzig Jahren war diese Spur so tot wie die ermordeten Frauen. Außerdem suchte er im Internet nach Ärzten, die Arthritis mit Akupunktur behandeln.

Warum hatte er das getan?

Zufall? Teresa hatte sich seine Krankenakte angesehen; von Arthritis keine Spur. Gleiches galt auch für Hinrich Seidelberg, der mit metastasiertem Bauchspeicheldrüsenkrebs im Hospiz lag.

Anfang August 2017 erkundigte sich Sänger bei Brechter nach dem Sachstand der Ermittlungen. Dieser gab an, dass sein Bericht so gut wie fertig sei und dass Seidelberg selbst der Glasaugenmörder gewesen sein soll. Doch warum der pensionierte Staatsanwalt nicht gleich bei Brechters erstem Besuch im Hospiz die Taten gestanden hatte, blieb sein Geheimnis. Warum erst Wochen später?

Teresa fand auf Brechters Rechner einen kurzen Vermerk, aus dem hervorging, dass Hinrich Seidelberg aufgrund von Gehirn-Metastasen verwirrt und zeitweise unzurechnungsfähig gewesen war. Durchaus nachvollziehbar, doch Sänger hatte diesen Vermerk nie zu Gesicht bekommen. Stattdessen erhielt er ein schriftliches Geständnis vom 2. August 2017, in dem Seidelberg die Morde gestand. Als Motiv gab er sein krankhaftes Verlangen nach Sex mit toten Frauen an. Warum er den Frauen nach der Tat die Augen herausschnitt, um sie gegen Glasaugen zu ersetzen, darüber stand in dem Geständnis allerdings nichts.

Das alles ergibt keinen Sinn!

Teresa las das Geständnis, das Brechter auf seinem PC geschrieben hatte. Darunter mit zittriger Hand die Unterschrift von Hinrich Seidelberg, der kurze Zeit später im Hospiz verstorben war. Die Aussage war knapp gehalten. Keine Einzelheiten zu den Taten, keine näheren Informationen zum jeweiligen Tathergang. Nichts, nur das reine Bekenntnis, für die fünf Morde verantwortlich gewesen zu sein. Welchen Wert hatte ein derartiges Papier, das von einem geistig verwirrten und todkranken Mann unterschrieben worden war? Seidelberg hätte vermutlich alles Mögliche gestanden, und auch seine Unterschrift war kaum noch als leserlich zu bezeichnen.

Teresa hatte die Personalabteilung der Staatsanwaltschaft um Amtshilfe gebeten und alte Akten angefordert, in denen Seidelbergs Unterschrift noch vorhanden war. Die forensische Handschriftenuntersuchung beim BKA ergab allerdings ein unklares Bild. Das war selten, aber durchaus möglich. Eine im Sterben liegende Person ist in mancherlei Hinsicht nicht mehr das, was sie einmal war. Die Wahrscheinlichkeitsaussage der Forensiker ließ keine eindeutige Beurteilung zu. Die Unterschrift konnte von Seidelberg sein, sie konnte aber auch gefälscht sein.

In letzteren Fall vermutlich von Kriminaloberkommissar Brechter? Doch warum hätte er das tun sollen?

Als Brechter im Sommer 2017 an dem Fall des

Glasaugenmörders gearbeitet hatte, war er vermutlich auch bereits mit den Vorbereitungen für das Verbrechen beschäftigt, das er selbst begehen sollte: Der Anschlag in der Hafencity.

Gab es einen Zusammenhang? Teresa glaubte daran. Sie hatte bereits eine vage Idee entwickelt, warum es gar nicht anders sein konnte, doch sie musste sich absichern. Ein Fehler wäre inakzeptabel …

5.

Nach einem spärlichen Frühstück mit lauwarmem Kaffee und altem Toastbrot hatte sich Calastana 20 Mikrogramm LSD – aufgelöst in Wasser – mit einer Pipette in den Mund geträufelt. So wie die meisten *Microdoser* nahm er seit Kurzem wieder alle drei bis vier Tage zwischen zehn und zwanzig Mikrogramm zu sich, meist morgens nach dem Frühstück.

Gleich darauf schluckte er die *Exelon*-Hartkapsel, die ihm Zonenberg bei seinem letzten Termin mitgegeben hatte. Der verwitwete Arzt mit den langen, weißen Haaren und dem buschigen Schnurrbart war schon lange im Ruhestand, praktizierte aber noch gelegentlich in seinem repräsentativen Haus am Rande der Stadt. Allerdings kamen nur Selbstzahler oder Privatpatienten in den Genuss einer Behandlung, die Zonenberg trotz seines fortgeschrittenen Alters auffallend professionell durchführte. Er nahm immer noch regelmäßig an Fortbildungen teil. Frauen fühlten sich dank seiner kurz angebundenen, herablassenden Art nur unzureichend versorgt, sodass der kleine Kundenstamm fast nur aus alten Männern bestand. Eigenwillige Käuze, die den Weg zu einem *normalen* Arzt mit Kassenzulassung scheuten.

Rolf Calastana genoss einen Sonderstatus.

Er hatte Zonenbergs Haus renoviert. In den Achtzigern war es noch einfach, als selbstständiger Handwerker zu arbeiten. Ohne großen bürokratischen Aufwand. Ein lukrativer Job, zumal ihm Zonenbergs Frau, die damals noch gesund war, Kaffee und Kuchen servierte.

Abgerechnet wurde in bar – ohne Rechnung und an der Steuer vorbei. Der Fiskus ging leer aus und Calastana nutzte die Gelegenheit, um dem vertrauensseligen Hausarzt mit Konsequenzen zu drohen, falls er ihn nicht in den Kreis seiner Privatpatienten aufnehmen würde. Schließlich hatte Zonenberg viel Geld gespart. Die Drohkulisse zeigte Wirkung, und die damit verbundenen Vorteile waren nicht zu verachten. Schnelle Termine, kurze Wartezeiten und auf Wunsch Rezepte, die es sonst nur unter strengen Auflagen gab.

Als sich dann vor einem Jahr die gesundheitlichen Probleme bei Calastana häuften, stattete er Zonenberg einen Besuch ab. Mit gemischten Gefühlen, denn die letzte Konsultation lag lange zurück.

Der Quacksalber könnte Schwierigkeiten machen, kam es ihm in den Sinn.

Alte Rachegelüste? Eine offene Rechnung?

Doch als er auf dem abgewetzten Besucherstuhl saß, fiel ihm auf, dass der Arzt im Laufe der Jahre dünnhäutiger und ängstlicher geworden war. Er machte keine Anstalten, den Deal von damals aufzukündigen. Dabei war die Sache mit der Schwarzarbeit längst verjährt.

Der Mann ist ein Schisser, ging es Calastana schon vor Jahrzehnten durch den Kopf. Daran hatte sich nichts geändert. Er hätte es vorgezogen, auf den ärztlichen Rat von Zonenberg zu verzichten, doch mit zunehmendem Leidensdruck verflüchtigten sich die Bedenken, und Calastana hoffte, das Problem mit Medikamenten in den Griff zu bekommen.

Einige der Untersuchungen konnte Zonenberg in seiner Praxis durchführen – dämliche Frage-Antwort-Spielchen und noch dämlichere Tests, die sich irgendein Schlaumeier vermutlich für Schimpansen ausgedacht hatte –, doch die eigentlichen Unannehmlichkeiten warteten in der Klinik auf ihn. Um eine endgültige Diagnose stellen zu können, musste Calastana im hiesige Universitätskrankenhaus vorstellig werden.

Dort wurde sein Kopf mittels Computertomographie gescannt, danach stach ihm jemand eine lange Nadel in den Rücken. Die Lumbalpunktion war unangenehm und trieb ihm den Schweiß auf die Stirn. Das hiermit entnommene Nervenwasser kam zur Untersuchung ins Labor. Die Befunde waren eindeutig.

Calastana fuhr rechts ran und stellte den Motor ab. Er hatte die Orientierung verloren.

Du wohnst in ... Norderstedt. Ja ... verdammt ...!

Nach dem Frühstück war er nach Duvenstedt gefahren, um sich einen Überblick zu verschaffen.

Oder ...? Doch, er erinnerte sich. Eine gefährliche Aktion. Bei einer Kontrolle wäre er vermutlich aufgefallen, doch es war an der Zeit, Risiken einzugehen. Schließlich hatte er sie gefunden, die Achillesferse dieser Gesellschaft. Es war ganz einfach gewesen.

Warum ist vor mir niemand darauf gekommen?

In ihrer Gleichgültigkeit waren die Menschen bereit, viel Leid zu verdrängen, doch es gab Grenzen. Wurden diese überschritten, konnte sich schnell ein Flächenbrand entfachen, der radikale Veränderungen nach sich ziehen würde.

Der wunde Punkt dieser Gesellschaft war ...?

Was lieben die Menschen am meisten, fragte er sich? Wofür würden sie ihr Leben riskieren und notfalls sogar sterben? Eine Frage, die sich wie von selbst beantwortete. Natürlich sind es die Kinder. Die nächste Generation, die Träger der eigenen Gene, dieser innig geliebte Schatz, der ihnen so viel bedeutet, dass sie sogar einen Mord begehen würden, um sie zu beschützen.

Es gibt Ausnahmen, doch deren Zahl ist gering. Nichts ist ihnen wichtiger, nichts ist vergleichbar mit der Familie und den Kindern. Die Natur hat es so eingerichtet. Bedingungslose Liebe.

Aber ich werde ihre Lieblinge nicht töten. Das wäre zu einfach. Nein, sie bleiben am Leben, doch ich stehle ihnen ihre Seelen. Sie werden die Taten mitansehen müssen. Sie werden unter Albträumen leiden – jede Nacht. Für den Rest ihres Lebens. Ein neues Zeitalter der Albträume wird beginnen. Und sogar ihre Kinder und auch deren Kinder werden noch unter dem Trauma leiden, denn, ja wirklich, es stimmt, Albträume sind vererbbar. Sie können nicht sterben, denn der Träumer speichert sie in seinen Genen und gibt sie weiter.

Epigenetik war das Zauberwort. Die DNA, der universelle Code des Lebens.

Calastana kannte den faszinierenden Effekt, der es ermöglicht, dass sogar Albträume vererbt werden.

In Zeitschriften, Büchern und im Fernsehen wurden die aktuellen Erkenntnisse thematisiert. Er hatte das Wissen darum förmlich in sich aufgesogen:

Die Epigenetik, ein neues Fachgebiet der Biologie, beschäftigt sich mit einem bizarren Mechanismus im Zellkern, der für die Trauma-Übertragung verantwortlich ist. Die Erkenntnis: Es gibt ein epigenetisches Gedächtnis. Die Gene sind nicht starr, sondern ein Leben lang formbar. In ihnen sitzen Schalter, die durch den Lebensstil, durch Stress, Süchte, schlechte Ernährung, aber auch durch traumatische Erlebnisse an- und ausgeschaltet werden. Hierdurch wird das Erbgut beeinflusst, ja sogar verändert.

Und diese Veränderungen werden vererbt.

Mit den Chromosomen der Mütter und Väter. Dort sind Informationen gespeichert, die die Körper der Eltern selbst erst im Laufe ihres Lebens erworben haben. Die Narben im Erbgut. Ein epigenetischer Prozess, der auch für die seelischen Schäden der Nachkriegsgeneration verantwortlich ist.

So kann die nächste Generation eine Traumatisierung von den Eltern erben und an die eigenen Kinder weitergeben. Über Generationen hinweg. Hierbei kann die Intensität eines seelischen Traumas sogar noch zunehmen.

Ein perfider Mechanismus, von dem die meisten Menschen nichts ahnen. Ein einzigartiges Werkzeug, um fortwährend Angst und Schrecken zu verbreiten.

Von Generation zu Generation.

Das Resümee: Eine seelische Verletzung kann das Erbgut verändern und noch das Leben der Kindeskinder prägen und vergiften.

Calastana hatte einen Plan.

Erschaffe Albträume, von denen sogar noch die Enkelkinder der Betroffenen heimgesucht werden.

Und die Zeit zum Handeln war gekommen. Noch in diesem Jahr. Vollbringe eine Ungeheuerlichkeit.

Etwas noch nie Dagewesenes.

Etwas, durch das die Strukturen dieser Gesellschaft auseinanderbrechen könnten. Die Morde waren nur Mittel zum Zweck. Das eigentliche Ziel waren die Überlebenden. So etwas hatte es bisher noch nicht gegeben. Und die Welt würde von ihm und seinen Taten erfahren – zu gegebener Zeit.

Seine Unsterblichkeit wäre gesichert. Wie bei dem Mann mit den zwei Gesichtern, dem der Anschlag in der Hafencity gelungen war. Wie dieser Terrorist, so stand auch er für eine Tat, die in die Annalen der Geschichte eingehen würde.

Calastana spürte nichts.

Keine Skrupel, keine Zweifel oder sonst ein Gefühl. Er würde die Tat begehen, einfach so. Wie damals, als er die Augen für das Mobile herausschnitt. So war es schon seit langer Zeit. Es gab auch keinen Grund, sich darüber den Kopf zu zerbrechen. Nein, er hatte kein Problem damit. Im Gegenteil: Er, der Außenseiter, fühlte nur das Verlangen, dieser Welt da draußen seine Präsenz aufzuzeigen.

Es gab die Anständigen, die Helden, die barmherzig Guten und die vor Liebe und Empathie zerfressenen Moralapostel, die alles und jeden retten wollten, doch Calastana gehörte zu denjenigen, die sich von der Dunkelheit angezogen fühlen.

Zu den Schattengestalten …

Du bist ein Psychopath, hatte sein Fluglehrer in den Siebzigern zu ihm gesagt, nachdem die Maschine fast abgeschmiert war – und das mit voller Absicht. Zwei Jahre nach der Flugprüfung, die Calastana wider Erwarten bestand, geschah ein Unfall, bei dem der Mann ums Leben kam. Die Umstände des Absturzes wurden nie aufgeklärt.

Seitdem besaß Calastana eine Fluglizenz. Ungewöhnlich für einen einfachen Handwerker, der den Kreis der zumeist gut betuchten Hobby-Piloten mied wie der Teufel das Weihwasser.

Das war lange her.

Dennoch: Die Vergangenheit schien so nahe, als wenn sie die Gegenwart verdrängen wollte.

Sie holt sich alles zurück, dachte er aufgewühlt. *So wie die Flut sich das Land zurückholt.*

Ein kalter Schauer durchzog ihn.

Wie so oft kreisten seine Gedanken um sich selbst.

Deine Philosophie hat sich nie geändert! Du bist noch immer das Produkt deiner Überzeugungen, oder?

Er hatte sie nie infrage gestellt, die Regeln, die sein Leben bestimmten. Sie handelten von Kräften, die das Universum zusammenhielten. Und sie waren einfach, nicht kompliziert. Alles resultierte aus einer Einfachheit heraus, alles war dem Grunde nach von simpler Struktur, von erhabener Schlichtheit.

Dem Guten musste das Böse gegenüberstehen. Eine Tatsache, ja eine Notwendigkeit. So wie Geburt und Tod, Wachstum und Zerfall, Yin und Yang, Alpha und

Omega. Ohne das Gleichgewicht dieser Kräfte würde alles auseinanderbrechen. Oder nein, sie käme gar nicht erst zustande – die Komplexität.

Sich dem Bösen zuzuwenden war legitim, ja sogar notwendig. Für diejenigen, die hierzu berufen waren. Es musste einen Grund geben, als Psychopath geboren zu werden. Die Natur erschuf die Dinge nie ohne Grund, sie dachte sich etwas dabei, sie liebte das Gleichgewicht und achtete darauf, dass einem positiven Pol immer ein negativer gegenüberstand.

Calastanas Philosophie war einfach.

Es waren die anderen, die Neider und Hasser, die Misstrauischen und Abweisenden, die in ihm einen Psychopathen sahen, einen Freak, einen unzurechnungsfähigen Einzelgänger, dem man mit Misstrauen begegnen musste. Und sie hatten recht. Er war der Gegenpol dieser Gesellschaft, er würde sie ausfüllen, die Rolle seines Lebens.

Und das mit voller Hingabe.

Gewiss, es hatte ein Vorher gegeben. Eine Zeit, in der noch alles möglich gewesen wäre. Zahllose Alternativen, unendlich viele Türen, durch die er hätte gehen können. Menschen, die seinen Weg gekreuzt und sein Denken und Handeln beeinflusst hatten. Begegnungen, Situationen, Zufälle und Personen, die sein Leben in eine andere Richtung hätten lenken können.

Die Arschlöcher haben ihre Chance gehabt! Mehr als einmal. Einige waren es nicht wert, sich mit ihnen abzugeben, andere haben meinen Hass und meine Verachtung verdient. Manche auch mehr. Sie haben mich nicht wahrgenommen, sie haben mich verachtet und in eine Schublade

gesteckt. Ein Fehler, den manche bitter bereut haben.
So wie Angelika …
Calastana erinnerte sich.

Mitte der Sechzigerjahre. Die Luft im Kino war rauchgeschwängert. Es roch nach Bier, Asche und billigem Parfüm. Fast jeder Platz war besetzt, als Sean Connery in der Rolle des britischen Geheimagenten James Bond gegen den Oberschurken *Goldfinger* antrat, um die Welt zu retten. Diesmal war die Rolle des bösen Widersachers mit einem schwergewichtigen Deutschen besetzt – Gerd Fröbe.

Eine Sensation.

Calastana gefiel das; seiner Begleiterin – eine wohlgeformte, brünette Fleischfachverkäuferin aus Hamburg-Wandsbek – war es egal. Sie schwärmte für Bond alias Connery. Und das in den höchsten Tönen.

Calastana hatte Angelika bei einer der zahlreichen *Feten* kennengelernt, die in riesigen Altbauwohnungen stattfanden und bei denen oft Leute aufeinandertrafen, die sich vorher nie begegnet waren. Dort konnte man im Schlepptau eines Freundes auch ohne Einladung auftauchen.

Die Mädchen trugen Miniröcke und bunte Klamotten. Studenten liefen oft noch in Anzügen und Krawatten herum, während andere wiederum zur heißbegehrten Jeans griffen.

Eines der neuen Statussymbole.

Die ersten Hippies standen rauchend herum und diskutierten über den Weltfrieden. Langhaarige Typen ließen den Kopf zu Songs von The Doors, The Who oder den Rolling Stones kreisen, und einige Pärchen knutschten hemmungslos in den Ecken herum.

Man redete über Musik, Klamotten, einen Job, den Vietnamkrieg und die Alt-Nazis, die sich überall wieder eingenistet hatten. Der Kauf eines gebrauchten Motorrollers war ein Thema oder die Wehrpflicht für junge Männer – und wie man sich davor drücken konnte.

Calastana konnte mit der lauten *Hasch*musik – er bevorzugte Mozart und Beethoven –, der schlechten Luft und den politischen Grundsatzdiskussionen nichts anfangen, bemühte sich aber redlich, die eine oder andere Bekanntschaft mit dem weiblichen Geschlecht zu machen.

Diesmal war es ihm gelungen.

Das Objekt seiner Begierde hieß Angelika. Er hatte die junge Frau ins Kino eingeladen, doch während der Filmvorführung kam er immer mehr zu der Überzeugung, dass Angelika nur mitgekommen war, um ihren Helden Sean Connery auf der Leinwand zu bewundern. Sehr zu seinem Ärgernis. Schließlich hatte er gehofft, im Mittelpunkt des heutigen Abends zu stehen. Doch Fehlanzeige. Genauso gut hätte er Angelika alleine ins Kino schicken können, um sich währenddessen in der nächsten Kneipe einen hinter die Binde zu kippen.

Calastana fühlte sich verarscht.

Schade um das sauer verdiente Geld, dachte er frustriert. Seine Vorfreude war verflogen; der Film wurde zur Nebensache. In Calastanas Kopf entwickelte sich ein ganz anderes Drehbuch, in dem die eingebildete

Brünette zwar die Hauptrolle spielen würde, doch ohne Happy End, dafür aber mit hohem Unterhaltungswert.

Als sich der schwere Leinwand-Vorhang zuzog, schlug Calastana vor, in der nächstbesten Kneipe noch gemeinsam ein Bier zu trinken.

»Okay!«, säuselte Angelika, noch sichtlich beeindruckt von dem smarten Geheimagenten, dem es wieder einmal gelungen war, die Welt zu retten. »Wenn du mich hinterher nach Hause begleitest.«

»Aber natürlich«, antwortete Calastana beiläufig und warf einen lüsternen Blick auf ihren orangefarbenen Minirock.

»Ein, zwei Bier können wir uns noch genehmigen, nicht wahr? Ich lade dich ein.«

»Na gut!«

In der Kneipe war die Dunstglocke aus Zigarettenqualm noch undurchdringlicher als im Kino. Aus der roten Jukebox dröhnte in Dauerschleife *She loves you* von den Beatles, und ein allgegenwärtiges Stimmengewirr erfüllte den Raum, der aus allen Nähten zu platzen schien.

Vor dem Damen-Klo hatte sich eine Schlange gebildet, sodass Calastana umdisponieren musste. Er hatte sich vorgenommen, ihr unauffällig auf das Klo zu folgen, doch daran war nicht zu denken. Der Laden war rammelvoll, und auf der Toilette herrschte ein einziges Kommen und Gehen.

Er würde sich etwas anderes einfallen lassen müssen, um den Plan zu realisieren, der in seinem Kopf Gestalt annahm.

Sie suchten sich eine freie Ecke, gaben die Getränkebestellung auf und unterhielten sich über den Film.

Calastana musste sich zusammenreißen, um seine Frustration zu verbergen, doch als es ihm nach einer halben Stunde gelungen war, Angelika zum Schnapstrinken zu verleiten, verwandelte sich seine Enttäuschung langsam, aber sicher in eine aufkommende Euphorie.

Calastanas Hände krallten sich zitternd in das Lenkrad. Eine undefinierbare, innere Unruhe breitete sich in ihm aus. Er hatte das Gefühl, etwas vergessen zu haben. Eine überaus wichtige Sache, die er dringend benötigte, um … zu überleben.

Er bekam Angst und schrie, bis seine Stimme heiser wurde und verstummte.

Er kannte die Symptome, doch das machte die Sache nicht leichter. Im Gegenteil: Es war so, als würde man auf Raten sterben – um dann den letzten Teil der Reise in völliger Dunkelheit zu verbringen.

Ich erinnere mich noch so genau an diesen Abend mit der Schlampe. An so viele Details. Und wusste gestern doch nicht, wohin ich den Autoschlüssel gelegt hatte. Oder wo ich jetzt eigentlich hin will …

Er versuchte, sich abzulenken, und dachte wieder an diesen denkwürdigen Abend, an dem er mit Angelika Schluss gemacht hatte.

Auf eine Weise, die selbst einen *James Bond* in den Wahnsinn getrieben hätte …

6.

In der Wohnung herrschte Zwielicht. Der leuchtende Schein der Straßenlaternen, um die sich flirrende Schwärme von Insekten drängten, reflektierte ein gespenstisches Schattenspiel an die Zimmerdecke des Raumes. Gardinen und Vorhänge suchte man vergebens, denn mit acht Stockwerken war der Wohnblock das höchste Gebäude in der Umgebung.

Teresa saß im Wohnzimmer vor ihrem Laptop und schaute gedankenverloren in die Nacht hinaus.

Die Einrichtung wirkte nüchtern, fast spartanisch. Das wenige Mobiliar war aus hellem Holz, die Wände weiß und der Laminat-Fußboden so grau wie Zement. Auf einem Regal standen zwei anspruchslose Zimmerpflanzen, die sich bis unter die Decke rankten.

Die Miete war überteuert, doch die ebenerdigen Panoramafenster hatten es Teresa angetan. In ihrem Blickfeld standen nur wenige hohe Häuser, sodass sie einen grandiosen Blick über die nächtliche Stadt genießen konnte, ohne den Bürostuhl zu verlassen.

Sie liebte es, bei einem Glas Rotwein im Dunkeln vor dem leuchtenden Bildschirm zu sitzen. Draußen funkelten die Lichter der Metropole, die wie ein schlafendes Monstrum dalag, das nur eines im Sinn zu haben schien: Mord und Totschlag, Verbrechen und immer mehr Gewalt.

Und der Laptop auf dem Schreibtisch gewährte ihr

Einblicke in eine Welt, in der alles noch viel schlimmer war. Kriege, Katastrophen, Umweltverschmutzung, Hungersnöte und ein menschenverachtender Kapitalismus, der nur die Gier nach immer mehr Profit kannte. Und das um jeden Preis.

Teresa ließ das Elend dieser Welt an sich abperlen. Wie immer, wenn es notwendig war. Die Dunkelheit legte sich wie ein schützender Mantel um sie; ein wohliges Gefühl der Behaglichkeit breitete sich in ihr aus.

Sie hatte bis zum Einbruch der Dunkelheit im Präsidium gearbeitet und sich dann in ihren dunkelblauen Fiesta gesetzt, um dreißig Minuten später in der Nähe der Wohnanlage zu parken.

Zuhause angekommen schlang sie eine Tafel Schokolade hinunter, nahm die bereits geöffnete Rotweinflasche und startete den Laptop, den sie unerlaubterweise auch für dienstliche Zwecke nutzte. Während das Betriebssystem hochfuhr, entledigte sie sich des schwarzen Hosenanzuges, den sie im Dienst fast immer trug – sie besaß mehrere identische Exemplare davon –, und schlüpfte in die alte Jeans und das langärmelige T-Shirt.

Sie surfte eine Weile im Internet, rief verschiedene Nachrichtensender auf und startete dann den Explorer, um die mp4-Datei zu suchen, die sie sich schon viele Male zuvor angeschaut hatte. Die Datei-Verknüpfung auf dem Desktop hatte sie gelöscht, um nicht zu oft in Versuchung zu geraten, doch heute Abend konnte sie nicht widerstehen.

Der verwackelte Film war mit einem Smartphone vom Deck einer Hafenbarkasse aufgenommen worden. Viele Privatpersonen hatten damals Aufzeichnungen von der auslaufenden Queen Mary 2 gemacht, doch das Material auf ihrem Rechner zeigte den Anschlag in der Hafencity aus einer besonders beeindruckenden Perspektive. Mit einem Doppelklick startete sie die Datei.

Plötzlich war sie mittendrin.

Die Barkasse geleitete das riesige Kreuzfahrtschiff auf der Backbordseite. Das offene Boot mit dem kleinen Deckhaus befand sich in Höhe des Bugs, als einer der Passagiere die Videofunktion seines Smartphones aktivierte. Er saß im Freien und schwenkte die Kamera hin und her.

Teresa achtete auf die Einzelheiten.

Das Bild wanderte über die Köpfe der Passagiere hinweg. Links sah man Teile des Hafens, während rechts die turmhohe Queen Mary 2 im Bild erschien. Die Elbe war voll von kleinen Booten, Jachten, Jollen und Ausflugsdampfern, die den Luxusliner flankierten. Das Bild ging auf und ab. Der Wellengang erschwerte das Filmen mit dem Smartphone, doch Teresa fand die Qualität der meisten Aufnahmen durchaus akzeptabel.

Die Geräuschkulisse hingegen war chaotisch.

Unterhaltungen, lautstarke Kommentare, das verzückte Gejohle begeisterter Touristen und im Hintergrund der maritime Betrieb des Hafens: Alles vermengte sich mit dem mächtigen Schiffshorn der Queen Mary, das sich immer wieder anschickte, seine unumstößliche Dominanz in die Welt des Hafens hinauszuposaunen.

Als auf der Steuerbordseite die Elbphilharmonie aus dem Schatten des Ozeanriesen auftauchte, gab es plötzlich laute Rufe auf der Barkasse.

Hey, seht mal! Da kommt ein Flugzeug. Das fliegt ja so niedrig! Und so irre schnell …

Das Bild schwenkte wieder nach links.

Teresa konnte die Unruhe auf der Barkasse förmlich spüren. Nervosität schien aufzukommen. Die Zwischenrufe wurden lauter; einige der Gäste standen auf und begannen zu winken. Die Menschenmenge verdeckte einen Teil des Bildes; man sah Hinterköpfe, Arme und Hände. Die Aufnahmen wurden wackeliger, und plötzlich verwischte das Bild.

Der Mann mit dem Smartphone war ebenfalls aufgestanden. Er hielt die Kamera über die Köpfe der Leute hinweg und filmte ins Blaue hinein. Das Bild stabilisierte sich.

Die folgende Szene war beispiellos und spektakulär. Leicht verwackelt, doch von außergewöhnlicher Qualität. Man konnte das herannahende Flugzeug gut erkennen. Es gelang dem Mann sogar, dem von links kommenden Flugzeug mit der Kamera zu folgen, obwohl es sehr schnell flog.

Reiner Zufall, dachte Teresa, doch sie kam nicht umhin, dem Erzeuger des Films Respekt zu zollen. Denn als die Maschine mit einem ohrenbetäubenden Knall wie ein Geschoss in der Kommandobrücke des Ozeanriesen einschlug, hielt er stur darauf. Dabei war das, was sich jetzt auf der Barkasse abspielte, kaum mit Worten zu beschreiben.

Panik brach aus.

Die Geräuschkulisse schwoll an. Der vordere Teil des Kreuzfahrtschiffes explodierte, ein loderndes Feuer breitete sich aus, Trümmerteile flogen wie Geschosse durch die Luft und das riesige Schiff bekam Schlagseite. Voller Entsetzen realisierten die Fahrgäste der Barkasse, dass sie auf dem engen Kahn gefangen waren. Die Queen Mary wurde zur Gefahrenquelle, da sich das gigantische Schiff in unmittelbarer Nähe befand.

Teresa konnte sehen, wie der brennende Ozeanriese zurückrollte und sich zu drehen begann. Die kleine Barkasse wurde von meterhohen Wellenbergen durchgeschüttelt und drohte zu kentern. Den panischen Schreien nach zu urteilen gingen einige der Passagiere über Bord. Dann war kaum noch etwas zu erkennen, nur Schlieren, Streifen und verzerrte Bilder, die wild hin und her tanzten.

An dieser Stelle verschwand das Bild.

Der Ton war noch an, doch auf dem Bildschirm war nur noch der metallische Fußboden der Barkasse zu sehen. Der Mann mit dem Smartphone hatte sich auf den Boden gekauert, um nicht selbst über Bord zu gehen, das Video aber dabei laufen lassen.

Ziemlich abgebrüht, ging es Teresa durch den Kopf.

Wie schon viele Male vorher lauschte sie gespannt der chaotischen Geräuschkulisse. Der Kapitän der Barkasse unternahm den verzweifelten Versuch, das Boot beizudrehen. Lautstarke Zwischenrufe einzelner Passagiere bekräftigten ihn zu dem waghalsigen Manöver. Es galt, sich so schnell wie möglich von der Queen Mary zu entfernen. Aus dem Protokoll des

Schiffsführers ging hervor, dass er das der Elbphilharmonie gegenüberliegende Ufer erreichen wollte. Hier am *Stage* Theater gab es zwei Fähranleger; dort wähnte er sich und seine Passagiere in Sicherheit. Unter diesen Umständen ein schwieriges Manöver, da die Queen Mary steuerlos und brennend durch das Hafenbecken schlingerte.

Teresa erinnerte sich. Den Akten war zu entnehmen, dass bei dieser Aktion fünf Passagiere der Barkasse über Bord gingen, die allesamt in den Fluten der Elbe ertrunken waren. Eine der zahllosen Tragödien dieses Tages, mit denen sich die Gerichte seit Jahren beschäftigten.

Teresa wartete. Sie wusste, dass das Bild bald wieder einsetzen würde.

Das zweite Flugzeug befand sich im Anflug.

Dies blieb auch den verängstigten Passagieren der Barkasse nicht verborgen. Der Kapitän hatte es geschafft, das Schiff zu stabilisieren. Mit Volldampf hielt er schnurstracks auf den Anleger zu, der sich vor dem *Stage* Theater befand – schräg gegenüber der Elbphilharmonie. Genau aus dieser Richtung kam ihnen die zweite Propeller-Maschine entgegen – sehr schnell, sehr niedrig und bis zum Rand mit hochexplosivem C4-Plastiksprengstoff beladen.

Es würde die Elbphilharmonie treffen und Hunderte Menschen töten.

Teresa sah wieder Streifen und Schlieren.

Ein verwackeltes Bild kam zum Vorschein. Der Nutzer hielt sein Smartphone schräg nach oben. In der Ferne war deutlich ein Flugzeug zu erkennen, das sich ihnen mit hoher Geschwindigkeit näherte.

Das Bild wackelte auf und nieder. Für einen kurzen Moment konnte sie einen Blick auf den Fähranleger werfen. Ein Mann stand breitbeinig auf dem Ponton. Teresa klickte auf die Pause-Taste und zoomte das Bild heran.

Sie starrte auf den Bildschirm.

Selbst die Spezialisten der KTU konnten nicht mit Sicherheit sagen, wer dort auf dem Anleger gestanden hatte. Die Bildqualität war einfach zu schlecht.

Doch Teresa war sich sicher, dass es der Mann mit den zwei Gesichtern gewesen war …

Brechter, hauchte sie kaum hörbar über das Rotweinglas hinweg.

7.

Während Angelika zum Ausgang torkelte, bemühte sich Calastana, die junge Frau aufrecht zu halten. Er hatte ihren Arm um seine Schulter gelegt und schleifte sie förmlich über den fleckigen Holzfußboden, der mit Bierdeckeln und zahlreichen Zigarettenstummeln übersät war.

»Hey, Alter, was ist denn los, Alter?« Einer der angetrunkenen Gäste war auf sie aufmerksam geworden.

»Die … die Lady hat zu viel getankt!«, antwortete Calastana kühl und senkte den Blick, um nicht aufzufallen.

»Na …, dann heb dir mal keinen Bruch, Alter.«

Calastana ließ den Fremden links liegen. Draußen angekommen wurde seine stark angetrunkene Begleiterin von der kühlen Nachtluft umgehauen. Sie sackte mit dem Rücken an der Hauswand herunter und ließ sich nur mühsam in die nächste Seitenstraße manövrieren.

»Nicht weglaufen, ich komme gleich wieder«, sagte Calastana, obwohl er genau wusste, dass Angelika seine Worte nicht wahrnahm. Die junge Frau hielt sich kauernd an einem Regenrohr fest und würgte hustend ihre letzte Mahlzeit hervor.

Währenddessen schlich Calastana durch die angrenzenden Straßen, um nach einem fahrbaren Untersatz Ausschau zu halten. Eine Rolle Draht steckte immer in seiner Jackentasche, und nachdem er ein Stück weiter einen schwarzen VW-Käfer entdeckt hatte, dauerte es nur wenige Minuten, dann fuhr er mit dem gestohlenen Wagen zurück, um Angelika auf die Rückbank zu verfrachten.

Dort schlief sie schwer atmend ein.

Calastana genoss es, durch die nächtliche Stadt zu fahren. Er besaß weder den Führerschein noch ein eigenes Auto, doch auf dem Bauernhof des Großvaters in Bleckede an der Elbe gab es einen Traktor, einen uralten *Borgward-Hansa* mit Knüppelschaltung und eine kleine Gruppe von Vertriebenen, die dem orientierungslosen Jungen alles Mögliche beibrachten. Auch das Autofahren.

Calastanas Gedanken gingen auf eine Zeitreise in die Vergangenheit.

Wenige Wochen nach seinem achten Geburtstag war der zumeist alkoholisierte Vater an den Folgen einer Kriegsverletzung gestorben, kurz darauf die von Schwermut befallene Mutter.

Er musste zu den Großeltern.

Ein Glücksfall, realisierte er bereits in jungen Jahren, denn auf dem Hof des Großvaters ließ man ihn weitgehend gewähren. Wann immer er daran zurückdachte, so wie heute nach diesem verkorksten Rendezvous, war ihm jedes Detail der bäuerlichen Idylle präsent: Der Geruch nach frischem Heu, die deftige Küche der Bäuerin, das milde Lächeln seines Großvaters, dieses behagliche Gefühl der Zufriedenheit, das sich nach einem arbeitsreichen Tag mit den Tieren in ihm ausbreitete. Es waren die schönsten Jahre seines Lebens gewesen – bis zu jenem blutigen Freitagabend.

Es hatte Streit zwischen den Knechten gegeben.

Der Grund für den Konflikt blieb ihm bis heute verborgen, doch als er den Kuhstall verließ, um sich die letzte Mahlzeit des Tages abzuholen, war die Auseinandersetzung bereits in vollem Gange.

Die Männer saßen im Bauernhaus an dem riesigen Küchentisch und schrien sich gegenseitig an. Das Brot und die Wurst auf den groben Holzbrettern beachteten sie gar nicht. Die Stimmung war aufgeheizt; ein Wort gab das andere. Der Großvater wollte beschwichtigen, doch das machte die Sache noch schlimmer. Auf einmal richtete sich die Wut der Männer gegen den alten Bauern.

Calastana erinnerte sich, dass zwei ehemalige Soldaten aus Polen vermutlich die Rädelsführer gewesen waren. Vielleicht ging es um Diebstahl oder um eine der Frauen, die auf dem Hof lebten? Als dann die Klingen von Messern aufblitzten, flüchtete die Bäuerin mit zwei der Mägde in die obere Etage, um sich dort zu verbarrikadieren.

Mit fünfzehn Jahren war er bereits ein kräftiger junger Mann gewesen, doch als die Situation zu eskalieren drohte, traute er sich nicht, seinem Großvater zur Seite zu stehen. Noch heute sah er immer wieder in das alte, von der Landarbeit und dem Wetter zerfurchte Gesicht, das mit ungläubigem Erstaunen zu ihm hinschaute, während sich der kalte Stahl eines Messers tief in seine Eingeweide bohrte.

»Lauf …, lauf weg, Junge«, presste der alte Mann

mit schmerzverzerrtem Gesicht hervor. »... und traue niemandem. Keinem ...«

Jetzt fielen die Männer übereinander her.

Calastana nutzte die Gelegenheit, um dem Messerstecher einen Holzschemel über den Kopf zu schlagen. Er ahnte, dass es besser gewesen wäre, auf die letzten Worte seines Großvaters zu hören, doch die Zeit auf dem Hof hatte ihn geprägt. Ebenso wie das Verhältnis zu dem alten Bauern, für den er die Hand ins Feuer gelegt hätte.

Dabei war es ihm nie wirklich gelungen, die Beziehung zu seinem Großvater in Worte zu fassen. War es überhaupt eine Beziehung gewesen oder nur ein stillschweigendes Band, das von blindem Vertrauen geprägt war? Dieser alte Mann besaß etwas, von dem der junge Calastana zutiefst beeindruckt gewesen war. Niemals wieder hatte er jemanden getroffen, der auf so bedingungslose Weise an das Gute im Menschen glauben konnte.

Also nahm er sich das nächstbeste Küchenmesser und stach auf jeden ein, der sich ihm in den Weg stellte. Die Männer – die sich bereits gegenseitig dezimiert hatten – wurden von seinem Gewaltausbruch überrascht. Jeder schien jetzt gegen jeden zu kämpfen. Auf dem Fußboden bildeten sich große Blutlachen, vom Küchentisch tropfte es herunter und auch die Wände waren mit Blut bespritzt.

Ein Teil des Mobiliars ging zu Bruch.

Calastana stach wie im Blutrausch auf seine Gegner ein. Sie umkreisten und hetzten sich durch das Haus, bewarfen sich mit allen möglichen Gegenständen und stießen währenddessen wüste Beschimpfungen aus, die er zumeist nicht verstehen konnte, da die Männer in ihrer Muttersprache fluchten.

Die Gewalt schien förmlich zu explodieren.

Einer der Männer schnappte sich ein brennendes Holzscheit aus dem Kamin und schleuderte die Fackel auf Calastana, dessen Jacke daraufhin Feuer fing. Calastana gelang es, sich seiner brennenden Jacke zu entledigen, doch die Brandblasen auf seinem Arm raubten ihm den Verstand. Mit schmerzverzerrtem Gesicht riss er sich auch das Hemd vom Leib.

Der Mann am Kamin brach in hysterisches Lachen aus, während er weitere Holzscheite warf, bis ihm ein Anderer ein Messer in den Rücken stieß.

Das Feuer breitete sich aus.

Der Qualm und die unerträgliche Hitze ließen die Kämpfe im Keim ersticken. Die wenigen Überlebenden suchten ihr Heil in der Flucht.

Calastana tastete nach der Treppe, um den Frauen im Obergeschoss zu Hilfe zu kommen, doch er konnte die Hand kaum vor Augen sehen. Irgendwann gelang es ihm, sich am Treppengeländer festzuhalten. Hustend mobilisierte er seine letzten Kräfte. Sein Magen rebellierte, die Lunge schien in Flammen zu stehen und seine Beine drohten einzuknicken, da spürte er den festen Griff einer Hand an seinem Fuß.

Energisch trat er nach dem Angreifer, doch die Umklammerung glich einem Schraubstock.

Schließlich verlor er das Gleichgewicht und stürzte auf den Körper des Anderen. Durch den Rauch hindurch konnte er das blutverschmierte, hämisch grinsende Gesicht jenes Mannes erkennen, der den Fa-ckelwerfer hinterrücks erstochen hatte.

»Du … entkommst mir nicht«, röchelte er. Sein al-koholisierter Atem schlug Calastana entgegen. Sie wälzten sich ringend durch den verqualmten Raum und prügelten aufeinander ein, bis Calastana schwarz vor Augen wurde. Mit letzter Kraft befreite er sich aus der Umklammerung des Mannes, rannte gebückt an den Flammen vorbei und warf sich wie von Sinnen gegen die Haustür.

Er flog in hohem Bogen auf den Dunghaufen, der im Schein der Flammen wie die Sonne glänzte.

Gierig sog er die kalte Abendluft ein, dann fiel sein Blick auf den Stall, in dem die Kühe wie von Sinnen muhten. Geistesgegenwärtig nahm er die Forke zur Hand, um sich dem Bauernhaus erneut zu nähern, doch das Reetdach brannte bereits wie Zunder.

Hier kommt niemand mehr lebend raus, dachte er mit Tränen in den Augen. *Alle sind vermutlich tot. Alle sind sie tot. Großer Gott …*

Calastana hatte nicht mehr damit gerechnet, dass aus dieser Feuerhölle noch etwas Lebendes heraus-fand, doch plötzlich kam ihm eine menschliche Fackel entgegengerannt. Der Mann, gegen den er eben noch gekämpft hatte, schrie sich die Seele aus dem Leib.

Calastana dachte an Erlösung.

Er hätte allen Grund dazu gehabt, das Leiden die-ses Mannes zu verlängern, doch die Schreie des Bren-nenden ließen ihn erschaudern. Er sah die Mistgabel im Mondlicht funkeln und stach immer wieder in das brennende Fleisch hinein, bis nur noch die Feuersbrunst und das einstürzende Gebälk des brennenden Hauses zu hören waren.

Er ließ die Mistgabel fallen.

Ein undefinierbares Gefühl breitete sich in seiner Magengegend aus, das sich widersprüchlich anfühlte. Er spürte Stolz auf seine Stärke, auf seine Tapferkeit und die Tatsache, dass er diese Katastrophe überlebt hatte, doch gleichzeitig überkam ihn eine tiefe Traurigkeit, die sich mit der Angst vor der Zukunft vermengte.

So schnell er konnte lief er weg.

Irgendwann blieb Calastana keuchend stehen und drehte sich erschöpft um. Der Hof in der Ferne brannte lichterloh; es würde nichts von ihm übrigbleiben.

Sie sind alle tot, dachte er schicksalsschwer. *Du wirst dich ab jetzt alleine durchschlagen müssen.*

Und mit diesem Gedanken verblasste die Erinnerung an jenen schrecklichen Abend.

Er befand sich wieder in den Sechzigerjahren und saß am Steuer des gestohlenen Käfers. Auf der Rückbank lag Angelika; durch den übermäßigen Alkoholkonsum in einen tiefen Schlaf gefallen.

In der Stadt war um diese Zeit wenig Verkehr.

Er würde nicht lange brauchen, um den Betrieb zu erreichen, in dem er seit einem halben Jahr arbeitete. Die Firma in Hamburg-Barmbek, die sich auf Dachdeckerarbeiten spezialisiert hatte, lag versteckt in einem Hinterhof und war in einschlägigen Kreisen dafür bekannt, dass dort auch illegalen Geschäften nachgegangen wurde. Natürlich hatte er einen Schlüssel und genügend Zeit, um seinen teuflischen Plan in die Tat umzusetzen.

Die Idee war ihm im Kino gekommen, während Angelika Sean Connery anhimmelte.

Natürlich rettete Connery, in der Rolle des smarten und unwiderstehlichen Geheimagenten James Bond, die Welt, doch es hatte auch Opfer gegeben. Selbst wenn sie zu den *Guten* gehörten. Wie immer in solchen Filmen – irgendjemand musste dran glauben. Unwichtige Nebenrollen, kurze Liebschaften, die wie Nummerngirls zwischen zwei Boxkampfrunden anmuteten, und Statisten, die Bond nur im Wege standen und auf die man leicht verzichten konnte.

So wie die junge Frau – Jill war ihr Name –, die Fröbe alias Goldfinger beim betrügerischen Kartenspiel assistierte, das er draußen am Hotelpool bestritt. Bond entdeckte die Frau auf einem Balkon des Hotels. Mit dem Fernglas spähte sie die Karten aus und übermittelte die Informationen per Funk an Goldfinger, der einen Empfänger im Ohr trug.

Ein Falschspieler, dem Bond das Handwerk legen wollte. Der einfallsreiche Geheimagent drehte den Spieß einfach um. Bond drang in die Suite der Lady ein, übernahm das Funkgerät und zwang den geldgierigen Schurken, das Spiel zu verlieren.

Jill hatte auf ganzer Linie versagt.

Ihr kurzer Auftritt endete in einem Desaster. Eine Demütigung, die Goldfinger nicht auf sich sitzen lassen würde. Seine Rache war ihr sicher, doch Jill, seltsam naiv und sorglos, hatte natürlich nur eines im

Sinn. Sie ging mit Mister Unwiderstehlich-Bond ins Bett. Einfach unfassbar!

Wie dämlich können Frauen sein ...?

Bösewicht Goldfinger reagierte erbarmungslos. Während Bond mit dem Leben davonkam, erhielt Jill einen Ganzkörperüberzug aus Goldfarbe. Da die Haut nicht mehr atmen konnte, erstickte sie qualvoll. Eine bizarre Methode, um jemanden umzubringen.

Calastana war skeptisch gewesen, ob es funktionieren würde, er konnte sich nicht vorstellen, auf diese Weise zu ersticken, doch eines musste er den Filmemachern lassen: Die Idee war von bestechender Originalität. Sie hatte ihn inspiriert.

Eine Ungeheuerlichkeit. Etwas noch nie Dagewesenes. Ja, so wie damals die Sache mit Angelika, doch diesmal in noch viel größeren Dimensionen.

Er war in Duvenstedt gewesen, um sich die Örtlichkeiten anzusehen, und jetzt ...?

Nach ... Norderstedt, du wohnst in Norderstedt!

Doch er hatte sich verfahren, war rechts auf dem Grünstreifen stehen geblieben und dann in einen schlafähnlichen Zustand verfallen, der ihn in das Reich seiner Vergangenheit katapultiert hatte.

Der Kinobesuch mit Angelika, die maßlose Enttäuschung, der Diebstahl des Käfers, die nächtliche Fahrt durch Hamburg und zuletzt sogar die Jahre seiner Kindheit bis hin zu dem Tag, als das Bauernhaus seines Großvaters abbrannte und sie sich alle gegenseitig umbrachten. Wie durch ein Wunder war er damals entkommen.

Jetzt fand er nicht einmal mehr den Weg nach Hause. Doch plötzlich entdeckte er den Zettel an seinem Armaturenbrett. Der gelbe Klebezettel, auf dem das Wort *Navi* stand, und jetzt dämmerte ihm, warum er die Gedächtnisstütze dort angebracht hatte. Das Navigationsgerät würde ihn nach Hause leiten, er musste es nur benutzen.

Du musst auf die Heimatadresse drücken …

Er hob den rechten Arm, um die Funktion auszulösen, und zuckte erschrocken zurück. Calastana traute seinen Augen nicht. Dort, wo sich normalerweise seine Hand befand, war … nichts.

Keine Hand, keine Finger, … nichts. Sie war nicht mehr vorhanden. Sie fehlte, einfach so. Da war auch kein Blut oder herabhängende Hautfetzen. Gar nichts. Hektisch drehte er den Arm nach allen Seiten, schlug damit hin und her, doch die Hand blieb verschwunden. So als wäre sie einfach abgefallen.

Auf seiner Stirn bildete sich ein feiner Schweißfilm. Panische Angst stieg in ihm auf, und in seinen Gedärmen wütete ein stechender Schmerz. Hilflos blickte er sich um, überprüfte den Beifahrersitz, die Ablagefläche zwischen den Sitzen, den Fußraum, doch …

Eine Halluzination, es ist nur eine …

Dann ein Zischen. Hastig fiel sein Blick in den Rückspiegel. Alles schien sich plötzlich gegen ihn zu verschwören. Die fehlende Hand, dieses seltsame Geräusch von der Rückbank, das ihm schlagartig eine Heidenangst einjagte.

Hinter ihm bewegte sich etwas. Aus den Augenwinkeln heraus sah er eine schwarze, undefinierbare

Masse, die keine festen Konturen zu haben schien und die seltsame Geräusche von sich gab. Es zischte und stank ekelerregend nach frisch geteerter Straße.

Das Herz schlug ihm bis zum Hals hinauf.

»Hast du eine neue Mission, James?«

»Für England, James?«

Die Stimme! Er kannte diese Stimme, natürlich, auch nach so langer Zeit. Sie hatte sich eingebrannt.

»007s Loyalität gilt immer nur seiner Mission, stimmt's?«

Es war Angelika.

Doch nein, das konnte nicht sein, denn sie war tot. Sie musste tot sein. Er konnte sich genau daran erinnern. Er hatte sie damals … umgebracht. Niemand hätte so eine Prozedur überleben können.

Er konnte sich noch genau daran erinnern.

Nachdem er in jener Nacht mit dem Käfer in die Firmenhalle gefahren war, bestückte er als Erstes den alten Teerkocher mit einem schwarz glitzernden Bitumenbrocken. Dann schloss er den Propanbrenner an, um das Material zu erhitzen. Innerhalb einer Stunde verflüssigte sich die heiße Masse, er hatte also genügend Zeit, um Angelikas Körper vorzubereiten.

Er nahm einige alte Decken aus dem Geräteraum und breitete sie auf dem kahlen Betonboden aus. Dann hievte er die schlafende Frau aus dem Käfer heraus und platzierte ihren schlaffen Körper. Sie stöhnte, während er sie auszog, doch wider Erwarten wachte sie nicht auf.

Aus dem Teerkocher zischte und dampfte es.

Er blickte auf Angelikas Körper. Diese enttäuschende Zufallsbekanntschaft spielte nur eine Nebenrolle. Sie war unbedeutend, nichts weiter als eine tragische Randfigur. Er und auch der Rest der Welt würden auf sie verzichten können. Problemlos. Ihr Verlust würde gar nicht auffallen. So wie bei Jill. Sie waren beide nur langweilige Statisten in einer Welt, in der nur das Außergewöhnliche zählte.

Angelika war wie Jill, Jill wie Angelika. Nur diesmal war es kein Gold, das sich wie eine zweite Haut um ihren nackten Körper legen würde, sondern eine schwarze, heiß blubbernde Bitumenmasse, mit der gewöhnlich Dachpappe verklebt wurde.

Er erinnerte sich daran, wie er den ersten Eimer dieser heißen, zähen Masse über den Körper der schlafenden Frau entleerte. Das Zischen, der Qualm und die Schreie. Diese markerschütternden Schreie, die von einer Sekunde auf die andere durch die ansonsten menschenleere Werkstatt hallten. So als hätte jemand den Schalter einer Maschine umgelegt, mit der man Todesschreie erzeugen konnte.

Die Faszination des Grauens war jetzt endgültig in seinem Kopf angekommen. Damals hatte sich der Dämon der Finsternis dort festgesetzt und war bis heute nicht gewichen. Wie ein symbiotischer Parasit, der durch seine Gehirnwindungen kroch, um die hinderlichen Dinge aufzufressen.

Moralische Skrupel, das Gewissen, die Angst vor Bestrafung und die Schuldgefühle: all die Dinge, die noch irgendwo in ihm schlummerten. Mit dem Mord an Angelika hatte er sie überwunden. In gewisser Weise hatte es sich wie ein Befreiungsschlag angefühlt.

Damals hatte er die Büchse der Pandora geöffnet. Er hatte das Tor zur Hölle aufgestoßen und den Grundstein für ein Leben außerhalb dieser Gesellschaft gelegt. Ein Leben, das jetzt auf eine harte Bewährungsprobe gestellt wurde. Eine längst vergessene Schuld schien ihn plötzlich wieder einzuholen.

»Du bist schon lange tot«, stöhnte er gequält hervor. »Du bist gar nicht da. Du bist …«

Doch der Blick in den Rückspiegel belehrte ihn eines Besseren.

Angelika hatte sich jetzt zu voller Größe aufgerichtet. Sie saß auf der Rückbank und schien kein Mensch, sondern ein Wesen aus schwarzer Bitumenmasse zu sein. Sogar ihr Mund und ihre Augen glänzten ihm tiefschwarz entgegen.

»Natürlich bin ich tot«, entgegnete sie und beugte sich zu ihm vor. »Du hast mir das heiße Zeugs ja sogar in den Mund gekippt.«

»Lass mich in Ruhe!« Calastana wagte nicht, sich umzudrehen. Angelikas Kopf – oder dieses schwarze Etwas, das wie ein Kopf aussah – war jetzt dicht an seinem Ohr. Er konnte den Teergeruch wahrnehmen.

»Na komm schon, Rolf«, flüsterte sie kaum hörbar. »Du hast doch nicht wirklich geglaubt, dass sie alle fort sind? Die Frauen, die du auf dem Gewissen hast. Wie viele waren es noch mal? Fünf … oder sechs?««

Calastana grunzte. »Gewissen? Was soll das sein?«

»Oh ja, ich vergaß«, korrigierte sich das Bitumen-Wesen »Solche Gefühle sind dir ja fremd. Doch das macht nichts. Wir treiben dich auch so in den Wahnsinn. Darauf kannst du einen fahren lassen.«

Ein kalter Schauer durchzog ihn. »Was … was hast du vor?«

»Dreh dich nur ein Stück weit um«, forderte sie ihn auf. »Ich hab hier ein Geschenk für dich.«

Calastana blickte aus dem Fenster. Er hatte nicht vor, Angelikas Aufforderung nachzukommen. Sie war kein Geist oder eine Heimsuchung, sondern nur das Produkt seines kranken Gehirns.

Oder?

Gab es doch so etwas wie ein Jenseits? Ein Leben nach dem Tod? Er hatte sich nie mit dem Thema beschäftigt, doch jetzt, da die Endlichkeit seines Daseins in den Fokus der Betrachtung rückte, war der Gedanke daran wie ein Gehstock, an dem man sich festhalten konnte. Doch wenn es ein Jenseits gab, dann waren dort auch die Frauen, die durch seine Hand gestorben waren. Nicht, dass er es bereuen würde, aber in diesem Fall könnten sie auch in die reale Welt zurückkehren, um es ihm heimzuzahlen.

Aber warum gerade jetzt?

Er hob die ihm noch verbliebene linke Hand und drückte auf den Button Heimatadresse. Während das Navi die Route berechnete, riskierte er einen Blick auf die Rückbank. Mit Beunruhigung registrierte Calastana, was er dort sah.

8.

Ein interessantes Detail! Teresa beugte sich vor und starrte auf den Bildschirm, bis das Standbild vor ihren Augen zu flackern begann. Der geheimnisvolle Mann, der dort auf dem Fähranleger stand, war aller Wahrscheinlichkeit nach kein Geringerer als Daniel Brechter. Er trug ein blaues Sakko, hielt ein Smartphone in der Hand und koordinierte den Anschlag in der Hafencity, der sich zu diesem Zeitpunkt seinem dramatischen Höhepunkt näherte.

So jedenfalls sah es für Teresa aus. Oder wollte sie nur, dass es so aussah?

Es gab keine eindeutigen Beweise für Teresas Interpretation der Ereignisse. Die Videobilder waren unscharf oder verwackelt, und auch die Nachforschungen über Brechters Telefongespräche lieferten keine Anhaltspunkte, da er während des Anschlages vermutlich ein nicht registriertes Prepaid-Handy benutzt hatte.

Aber es war wieder präsent: das Muster vor ihrem geistigen Auge, der Abdruck in ihrem Gehirn. Es fühlte sich einfach plausibel an.

Dieses Puzzleteil passte genau an diese Stelle des *Jahrhundertfalls*.

Ein überaus unnützes Puzzleteil, würden die Kollegen argumentieren, denn die Täter saßen hinter Gitter. Brechter war aufgrund von Zeugenaussagen, die der radikal-islamistischen Szene zuzuordnen waren, überführt worden. Er hatte die Terroristen in einer Hamburger Hinterhofmoschee rekrutiert und auch bei der Beschaffung des Sprengstoffs zahlreiche Spuren hinterlassen.

Auch den Mord an seiner Psychiaterin konnte man ihm dank zahlreicher DNA-Spuren nachweisen. Wozu also weiter recherchieren? Zumal der Mann aufgrund einer psychischen Erkrankung für unzurechnungsfähig erklärt wurde. Er saß im Maßregelvollzug, der geschlossenen Psychiatrie für straffällige Geisteskranke, und das vermutlich bis an sein Lebensende.

Doch für Teresa spielte es keine Rolle, ob der Täter bereits überführt worden war. Auch die Tatsache, dass ihn die Geisteskrankheit vor dem *normalen* Gefängnis bewahrte, war ihr egal. Es ging um den Fall an sich, das verwobene Konstrukt von Geschehnissen, die Details, die Hintergründe, das kriminalistische Gebäude hinter dem Verbrechen. Und hierbei war jedes noch so kleine Puzzleteil von exorbitanter Bedeutung. Insbesondere dann, wenn es dabei um die Schlüsselfigur ging.

Daniel Brechter: zuverlässiger Beamter, liebevoller Ehemann, Terrorist und Mörder. Der rothaarige Polizist mit den zwei Gesichtern. Ehemaliger Kriminaloberkommissar im LKA Hamburg – Abteilung Mordkommission.

Brechter war Jahrgang 1975, schlank, attraktiv, Brillenträger und Nichtraucher. Bis dato unauffällig und zuvorkommend. Der begeisterte Konsument von blutigen Horrorfilmen bevorzugte bunte Sakkos, die er zu jeder Jahreszeit trug. Mit den Sommersprossen im Gesicht sah er fast wie ein schüchterner Konfirmand aus, der keiner Fliege etwas zuleide tun konnte.

Was für ein fataler Irrtum …!

Brechter bewohnte gemeinsam mit seiner Frau Clara Sommer eine Altbauwohnung im Hamburg Eppendorf. Aus einer Ahnung heraus hatte die Frau mit den langen schwarzen Haaren darauf bestanden, ihren Mädchennamen zu behalten. Die kinderlose Ehe war mittlerweile geschieden, und Brechter befand sich seit September 2017 im Hochsicherheitstrakt einer psychiatrischen Klinik.

Wer will schon mit jemandem verheiratet sein, der unter Persönlichkeitsspaltung leidet.

Niemand konnte damals ahnen, dass es so schlimm um den galant wirkenden Kriminalbeamten stand, doch die ersten Auffälligkeiten waren bereits viele Jahre zuvor aufgetreten. Teresa hatte sich durch zahlreiche Akten und etliche medizinische Gutachten gekämpft. Letztlich war es ihr sogar gelungen, ein Treffen mit Brechters Exfrau zu arrangieren. Keine Selbstverständlichkeit, denn Clara Sommer war zutiefst verunsichert und wollte mit all dem nichts mehr zu tun haben.

Das Gespräch von Frau zu Frau verlief überaus aufschlussreich und brachte einige interessante Details ans Tageslicht. Teresa bekam Hintergrundinformationen, die in keiner Akte zu finden waren. Zum Beispiel Brechters Faible für blutige Horrorfilme. Nicht ungewöhnlich – es gab viele hartgesottene Konsumenten, denen es gar nicht blutig genug sein konnte –, aber im

Hinblick auf seine zahlreichen Schlafstörungen, unter denen er seit seiner Kindheit litt, ein eher kontraproduktives Hobby.

Brechter litt unter furchterregenden Albträumen, aber immer öfter kam es im Laufe der Jahre auch zu dem tückischen Phänomen der Schlafparalyse. Ein mysteriöser Zustand, in dem Körper und Geist im unerforschten Reich zwischen Schlafen und Wachen gefangen sind. Gelähmt und bewegungsunfähig, von beängstigenden Halluzinationen geplagt, die sich nicht kontrollieren oder beenden ließen.

Ein Horrorszenario! Mehr als einmal musste Clara ihren Mann aus einer Schlafparalyse befreien, um dessen Schreckensvisionen zu beenden. Auch für die junge Frau immer wieder eine beängstigende Tortur.

Brechter wäre auch von alleine aus der Paralyse aufgewacht – irgendwann –, doch die Qualen, die mit jedem seiner Wachträume einhergingen, waren extrem belastend, sodass er vermutlich schon damals kurz davor war, den Verstand zu verlieren. Wenn Clara nicht gewesen wäre.

Was uns eine Menge Ärger erspart hätte ...!

Dieser Mann war ein Phänomen. Der Hang zum Übernatürlichen zog sich wie ein roter Faden durch Brechters Leben. Und trieb ihn vermutlich auch in den Wahnsinn.

Irgendjemand hätte die Notbremse ziehen müssen, doch offensichtlich hatten alle Instanzen kläglich versagt, resümierte Teresa. Schließlich hatte er sich seiner damaligen Therapeutin anvertraut – und die graziöse Frau dann später umgebracht.

Teresa erhielt Einblick in die Krankenakte und kam ohne fremde Hilfe nicht zurecht, denn der umfangreiche Text der Therapeutin strotzte nur so von medizinischen Fachausdrücken.

Dissoziative Identitätsstörung – in Brechters Fall eine Art der Persönlichkeitsspaltung – lautete die Diagnose von Doktor Gisela von Boltenhagen in der Kurzfassung.

Die zweite Persönlichkeit in Brechters Kopf war der totgeglaubte Altenheim-Mörder Wolfgang Möller, dessen Leiche bis heute verschwunden blieb. Jedenfalls war dies die Version, an die Brechter glaubte.

In den Therapiesitzungen kam er immer wieder auf das Thema zu sprechen.

Wie man mit einer derartigen Störung noch Dienst verrichten kann, ist mir schleierhaft!

Es gab noch mehr Ungereimtheiten, vor allem in Brechters Vergangenheit. So soll seine demente Mutter in einem der Heime gelebt haben, in dem Möller gemordet hatte. Außerdem war die Frau vor fünfzig Jahren aktives Mitglied in der linksterroristischen Szene gewesen.

Sofern die Aktenlage stimmte?

Die verrücktesten Geschichten schreibt das Leben selbst, dachte Teresa und schaltete den PC aus, um das Badezimmer aufzusuchen.

Später, sie lag im Bett und ließ den Tag Revue passieren, gingen ihr die Besuche in der Psychiatrie noch einmal durch den Kopf. Bereits mehrmals hatte sie Brechter in der geschlossenen Männerstation der Klinik aufgesucht, um an der Vervollständigung ihres

Puzzles zu arbeiten.

Dabei musste sie jedes Mal mit ungewöhnlichen Ereignissen rechnen.

Zum Beispiel mit zwei verschiedenen Persönlichkeiten, die nicht unterschiedlicher hätten sein können. Das Original: ein zutiefst verwirrter, geisteskranker Daniel Brechter, der immer noch unter den Folgen der schrecklichen Folter litt.

Daneben der *Untermieter* in seinem Kopf: das Monstrum Wolfgang Möller. Terrorist und Serienkiller, der die *Gartenzwerge der Hölle* aus menschlichen Knochen erschuf. Und der gleichzeitig der Mann war, der Brechter fast zu Tode gefoltert hatte.

Man wusste nie, wer einem gerade gegenüberstand und was als Nächstes passieren würde, doch sie hätte nicht im Traum daran gedacht, eines Tages einem *Zombie-Patienten* zu begegnen.

9.

Cornelia Hölter hatte sich bereits kurz nach der Einlieferung in den Patienten verliebt. Spontan aus einer Eingebung heraus, die ihr anfänglich selbst suspekt vorkam.

In einen Mann, der für den Tod mehrerer Hundert Menschen verantwortlich sein sollte. Ein Terrorist, ein Mörder und Ex-Polizist, der unter einer fortgeschrittenen Persönlichkeitsspaltung litt.

All dies traf auf Daniel Brechter zu, der im September 2017 in die forensische Psychiatrie eingewiesen wurde, in der sie seit zwölf Jahren arbeitete.

Eine plausible Erklärung hierfür hatte sie nicht. Natürlich war es ein Fehler, das wusste sie, doch nach kurzer Zeit ignorierte Hölter ihre Bedenken mit spielerischer Leichtigkeit.

Trotz wechselnder Männerbekanntschaften war es der brünetten Psychiaterin nicht gelungen, einen geeigneten Partner zu finden. Sie war intelligent, groß, kräftig und wirkte dominant, obwohl das nicht ihrem Naturell entsprach. Vielleicht, so spekulierte sie gelegentlich, hatten die Männer einfach Angst vor ihr. An eine Familienplanung war ohnehin nicht mehr zu denken, und so schlich sich bei ihr der Gedanke ein, dass diese seltsame Liebe zu Daniel Brechter auch einer Art Midlifecrisis geschuldet war.

Mit siebenundvierzig Jahren ist das ja auch völlig nor-

mal ... ging es ihr des Öfteren durch den Kopf.

Heute, zwei Jahre nach ihrem ersten Aufeinandertreffen, hatte sich die anfängliche Faszination, die von der *verbotenen* Beziehung ausging, in eine nicht minder attraktive Routine verwandelt.

Sie schliefen miteinander.

In unregelmäßigen Abständen, da Hölter nur dann an dem smarten Ex-Polizisten Interesse zeigte, wenn er auch er selbst war. Sie hatte lange gebraucht, um den Rhythmus seiner Phasen einigermaßen vorhersagen zu können. Es gab Tage, da ging der Wechsel von einer Sekunde auf die andere vonstatten, und es war kein Vergnügen, die Bekanntschaft von Wolfgang Möller zu machen, dessen teuflische Persönlichkeit ebenfalls in Brechters Innerem hauste. An stabilen Tagen jedoch war sein Verhalten einigermaßen vorhersehbar.

Vielleicht bin ich auch süchtig nach dem Kick, der mit den Verwandlungen einhergeht, dachte sie gelegentlich in selbstanalytischem Monolog.

Neuerdings beobachtete Hölter, dass sich noch ein drittes Individuum in ihm breitzumachen begann. Sie hatte bereits einen Verdacht, um wen es sich hierbei handeln könnte, doch noch war es zu früh für eine eindeutige Diagnose. Es galt, diese – vielleicht besorgniserregende – Entwicklung im Auge zu behalten, um rechtzeitig gegensteuern zu können.

Doch momentan genoss sie die gewonnenen Erkenntnisse, die es ihr erlaubten, seine positiven Phasen für ihre Zwecke einzusetzen. Sie beobachtete Brechter, passte die Medikation entsprechend an und hatte so einen gewissen Einfluss auf den Wechsel seiner verschiedenen Charaktere.

Dabei war sie sich ihrer unprofessionellen Verfehlungen durchaus bewusst. Mehr noch: Sie tolerierte ihr eigenes unzulässiges Verhalten – von dem natürlich niemand etwas erfahren durfte –, um sich selbst zu therapieren.

Denn es ließ sich nicht leugnen, dass sie sich in den Teil von Brechter verliebt hatte, der unschuldig war. Das Original eben: charmant und kooperativ. Naiv, gutaussehend, humorvoll und hilfsbereit. Verspielt wie ein Kind, das nur etwas speziell war, weil es heimlich blutige Horrorfilme schaute.

Er stand für das Positive und hatte nur eine vage Ahnung davon, zu was der andere Teil in ihm fähig war. Aus diesem Grund war er hier in der geschlossenen Psychiatrie und nicht in einem normalen Gefängnis.

Psychische Erkrankungen waren Hölters Job, sie war umgeben von Abnormitäten aller Art, doch trotz ihres profunden Fachwissens war auch sie nur ein Mensch mit Schwächen und Sehnsüchten. Selbstkritisch beobachtete Hölter, dass in ihr das Verlangen wuchs, andere Menschen zu kontrollieren. Eine fatale Entwicklung, die sich mit zunehmendem Alter beschleunigte und die vermutlich durch ihre Arbeit beeinflusst oder sogar befeuert wurde.

Eine schlechte Voraussetzung für einen Job, in dem das Patientenwohl an oberster Stelle stehen sollte. Streng genommen war es vielleicht sogar eine Art Missbrauch von Schutzbefohlenen.

Um all diese Verwerfungen zu kompensieren,

schlief sie mit ihm. Kurz und intensiv – so wie gestern Nachmittag. Es nahm eine Menge Druck von der Seele und war auch für Brechter wie eine Therapie, die ihm Entspannung brachte. Es gab sogar positive Nebeneffekte. Brechter kam mit weniger Tabletten aus und berichtete, dass er seitdem nachts besser durchschlafen konnte.

Die Erinnerung an das letzte Date zauberte ein Lächeln auf ihr Gesicht.

Gegen fünf klopfte sie an Brechters Tür. Dreimal kurz hintereinander, dann zweimal mit längeren Pausen. Wie üblich saß er um diese Zeit am Esstisch und las die Zeitung, um sich von der Arbeit in der hauseigenen Fahrradwerkstatt zu erholen.

Das Gebäude war erst vor wenigen Jahren fertiggestellt worden, sodass die Insassen, ausnahmslos psychisch erkrankte Männer, einigen Luxus genossen. Der großzügig geschnittene Raum war mit hellen Kiefernmöbeln ausgestattet; es gab eine kleine Küchenzeile mit Kühlschrank und ein separates WC. Ein TV-Gerät gehörte ebenso zur Standardausstattung wie der internetfähige Computer, dessen Zugang allerdings mit einer Filter-Software ausgestattet war.

Der Fußboden war mit nussbraunem Laminat ausgelegt, und an den weißen Wänden hingen mehrere Bücherregale. Zwei große Fenster, die lediglich über einen Kippmechanismus verfügten, ließen viel Licht herein. Gitter suchte man hier vergeblich.

Als sie den Raum betrat, legte er die Zeitung beiseite, stand auf und kam ihr mit dem Stuhl in der Hand freudestrahlend entgegen.

»Es ist mal wieder Zeit für die *Spezialbehandlung*«, raunte sie ihm entgegen, während sie die Tür hinter sich abschloss. »… Herr Brechter.«

»Hatte ich mir schon gedacht. Ich leide bereits unter schmerzvollen Entzugserscheinungen, Frau Therapeutin«, flachste Brechter erwartungsfreudig und klemmte die Stuhllehne unter die Türklinke.

Es gab mehrere Personen in diesem Haus, die sich Zugang zu den Räumen verschaffen konnten. Es war zwar unwahrscheinlich, dass sie jemand stören würde, doch Hölter wollte kein unnötiges Risiko eingehen.

Das Zimmer, in dem Brechter jetzt seit über zwei Jahren lebte, wirkte unaufgeräumt. Überall lagen Zeitschriften, Zeitungen, Fanpost, Liebesbriefe, Bücher, DVDs und Schreibblocks herum, in denen er – oder die andere Persönlichkeit in ihm – zahllose Notizen festgehalten hatte.

Auf Hölters dringliches Anraten hin las Brechter die Texte des *anderen* nicht. Er vermutete, dass es andersrum genauso war. Jede Persönlichkeit hatte ihr eigenes Schriftbild, sodass es kein Problem war, die Aufzeichnungen auseinanderzuhalten. Hätte er all das gelesen, wäre sein Gehirn vermutlich explodiert.

Hölter lächelte, als sie das Chaos in seinem Zimmer bemerkte. Ihr Blick fiel auf die DVDs, die überall herumlagen. Es handelte sich vorwiegend um Horrorfilme. Keine extremen Streifen, die der Zensur für Insassen unterlagen, sondern seichteres Material, das auch im Fernsehen ausgestrahlt wurde.

»Sie haben meinen Ratschlag ignoriert«, stellte Hölter konsterniert fest. »… weniger von diesen schrecklichen Filmen, … und dafür mehr Sport.«

»Ich gelobe Besserung«, beteuerte er und zog die Plissees nach oben, um neugierige Blicke auszusperren. Das so gedämpfte Licht erhellte den Raum nur spärlich und ließ eine romantische Stimmung aufkommen.

Brechter trug schwarze Jeans und einen schwarzen, enganliegenden Rollkragenpulli. Ebenfalls ein Umstand, der Hölter nicht gefiel. Schwarze Kleidung dämpfte die Stimmung. Depressive Gemütslagen wurden so noch verstärkt. Doch sie sagte nichts, öffnete den obersten Knopf ihres weißen Arztkittels und umarmte Brechter, der wie gefesselt auf ihr ausladendes Dekolleté starrte.

Sie küssten sich leidenschaftlich, und Hölter sog stöhnend seinen betörenden Duft ein, während sich ihre Zungen umspielten. Brechter wusste, dass sie unter ihrem Kittel nur die Unterwäsche trug. Mit zitternden Händen öffnete er einen Knopf nach dem anderen, während sich Hölter an seinem Hosenschlitz zu schaffen machte. Sein erigierter Schwanz sprang förmlich aus der Hose heraus, und Hölter begann sofort, ihn heftig zu massieren. Brechter stöhnte leise auf, schob den Kittel beiseite und ließ seine Hände unter ihren Slip gleiten. Er streifte das champagnerfarbene, spitzenbesetzte Höschen hinunter und umfasste ihr pralles Hinterteil.

Hölters Augen blitzten angriffslustig auf.

Grinsend stieß sie ihm die Hände gegen die Brust, sodass er rücklings auf dem Bett landete. Sogleich kniete sie sich über ihn, nahm seinen Schwanz in den Mund und griff sich selbst mit der linken Hand an die Vulva, um mit dem Finger ihren Kitzler zu stimulieren.

Brechter sah ihre großen Brüste vor sich, streifte die Träger des BHs von ihren Schultern und spielte mit den harten Nippeln. Sie stöhnte wollüstig und schob ihn zur Seite, um sich auf den Rücken legen zu können. Während er seine Zunge über ihren Hals gleiten ließ, wechselten sie die Positionen, und Hölter spreizte ihre Beine, um sein Glied einzuführen.

Brechter begann sofort, seine Partnerin mit rhythmischen Stößen zu erregen. Je näher sie dem Höhepunkt kamen, desto heftiger und intensiver wurden seine Bewegungen. Ihre Blicke trafen sich, doch dann schloss Hölter die Augen und begann laut zu stöhnen. Für einen kurzen Augenblick war Brechter irritiert, da er befürchtete, dass ihre Liebesgeräusche auf dem Flur zu hören waren, doch als sich sein eigener Orgasmus ankündigte, war ihm alles egal. Fast zeitgleich wurden beide von einer Kaskade berauschender Gefühle überflutet, dann sackte sein Körper erschöpft auf sie herab.

Später, Cornelia Hölter und Daniel Brechter saßen bei einer Tasse Kaffee in einem der Therapieräume, kamen sie auf den gestrigen Besuch von Kohlwein zu sprechen, an den sich Brechter nur noch nebulös erinnern konnte – oder wollte.

Alle Welt wusste, dass es in Brechters Fall eigentlich keine offiziellen Ermittlungen mehr gab, doch der jungen Kriminalbeamtin war es bei früheren Vernehmungen gelungen, Brechters Vertrauen zu gewinnen.

Und sie überraschte ihn mit immer neuen, spannenden Fragestellungen, die Brechter zu interessieren schienen. Die Anstaltsleitung hatte das ungewöhnliche Arrangement abgesegnet, sodass es in unregelmäßigen Abständen zu inoffiziellen Treffen kam, die manchmal einen unerwarteten Verlauf nehmen konnten.

Hölter hatte darauf bestanden, den Gesprächen beizuwohnen, doch sie hielt es für falsch, Brechter über jedes noch so kleine Detail der Begegnungen zu informieren, um seine löcherigen Erinnerungen zu komplementieren. Zu viel Input führte zu einem Feuerwerk in seinem Gehirn.

Der letzte Termin war nicht zufällig gewählt worden, da die engagierte Polizistin diesmal explizit *nicht* mit Brechter, sondern mit Wolfgang Möller – seiner abgespaltenen Persönlichkeit – sprechen wollte.

Hölter hatte sie vorgewarnt – die Sache könnte unangenehm werden –, doch die unbeeindruckt wirkende Beamtin vom Landeskriminalamt Hamburg ließ sich nicht beirren. Ein Umstand, der Hölter nur gelegen kam, da es ihr nicht gefiel, dass diese Frau, die so seltsam kalt wirkte, eine tiefere Beziehung zu ihrem Patienten aufbaute.

Sie soll Daniel in Ruhe lassen, doch mit Möller kann sie meinetwegen den ganzen Tag plaudern.

Da Hölter den Wechsel von Brechters Persönlichkeiten ansatzweise nachvollziehen und somit vorhersagen konnte, gab sie Kohlwein einen Termin, an dem mit Möllers Erscheinen zu rechnen war.

Doch es geschah etwas Unvorhergesehenes.

Brechters Psyche spaltete sich gleich in mehrere Teilpersönlichkeiten auf. Etwas, das bisher noch nie geschehen war.

Und es kam noch verrückter.

Zum Abschluss des Gesprächs gab er der Polizistin ein Rätsel mit auf den Weg. Eine Art Gedicht, an dem sie sich – so seine Worte – die Zähne ausbeißen würde. Was er damit bezweckte, blieb allerdings sein Geheimnis.

Ich liebe diese Kicks ... dachte Hölter fasziniert.

10.

Auch alte Akten aus der Zeit der Glasaugen-Mordserie hatte Teresa nicht gefunden.

Was nachvollziehbar wäre, spekulierte sie. *Als Staatsanwalt hatte Seidelberg vielerlei Möglichkeiten, die Ermittlungen zu blockieren und Unterlagen verschwinden zu lassen.*

Teresas Gedanken schweiften ab.

August 2019. Sie war auf dem Weg in die Psychiatrie, um Daniel Brechter zu befragen. Eigentlich wollte sie das Scheusal Wolfgang Möller sprechen, der heute die Kontrolle über Brechters Gehirn übernehmen würde – zumindest zeitweise. Wenn man seiner Therapeutin Glauben schenken konnte, die sich damit brüstete, wie keine Zweite den Persönlichkeitswechsel Brechters vorhersagen zu können.

Etwas dick aufgetragen, dachte Teresa, doch sie musste sich zurückhalten.

Es war keine Selbstverständlichkeit, dass die Klinikleitung ihr erlaubte, den Patienten immer wieder aufzusuchen, um weitere Ermittlungen durchzuführen. Schließlich war Daniel Brechter aufgrund seines geistigen Gesundheitszustandes für schuldunfähig erklärt worden.

Teresa war es trotzdem gelungen, den ärztlichen Direktor der Klinik umzustimmen. Der schwergewichtige Mann war experimentierfreudig und befürwortete die inoffizielle Ermittlungsarbeit. Wohl auch, weil seine Frau eine Führungsposition bei der Polizei Schleswig-Holstein bekleidete. Teresa sah den Dicken noch vor sich, als er ohne Umschweife von der Wichtigkeit des staatlichen Gewaltmonopols sprach.

Ein Glücksfall ohnegleichen.

Während der Fahrt musste sie an Brechters letzten Fall denken. Der Glasaugen-Mörder. Die dubiose Mordserie aus den Siebzigern, die Brechter noch aufklären konnte. Sofern seine Angaben hierzu der Wahrheit entsprachen. Seidelberg, der zwielichtige Staatsanwalt mit der perversen Nekrophilie-Neigung, hatte die Morde angeblich gestanden, während er seine letzten Tage im Hospiz verbrachte.

Doch warum gab es eigentlich keine Akten? Als leitender Staatsanwalt hätte Seidelberg alle Möglichkeiten gehabt, eine falsche Fährte mit jeder Menge bedrucktem Papier zu konstruieren, um von sich selbst abzulenken.

Das hatte er nicht getan.

Vieles sprach also dafür, dass im Fall des Glasaugen-Mörders polizeiliche Akten vorhanden gewesen sein mussten, die dann der Staatsanwaltschaft übermittelt wurden. Dies ging auch aus alten Zeitungsartikeln hervor. Ergo konnte Seidelberg keine Aktenlage erfinden, nein, er musste die vorhandenen Akten frisieren – oder verschwinden lassen.

Alles in allem sah es eher so aus, als ob er Unterlagen vernichten ließ, um jemanden zu decken. Doch unter diesen Umständen war eine andere Person der Glasaugen-Mörder – nicht Seidelberg selbst.

Jemand, der vielleicht immer noch unbehelligt umherlief und auf dessen Fersen sich auch der Kriminalbeamte Daniel Brechter gesetzt hatte.

Blieb die Frage, ob er diese Person seinerzeit gefunden hatte.

Davon muss man wohl ausgehen, grübelte Teresa. Denn in diesem Fall war auch nachvollziehbar, warum er Seidelberg als Täter präsentierte. Er hatte den wahren Mörder gefunden, wollte diesen aber nicht verhaften, sondern er brauchte einen Sündenbock.

Entweder wurde Brechter erpresst, oder, was noch viel wahrscheinlicher erschien, er benötigte den Killer für seine verbrecherischen Zwecke. Schließlich war Brechter zu dieser Zeit bereits ein Wolf im Schafspelz, der nichts Geringeres als einen monumentalen Terroranschlag plante. Vielleicht brauchte er kriminelle Unterstützung aus der heimischen Szene, denn der Umgang mit den extremistischen Islamisten war sicher nicht unproblematisch gewesen.

Da bot sich eine perfekte Gelegenheit, Seidelberg als Glasaugen-Mörder aus dem Hut zu zaubern. Der Mann war ohnehin in die Sache verwickelt und aufgrund seiner Krankheit praktisch wehrlos. Und die Fälschung des Geständnisses somit ein Kinderspiel.

Doch wofür brauchte er den wahren Täter? Und was ist aus ihm geworden?

Teresa betrat das Gebäude mit gemischten Gefühlen. Der Grund hierfür war nicht das Gespräch, das ihr bevorstand, sondern das unheimlich wirkende Haus voller psychisch kranker Menschen und die depressive Atmosphäre, die sich wie ein Virus durch die Gänge verteilte. Auf der anderen Seite war sie von den vielfältigen Abgründen der menschlichen Psyche fasziniert und von den Menschen, die dahinter standen.

Hinter diesen Mauern konnte man auf ein breites Spektrum von Krankheiten, aber auch auf das lupenreine Böse treffen. Rücksichtslose Psychopaten, die weder Anteilnahme noch Schuldgefühle kannten und die über Leichen gingen, um ihre Ziele durchzusetzen.

Menschen, denen die Verwerflichkeit ihrer Taten durchaus bewusst war und die sich dennoch im Recht fühlten. Legitimiert durch den Glauben an einen absurden Idealismus, der ihnen die Lizenz zum Hassen und Töten verlieh.

Doch dies ist ein Krankenhaus, dachte Teresa. *Laut Gutachten sind hier alle unzurechnungsfähig ...*

Sie passierte den Kontrollbereich.

Drinnen war es angenehm kühl. Der Neubau war gut gedämmt, sodass die Hitze des Augusttages draußen blieb. Es roch nach Bohnerwachs und Folienmenüs. Teresa rümpfte die Nase und trug noch einen Sprühstoß ihres Lieblingsparfums auf.

Als sie das Büro von Cornelia Hölter betrat, begann sie allerdings zu frösteln, denn in der Ecke des schlicht eingerichteten Raumes lief ein Stand-Ventilator auf Hochtouren. Brechters Psychiaterin betrachtete sie ausdruckslos, stand dann auf und streckte die Hand aus. Die Begrüßung fiel knapp aus. »Guten Tag, Frau Kohlwein«, sagte Hölter frostig. »Wir gehen wieder zur Männerstation in das kleine Besprechungszimmer. Wie bei unserem letzten Treffen. Ich geh mal vor.«

Teresa nickte. »Vielen Dank.«

Je öfter sie mit Brechter sprechen wollte, desto misstrauischer schien die Hölter zu werden. Die Psychiaterin konnte sie nicht leiden, das war ihr von Anfang an klar gewesen, doch mittlerweile hatte sie den Eindruck, als ob sogar Eifersucht im Spiel war.

Du täuschst dich, ermahnte sie sich innerlich. *Schließlich hast du von Liebesdingen keine Ahnung.*

Im Besprechungszimmer angekommen setzten sie sich an einen runden Kieferntisch, auf dem eine rote Thermoskanne und drei Becher standen. Brechter erwartete sie bereits. Er saß mit verschränkten Armen auf einem der Stühle und blickte gelangweilt an die Decke. An der Wand stand ein Sideboard, daneben eine hässliche Stehlampe aus Metall. An den Wänden hingen Landschaftsbilder und ein Fotokalender mit Waldmotiven; ansonsten gab es keine Einrichtungsgegenstände.

Teresa begrüßte ihn per Handschlag und holte den Notizblock aus der Handtasche. Sie hatte Abstriche machen müssen. Der Einsatz eines Diktiergerätes war unerwünscht, und Teresa hielt sich an die Abmachungen, obwohl es vermutlich niemand bemerken würde, wenn die App ihres Smartphones aktiviert wäre.

Während Hölter Tee eingoss, fand sie Gelegenheit, die unnahbar wirkende Frau näher zu betrachten.

Sie hatte brünette halblange Haare, die hinten zu einem Zopf zusammengebunden waren. Ihre Gesichtszüge wirkten hart und kantig, doch die weiblichen Rundungen ihres hochgewachsenen Körpers waren beeindruckend.

Ein Vollweib, wie es im Buche steht, dachte Teresa.

Ihr Blick fiel auf Brechter.

Rein äußerlich hatte sich wenig verändert, doch Teresa fiel auf, dass ihm seine notorisch gute Laune offensichtlich abhandengekommen war. Heute wirkte er kühl, distanziert und unnahbar.

Eine bedrohliche Mischung, die noch von seiner minimalistisch gehaltenen Kleidung – enge, schwarze Jeans und ein gleichfarbiges T-Shirt – intensiviert wurde.

Ein gutes Zeichen, hoffte Teresa. *Schließlich willst du heute mit dem personifizierten Bösen sprechen.*

»Zuallererst möchte ich mich bei Ihnen bedanken, Herr Brechter«, eröffnete sie das Gespräch. »Ihre Kooperationsbereitschaft ist sehr hilfreich.«

Schweigen …

»Ich … äh … spreche doch mit Ihnen? Daniel Brechter, oder sind Sie …?

»Derivate und Hedgefonds …!«, platzte Brechter dazwischen, der jetzt hektisch mit den Armen gestikulierte. »Scheiß Hochfrequenzhandel. Kapitalismus pur eben. Alles Arschlöcher! Verlogene, selbstgefällige Finanz-Heuschrecken, denen man das Handwerk legen muss!«

»Sie sind es nicht, stimmt's?« Teresa blickte Brechter fragend an. So hatte sie den smarten Ex-Polizisten noch nie erlebt. Es sah aus, als wenn er tatsächlich seine Identität gewechselt hatte. Seine Bewegungen, die Mimik, sein Blick: Alles war anders, selbst seine Stimme hatte sich verändert. Sie klang dunkler, rauer und irgendwie … gefährlicher.

»Soll ich Sie heute mit *Möller* ansprechen, Herr …?«

»Scheißegal«, pöbelte Brechter/Möller zurück und grinste sie an. »Kennen Sie das Ziel dieses globalen Wahnsinns, Kätzchen?«

Teresa warf Hölter einen fragenden Blick zu, doch die Psychiaterin zuckte nur mit den Achseln. Wie üblich gab die Ärztin selten einen Kommentar zum Gesprächsverlauf ab. Teresa hatte sich daran gewöhnt. Dabei hätte sie zu gerne gewusst, warum er sie mit dem Begriff *Kätzchen* titulierte.

»Erklären Sie es mir«, sagte sie neugierig und schlug den Notizblock auf.

Brechter/Möller haute mit der Faust auf den Tisch. »Gewinnmaximierung. Nur darum geht es, nichts anderes. Gewinnmaximierung!«

»Sie prangern die Rücksichtslosigkeit des heutigen Kapitalismus an?«, schlussfolgerte Teresa. Die Richtung, in die sich das Gespräch entwickelte, ließ die Hoffnung in ihr aufkeimen, doch noch in den Besitz von brauchbaren Informationen zu gelangen.

Wolfgang Möller, der Mann, der Brechter fast zu Tode gefoltert hatte, gehörte vor Jahren der linken terroristischen Szene an. Und er war Mitglied der dritten und letzten RAF-Generation gewesen, die die Zusammenarbeit mit anderen Terrorgruppen suchte und sich 1998 selbst auflöste. Fünfzehn Jahre später wechselte Möller sein Betätigungsfeld. Er avancierte zum Serienkiller; dem berüchtigten *Modellbauer*, der Ende 2016 spurlos verschwand.

Vielleicht war es auch eher ein ... Abstieg?, fragte sich Teresa zweifelnd.

Zumindest war dieser Mann, der jetzt vermutlich

tot war, ein Unikat gewesen. Nie zuvor in Deutschland – so jedenfalls ihr Wissensstand –, konnte sich jemand damit rühmen, Terrorist und Serienkiller in einer Person zu sein.

Es muss eine Zeit gegeben haben, in der Möller politisch interessiert gewesen war. Sonst hätte er sich kaum der RAF angeschlossen. Und am linken Rand der radikalen Szene gab es bereits damals klare Feindbilder. Der Kapitalismus mit seiner zügellosen Gier und den entfesselten Spekulationsmöglichkeiten gehörte definitiv dazu.

Brechter/Möller befand sich offenbar auf einem Trip in seine Vergangenheit, wobei Teresa natürlich bewusst war, dass sie nicht mit Wolfgang Möller persönlich, sondern mit Daniel Brechter redete, der sich in der Rolle von Möller wähnte. Insofern waren die Informationen, die er von sich gab, mit Vorsicht zu genießen. Schließlich war unklar, was Brechter wirklich wusste und was ausschließlich seiner Fantasie entsprang.

»Der Kapitalismus steht auf dem Prüfstand«, bemerkte Brechter/Möller schroff, dessen Augen zu schmalen Schlitzen geworden waren. »Ausbeutung, Gier, Globalisierung, Spaltung, Chaos: Dieser Prozess muss beendet werden. Notfalls mit Gewalt.«

»Sie sprechen von dem Anschlag auf die …?«

»Wo ist *Sandra*?«, unterbrach Brechter/Möller Teresa und seufzte. »Was haben Sie mit ihr gemacht? Ihre Haut muss regelmäßig eingecremt werden.«

»… *Sandra*?« Teresa überlegte fieberhaft, ob ihr der Name schon mal irgendwo begegnet war. »Ich kenne keine …«

»Meine Mutter hatte früher Kontakt zur RAF«, maulte Brechter, der plötzlich wieder das Original zu sein schien, mit brüchiger Stimme. »Haben die behauptet. Können Sie sich das vorstellen?«

Teresa runzelte die Stirn.

Brechters Gesichtsausdruck hatte sich verändert. Seine Stimme klang wieder *normal*. Der Wechsel ging so schnell vonstatten, dass es ihr schwerfiel, die Kommunikation anzupassen.

Dies war einer dieser merkwürdigen Vorfälle, die den Fall so interessant machten, dachte sie und rief sich die Fakten in Erinnerung.

Brechters Mutter – mittlerweile verstorben – gehörte in den Anfangsjahren der RAF tatsächlich zum äußeren Kreis der terroristischen Szene. Viele Jahre später wurde auch Wolfgang Möller zum Akteur des linken Terrors – allerdings an vorderster Front.

War das ein Zufall, oder gab es eine Verbindung zwischen den beiden?

Fünfzehn Jahre danach verfolgte Brechter als Mitarbeiter der Soko Altenheim die Spur von Möller, der jetzt bizarre Morde beging, um an das Rohmaterial für seine Modelle zu gelangen. Auch das Pflegeheim, in dem Brechters demente Mutter untergebracht war, zählte zu den bevorzugten Objekten des Täters.

Wieder nur ein Zufall?

Auf seltsame Weise gelang es Brechter im Alleingang, Möller ausfindig zu machen – und landete prompt auf dessen Folterstuhl.

Was für eine Vielzahl von irrwitzigen Zufällen!

»Äh ... ja, das ist bekannt«, hielt Teresa ihm entgegen. »Vermutlich war sie aber nur eine Mitläuferin, die keine ...«

»Ich kann das nicht glauben ... meine Mutter ... wieso hat sie mich ...?« Brechter zog eine Grimasse.

»Was ist mit Ihrer Mutter?«, wollte Teresa wissen.

»Hey, lassen Sie den Mann in Ruhe. Er will nicht mit Ihnen reden, dass sehen Sie doch«, ereiferte sich Brechter/Möller.

Teresa wurde hellhörig. Wieder ein Wechsel der Charaktere. »Ich rede sowieso lieber mit Ihnen, Möller. Schließlich bin ich Ihretwegen hier.«

»Dieses ganze Scheiß-System bringt die Menschen gegeneinander auf. Sie werden ausgebeutet, verarscht und für dumm verkauft. Und Milliardäre nutzen Bluttransfusionen, um langsamer zu altern. Gewalt ..., nur mit Gewalt wird es Veränderungen geben. Verstehen Sie das denn nicht?«

»Dann arbeiten Sie mit mir zusammen«, sagte sie rasch und fügte hinzu: »Zusammen sind wir stärker und können vielleicht etwas gegen dieses – wie nannten Sie es noch – Scheiß-System ausrichten.«

Brechter/Möller lächelte. »Netter Trick. Mit den Bullen zusammenarbeiten? Niemals! Der Staat hat uns immer nur reingelegt. So wie damals in Bad Kleinen, als die GSG9 einen unserer Leute exekutierte. Nein, es gibt kein Vertrauen, keine Zusammenarbeit, nichts dergleichen, nur die gute alte Gewalt ...«

»Gewalt? Sie meinen, so wie bei dem Anschlag auf die Elbphilharmonie?«

Brechter/Möller warf ihr einen verachtenden Blick

zu. »Dieser überflüssige dekadente Prunkbau? Na klar, weg damit. Den Geschäftsleuten dieser Stadt hat es nicht geschadet. Im Gegenteil, die Branche boomt. Stichwort: der *Dark Tourism* – schon mal gehört, Kätzchen?«

Teresa wusste Bescheid. »Urlaub an den schrecklichsten Orten der Welt. Tod, Leid und Elend: Die Leute wollen sich im Urlaub gruseln. Ein neuer verstörender Trend, der immer beliebter wird.«

»Sie kennen sich aus«, bemerkte Brechter/Möller grinsend. »Sehen Sie, so kann aus einem Anschlagsziel mit Hunderten von Toten sogar noch ein Urlaubsparadies für abenteuerlustige Gaffer werden. Hereinspaziert …«

Der Gedanke ekelte Teresa an. »Sie wollen doch nur ablenken. Kommen Sie zur Sache, Möller.«

»Die Zerstörung der Elbphilharmonie dient als Symbol des Widerstandes«, belehrte Brechter/Möller die Polizistin schroff. »Für eine grundlegende Veränderung des Wirtschaftssystems, gegen den Kapitalismus. Im Übrigen eine Forderung, die von weiten Teilen der Gesellschaft befürwortet wird.«

Teresa ging sofort aufs Ganze, obwohl sie nicht glaubte, dass weite Teile der Gesellschaft so dachten wie Möller. »Nun ja, auf jeden Fall war der Anschlag eine logistische Meisterleistung«, sagte sie fast beiläufig. »Es muss Helfer gegeben haben. Was waren das für Leute? Können Sie sich erinnern?«

Brechter/Möller lächelte verschlagen. »Kätzchen, Sie enttäuschen mich. Glauben Sie wirklich, ich würde aus dem Nähkästchen plaudern? Die westliche Zivilisation ist wie ein Spiegel voller Risse. Irgendwann wird er zerbrechen, völlig egal, ob Sie nun herausfinden, wer alles an dem Anschlag beteiligt war und wer nicht.«

»Mag sein«, konterte Teresa ohne äußere Regung. »Doch es muss einen Zusammenhang zwischen all den Vorgängen geben, und den möchte ich herausfinden.« Sie schwieg eine Weile. »Würden Sie mir dabei helfen?«

»Warum sollte ich das wohl tun?«, kam es bissig zurück. »Was hätte ich davon?«

»Die Zerstörung der Elbphilharmonie wird jetzt schon von weiten Teilen der Gesellschaft befürwortet, das waren doch Ihre eigenen Worte. Haben diese Leute nicht ein Recht darauf, die Wahrheit zu erfahren? Außerdem: Sie könnten Ihren Namen hier und jetzt reinwaschen«, argumentierte Teresa, die händeringend nach einer brauchbaren Idee suchte. »Schließlich sehen alle nur das grausame, geisteskranke Monster in Ihnen. Den *Altenheim-Mörder*, den *Modellbauer*, der aus den Knochen alter, kranker Menschen die Gartenzwerge der Hölle baute.«

»Hm … Na und!«, meinte Brechter/Möller kühl und schaute aus dem Fenster. »Genau genommen hab ich doch …«, er machte eine Pause und runzelte die Stirn, »… eigentlich hab ich diesen Leuten damit doch einen Gefallen getan. Man könnte es auch als eine Art Sterbehilfe bezeichnen. Sie alle waren doch sowieso schon so gut wie tot.«

Teresa dachte nach. Die Perversion seiner menschenverachtenden Argumentation könnte jeden normalen Menschen in Rage versetzen, doch sie wollte Möllers Verbrechen nicht verurteilen, sondern Dinge herausfinden, die bisher noch niemand wusste.

»Die Morde haben Sie begangen, um sich Haut und Knochen für Ihre Modelle zu beschaffen«, sagte sie ohne äußere Regung. »Nur aus diesem Grund töteten Sie die wehrlosen Alten. Niemand hat sie um Sterbehilfe gebeten, schon gar nicht die Opfer selbst.«

»Aber nicht doch«, widersprach Brechter/Möller und lächelte. »Es ist und bleibt, das kann ja wohl jeder erkennen, eine Win-win-Situation. Das Leiden dieser Menschen wurde verkürzt und, was noch viel bedeutungsvoller ist, aus ihren welken Körpern wurde et was Neues erschaffen. Ein Kunstwerk. Auf diese Weise machte ich sie unsterblich. Nun mal ehrlich, Frau … äh … Kommissarin, wer kann das schon von sich behaupten?«

»Umso bedauerlicher, dass Sie lediglich als das größte Scheusal aller Zeiten in die Geschichte eingehen werden«, entgegnete Teresa. »Die Jahre, in denen Sie den antiimperialistischen Kampf gegen das System geführt haben, fallen so völlig unter den Tisch. Was ist mit dem Widerstand der RAF? Hierbei ging es doch darum, das Leben der einfachen Bevölkerung zu verbessern, oder? Und jetzt ist es Ihnen plötzlich völlig egal, was diese Menschen von Ihnen denken? Als Terrorist hatten Sie die einmalige Chance, als eine Art deutscher *Che Guevara* in die Geschichtsbücher einzugehen, doch nun werden die Leute Sie lediglich als feigen, hinterhältigen Serienmörder in Erinnerung behalten. Der Künstler in Ihnen findet so schon überhaupt keine Bedeutung mehr. Ist es wirklich das, was Sie wollten, Möller?«

Brechter/Möller musterte sie abschätzend.

»Sie sehen so unscheinbar aus«, murmelte er mit einem Anflug von Zynismus in der Stimme. »Doch ich glaube nicht, dass Sie darunter leiden. Im Gegenteil: Es ist Ihre stärkste Waffe, nicht wahr?«

»Ihre Beobachtungsgabe ist exzellent«, lobte Teresa offenherzig.

»Sie gefallen mir, Kätzchen«, sagte Brechter/Möller grinsend. »Wirklich, ich bin beeindruckt. Schon mal mit dem Teufel getanzt, Frau Kommissarin?«

»Ich mache mir nichts aus derartigen Freizeitaktivitäten«, antwortete sie spontan und lächelte. Ihr war durchaus bewusst, dass seine Frage lediglich darauf abzielte, Angst und Schrecken zu verbreiten, doch derartige Provokationen perlten an ihrer Emotionslosigkeit ab. Stattdessen versuchte sie es mit einer Gegenfrage: »Und Sie? Tanzen Sie überhaupt noch, oder sind Sie auf Ihre alten Tage träge und bequem geworden? Haben Sie noch Träume, Möller? Ziele oder Visionen?«

»Sie sind recht gut darin, jemanden einzulullen«, antwortete er gereizt. »Aber glauben Sie mir: Sie werden letztendlich nur eines herausfinden.«

»Und das wäre?«

»Wie es sich anfühlt, einen Blick in die Hölle zu werfen, *Kätzchen*.«

11.

Die Psychiaterin hatte darauf bestanden, eine kurze Pause einzulegen, da das Verhalten des Patienten außer Kontrolle zu geraten schien.

Wolfgang Möller – die *zweite* Persönlichkeit in Daniel Brechter – war sichtlich enttäuscht darüber, dass sich Teresa durch seine diabolische Art nicht sonderlich beeindrucken ließ. Selbst seinen abgründigen Hinweis auf den *Blick in die Hölle* quittierte sie lediglich mit einem Achselzucken, sodass Brechter – der vor ambivalenter Frustration plötzlich wieder er selbst zu sein schien – in einen hysterischen Lachanfall verfiel.

Sein Gesicht lief rot an.

Brechter stand auf, ging kreuz und quer durch das Zimmer und bog sich dabei vor Lachen. Dabei klatschte er immer wieder in die Hände und murmelte unverständliche Sätze vor sich hin.

Ein Streich ... ha, ha ... nur ein Streich ... Fluglizenz, nein, kein DNA-Test ... ha, har, C4 und der Psychopath ... hi ... nur Blut auf der Plaza, geil ... Hmm ... wie geil, das Feuer, N-N-N-EIN! Piazzale ... das Schwein ... ha ... mein teuflischer Bruder ... so ein Schwachsinn ... ha, ha ...

Hölter ließ ihn gewähren, wechselte einige Worte mit Teresa, und gemeinsam verließen sie den Raum, um sich in der Teeküche über die weitere Vorgehensweise abzustimmen.

»Wenn Sie so weitermachen, laufen wir Gefahr, dass bei ihm die Sicherungen durchbrennen«, sagte Hölter besorgt.

Teresa nickte. »Das sehe ich ein. Nur noch zehn Minuten – sofern möglich. Und Sie können natürlich jederzeit abbrechen, wenn Sie es für notwendig erachten.« Ihr Blick fiel auf den Kaffeeautomaten, an dem ein gelber Zettel mit der Aufschrift *defekt* klebte. Aus einem alten Kofferradio dudelte leise Unterhaltungsmusik, und an der Decke flackerte eine Neonröhre, die knisternde Geräusche von sich gab.

»Hm … höchstens zehn Minuten«, antwortete Hölter einsilbig. »Und das auch nur, wenn er sich zwischenzeitlich beruhigt hat.«

»Selbstverständlich.«

Als sie den Raum wieder betraten, lag Brechter rücklings auf dem Fußboden. Er hatte die Augen geschlossen, atmete aber ruhig und regelmäßig. Hölter kniete sich neben ihm auf den Boden und führte eine oberflächliche Untersuchung durch. Ohne Ergebnis. Dem Patienten schien es gut zu gehen.

»Sie können jetzt fortfahren«, sagte Hölter zu Teresa und fügte leise hinzu: »Das ist nicht ungewöhnlich. Kein Grund zur Sorge. Manchmal zieht er auch einfach nur eine Show ab.« Ihre anfängliche Besorgnis schien sich in Luft aufgelöst zu haben.

»Schläft er?«

»Nein.«

Die Kriminalbeamtin nickte verunsichert. »Wer ist er denn jetzt? Möller oder Brechter?«

Hölter zuckte mit den Schultern.

»Hallo Herr ... äh Brechter, können Sie mich hören?«, fragte Teresa, die nicht so recht wusste, wie sie den Faden in der Befragung wieder aufnehmen sollte. »Oder soll ich Sie mit Möller ansprechen?«

Brechter stöhnte.

»Also doch Brechter ...?«

»Warum nennen Sie mich so?«, krächzte er. »Ich bin ... ich bin ... Meins, Alexander Meins. Nein, falsch, ich war es einmal, denn jetzt bin ich tot. Völlig im Arsch. Ich bin tot ... tot, Mensch, das sehen Sie doch wohl. ... TOT. Ich bin, ich bin ...«, er machte eine Pause, öffnete die Augen und deutete auf den Fußboden um sich herum, »... völlig zer... zerfetzt. Meine ganzen ... Organe liegen hier überall verteilt. Oder sind Sie blind, oder was? Schaffen Sie das Zeugs weg und beerdigen Sie mich. Schließlich bin ich kaputt. Zerfetzt und gestorben.«

Mit einer derartigen Reaktion hatte Teresa nicht gerechnet.

Achselzuckend wandte sie sich an Hölter.

»... Alexander Meins? Wer ist das?«, fragte sie flüsternd.

Hölter verstand sie nicht, sodass Teresa ihre Frage wiederholen musste. »Wer ist Alexander Meins?«

»Das ist in der Tat interessant«, antwortete Hölter hinter vorgehaltener Hand. »Herr Meins ist einer unserer Patienten. Er ist schon länger hier. Schwere Depressionen, nihilistischer Wahn – nicht einfach zu therapieren. Brechter unterhielt sich des Öfteren mit ihm, das konnten wir beobachten. Eine Art Bekanntschaft. Jetzt hat er sich unter Umständen auch dessen Persön-

107

lichkeit einverleibt. Ein neuer, ungewöhnlicher Aspekt der Erkrankung.«

»Er repräsentiert jetzt *drei* Personen?«, fragte Teresa sichtlich fasziniert.

»Wie gesagt, es könnte auch nur eine Show sein, die er hier abzieht.«

»Er … verarscht mich?«

»Nicht ausgeschlossen«, antwortete Hölter mit einem breiten Grinsen im Gesicht. »Er macht die Befragung ja freiwillig mit und selbst mich hat er schon getäuscht. Das menschliche Gehirn ist in dieser Beziehung außerordentlich erfindungsreich.«

»Aber warum denkt er in der Rolle des Alexander Meins, dass er tot ist?«, bohrte Teresa nach. »Weswegen wird Meins denn hier eigentlich behandelt?«

»Ein eher seltener Fall«, erwiderte Hölter zögerlich. »Eigentlich darf ich Ihnen diesbezüglich keine Auskünfte geben, aber wenn Sie mir versprechen, dass …«

»Von mir wird niemand etwas darüber erfahren«, unterbrach Teresa Hölter und hob dabei die Hände. »Herr Brechter hat mir das alles *freiwillig* erzählt. Von Ihnen, Frau Hölter, habe ich gar nichts erfahren.«

Hölter starrte aus dem Fenster und schien in sich selbst versunken. Dann reagierte sie schließlich: »Also gut. Alexander Meins hat Personen angezündet, die ihm nicht geglaubt haben. Er leidet unter Schizophrenie und dem *Cotard-Syndrom*. Bei diesem krankhaften Wahn sind die betroffenen Personen davon überzeugt, dass sie tot sind …«

»… obwohl sie noch am Leben sind?«, unterbrach Teresa Hölter.

»… Genau«, bestätigte Hölter genervt. »Manchmal glauben sie auch zu verwesen. Oder sie nehmen an, dass sie ihre inneren Organe verloren haben.«

»Das ist unheimlich«, sagte Teresa angewidert.

»Dabei sind sie, jedenfalls körperlich, in der Regel überhaupt nicht beeinträchtigt.«

»Davon habe ich noch nie gehört«, stellte Teresa fest, mehr zu sich selbst.

»Die Betroffenen leiden unter dem Gefühl der Nicht-Existenz. Man spricht dabei auch von dem Zombie-Syndrom.«

Zombie-Syndrom! Passender Begriff … ging es Teresa durch den Kopf. Sie überlegte, inwieweit sich ermittlungstechnisches Kapital aus der ungewöhnlichen Situation schlagen ließ.

Sie wandte sich an den am Boden Liegenden. »Wie konnte es denn dazu kommen, dass Sie jetzt tot sind, Herr … äh … Meins?«

»Das … Flugzeug ist explodiert. Ich wurde … herausgeschleudert und dann zerriss es mich«, platzte es aus Brechter/Meins heraus.

Teresa wurde hellhörig. »Welches Flugzeug ist explodiert?«

»Na das mit dem Sprengstoff.«

»Sprengstoff? Sie meinen eines der Flugzeuge, die an dem Attentat beteiligt waren? In der Hafencity, hab ich recht?«

»Ich … *Shuhada*«, antwortete Brechter/Meins verwirrt. »Man hat es uns versprochen … *Shuhada*.«

»Was soll das sein?«, schaltete sich Hölter dazwischen. »Shuhada? Klingt irgendwie orientalisch?«

»In der Tat.« Teresa nickte. »Shuhada ist der Plural von Märtyrer – auf Arabisch.«

»Märtyrer?«, sagte Hölter und zog die Stirn in Falten. »Sie meinen solche Leute wie die islamistischen Selbstmord-Attentäter?«

»Korrekt.«, bestätigte Teresa nachdenklich. »Dschihadisten beziehungsweise Gotteskrieger. Der Singular lautet *Shahid*.«

Sie spürte, dass dies ein besonderer Moment war. Daniel Brechter war es damals gelungen, eine Gruppe von Dschihadisten aus Hamburg für seine Anschlagspläne zu gewinnen. Erstaunlich war, dass die muslimischen Männer ihn als Anführer akzeptierten, doch Brechters unglaublicher Plan schien die Gotteskrieger zu begeistern. Es gab zahlreiche Beweise, die seine führende Rolle bei der Märtyreroperation belegten.

Ein simpler, aber effektiver Plan: Zwei der Terroristen eigneten sich die Grundregeln des Fliegens an. Eine entsprechende Software für Flugsimulationen konnte die Polizei in den Räumlichkeiten der Moschee sicherstellen. Ungeklärt blieb allerdings, ob sie zusätzlich Flugunterricht erhalten hatten. Die beiden waren tot, und aus dem Rest der Terrorzelle war nur wenig herauszubekommen.

So viel war klar: Unter Federführung von Brechter organisierte die Gruppe zwei Leichtflugzeuge, die am 29. August 2017 vom Flugplatz Lauenbrück in Richtung Hamburg abhoben. Beide Flugzeuge waren bis zum Rand mit C4-Plastiksprengstoff beladen. Zwanzig Minuten später rammte eine der Maschinen die gerade auslaufende Queen Mary 2; die zweite flog kurz darauf mitten in die Plaza der Elbphilharmonie hinein.

Der von Brechter beschaffte Sprengstoff stammte aus Altbeständen der ehemaligen DDR. Wie er an das Material herangekommen war, blieb ebenfalls unklar.

Die Wirkung war verheerend gewesen. Ein Attentat, wie es die Welt selten gesehen hatte.

Und was zunächst niemand glauben konnte: Der unscheinbare, blasse Kriminalbeamte Daniel Brechter hatte all dies bis ins kleinste Detail hinein geplant und organisiert.

Und damit nicht genug: Auch der Mord an seiner damaligen Psychologin Gisela von Boltenhagen ging auf Brechters Konto, da sie ihm und seiner *dunklen* Seite offensichtlich zu nahe gekommen war.

Im Sinne der Anklage war Daniel Brechter schuldig, und doch war er es nicht. Die ärztlichen Gutachten sprachen eine eindeutige Sprache. Der eigentliche Täter war seine zweite Persönlichkeit – der Terrorist und Serienkiller Wolfgang Möller. Brechter landete in der Psychiatrie; das Gefängnis blieb ihm erspart.

Jetzt schienen sich die Dinge in seinem Gehirn zu vermengen. Schließlich war dies der Ort, an dem alle Informationen gespeichert waren. Auch wenn die eine Person in seinem Kopf nicht wusste, was die andere gerade dachte: Hier war die Schaltzentrale, in der alle Fäden zusammenliefen; hier gab es unzählige Areale, die auf geheimnisvolle Weise miteinander verknüpft waren. Und eine dritte, völlig unberechenbare Person kam ins Spiel.

Vielleicht kombiniert sein Gehirn gerade Alexander Meins, die Zombie-Bekanntschaft aus der Psychiatrie, mit einem der Selbstmord-Attentäter, die er für den Anschlag in der Hafencity rekrutiert hatte, kam es Teresa in den Sinn. *Schließlich kannte er sie alle persönlich: die Mitglieder der Terrorzelle. Somit auch die beiden Piloten.*

»Sie sind eines der Flugzeuge geflogen, die bei dem Anschlag in der Hafencity beteiligt waren?«, versuchte Teresa ihr Glück. »Liege ich da richtig?«

»… rote Ziegelsteine … überall … Blut und tote Leiber … und Feuer …« Brechter/Meins hatte die Augen weit aufgerissen. Sein Blick schien der Welt entrückt zu sein. »Ich wurde zerrissen und zerfetzt. Mein Fleisch, mein Blut, meine Organe … alles liegt auf diesen roten Ziegelsteinen. Und das Feuer lodert so heiß. Meine Überreste verschmoren. Ich bin tot. Mein Auftrag wurde erfüllt. Das Paradies …«

»… und zur Belohnung wartet das Paradies auf sie, nicht wahr?« Teresa blickte auf die Uhr. Wie viel Zeit blieb ihr noch? Fieberhaft dachte sie nach. In ihrem Gehirn waren zahllose Bilder abgespeichert, die mit dem Anschlag in Verbindung standen.

Rote Ziegelsteine? Der Fußboden der Plaza besteht aus roten Ziegelsteinen. Er muss der Pilot sein, der das Flugzeug in die Elbphilharmonie gesteuert hat.

»Ich kann noch nicht ins Paradies«, jammerte Brechter/Meins. »Sie müssen erst die Reste meines Körpers beerdigen.« Er schluchzte laut, hielt die Hände vor die Augen und warf den Kopf hin und her. »Aber keinen Sarg. Nur ein Leichentuch. Bitte …«

Teresas Blick fiel auf die Hölter. Sie schien kurz davor zu sein, die Sache abzubrechen.

»Ich kümmere mich um Ihre Beerdigung«, sagte

Teresa schnell und ging im Geiste die Liste mit den Attentätern durch. Es ist einen Versuch wert, dachte sie, denn die Identitäten der beiden toten Piloten waren ihr bekannt. »Ihre Familie wird stolz auf Sie sein. Sie kommen ins Paradies, doch bitte, Sie müssen mir helfen, ... Muhammad.«

Brechter/Meins Augen blitzten auf. Er wechselte in den Schneidersitz und starrte sie unverhohlen an. »Was kann ich denn tun, damit ich endlich in das Paradies einziehen kann?«

»Sie sind der Pilot, der das Flugzeug in die Elbphilharmonie manövriert hat, stimmt's? Sie sind Muhammad Hadad?«

»Ja, natürlich. Den Durchgang zwischen der Innen- und der Außenplaza konnte man gar nicht verfehlen. Selbst aus der Entfernung heraus. Ein einfaches Manöver. Einfach draufhalten und ... BUMM.« Um die Wucht der Explosion zu demonstrieren, riss er ruckartig seine Arme auseinander.

»Als Sie vorhin im Zimmer umherliefen, erwähnten Sie den Sprengstoff, der sich in den Flugzeugen befand«, sagte Teresa. »Ihre Worte waren: ›C4 und der Psychopath.‹« Sie starrte ihn an.

Brechter/Meins/Hadad nickte in Gedanken versunken. »Kann schon sein.« Seine Stimme klang müde.

»Für den Anschlag wurde C4-Sprengstoff verwendet«, konkretisierte Teresa. »So weit klar, aber wieso der *Psychopath*? Was hat ein Psychopath mit dem Sprengstoff zu tun? War er der Lieferant? Ist es einer von den Islamisten? Wer ist diese Person?«

»Ich ... ich will endlich meine wohlverdiente Ruhe

finden. Bitte!«

»Natürlich, das verstehe ich, aber wenn ich Ihnen helfen soll, müssen Sie mir entgegenkommen. Wer ist dieser Psychopath?«

»Ich bin es leid, und Sie geben ja doch keine Ruhe. Es ist der mit der großen Warze. Ich konnte ihm die Morde nicht nachweisen, doch letztlich hab ich ihn mit seinen eigenen Waffen geschlagen. Schließlich war es seine Idee. Die Übertragung von DNA-Spuren von einem Tatort auf einen anderen durch den Einsatz von Fingerabdruckpinseln. Das funktioniert tatsächlich. Ich brauchte nur zu drohen, dass ich ihm auf diese Weise ein Verbrechen anhänge. Ist sofort eingeknickt, das Weichei. Mmm …, ha, ha, ha, ist doch genial … was?«

HA-HA-HA. Brechter/Meins/Hadad brach in schallendes Gelächter aus.

Teresas Gehirn lief auf Hochtouren.

Der mit der großen Warze …!

Auffällige Warzen trug man normalerweise im Gesicht. Der Psychopath schien also ein Mann mit einer großen Warze im Gesicht zu sein. Von den Islamisten kam da niemand infrage. Sie kannte die Bilder.

Ein Außenstehender? … C4 und der Psychopath …

Was hatte der Warzenträger mit dem Sprengstoff zu tun? Oder hatte Brechter die Worte so durcheinandergewürfelt wie die drei Persönlichkeiten, die er momentan in sich trug? Oder waren es vier? Was war mit Möller?

Ich konnte ihm die Morde nicht nachweisen …?

Sein Hinweis auf eine Mordserie schien in eine ganz andere Richtung zu deuten, zumal die Sache mit der Übertragung von DNA-Spuren überhaupt keinen Sinn ergab.

Oder? Was hatte er vorhin noch gesagt? Vor dem Hinweis auf den Psychopathen. ›Kein DNA-Test ...‹

Verwirrt hakte sie lautstark nach: »Zu Ihren Helfern gehörte also ein psychopathisch veranlagter Mann mit einer großen Warze im Gesicht. Und er gehörte *nicht* der Islamistenszene an, richtig?«

Brechter/Meins/Hadads Lachen verstummte.

»Na und? Ein krankes Arschloch war das, nichts weiter. Ein Angeber, der kurzfristig von Nutzen war.«

Seine Stimme klang plötzlich nach Möller.

Vor ihrem geistigen Auge sah Teresa die riesige Pinnwand, die in ihrem Büro stand. Irgendwo dort waren die Zusammenhänge verborgen.

Du musst dich nur konzentrieren. Was genau hatte er gesagt? Morde nicht nachweisen ...

Plötzlich schien sie ein Muster zu erkennen.

»Es war ihr letzter Fall, nicht wahr?« Teresas Stimme überschlug sich fast. Ihr Verdacht schien sich zu bestätigen. »Sie waren dem Glasaugen-Mörder auf der Spur. Und Sie hatten ihn gefunden, konnten ihm aber die Morde nicht nachweisen. Er ist der Psychopath, stimmt's? *Ich konnte ihm die Morde nicht nachweisen,* das waren doch Ihre Worte?«

»Mein letzter Fall«, echote ein Brechter, dessen Identität nicht mehr eindeutig feststellbar war. »Seidelberg lag im Sterben, doch er konnte mir noch den entscheidenden Hinweis geben ...«

»... der Sie auf die Spur des *wahren* Glasaugen-Mörders führte«, vervollständigte Teresa seinen Satz.

»Nicht Seidelberg war der Killer, sondern der geheimnisvolle Psychopath. So wie die Islamisten trug auch Seidelberg keine Warze; er war nur ein Mitwisser gewesen. Ein Parasit, der am Ende seines Lebens sein Gewissen erleichtern wollte. Da er ohnehin schon so gut wie tot war, war es für Sie ein Leichtes gewesen, ihn, den ehemaligen Staatsanwalt, als Täter zu präsentieren. Eine Ablenkung, denn für irgendetwas brauchten Sie den Mann. Wofür, frage ich mich, und wie konnte es Ihnen gelingen, ihn für Ihre Zwecke einzubinden?«

Der Angesprochene machte eine wegwerfende Handbewegung. »Der alte Sack hielt sich für besonders schlau«, sagte er sarkastisch. »Ich konfrontierte ihn mit einem Bluff.«

... *der alte Sack!* »Inwiefern?«, fragte Teresa voller Neugierde.

»Ich sagte ihm, dass wir seine DNA-Spuren auf den Glasaugen gefunden hätten. Das war gelogen. Schließlich sind seit der Mordserie über vierzig Jahre vergangen.«

»Und die Reaktion?«

»Er bezweifelte die Rechtmäßigkeit solcher Beweise«, antwortete Brechter und biss sich auf die Lippen. »Unzulässige Ermittlungsmethode, sagte er eiskalt. Mit einem Fingerabdruckpinsel kann Spurenmaterial von einem Tatort zum anderen wandern, ohne dass die verdächtigte Person dort anwesend war. Keine Ahnung, woher er das wusste, aber es stimmt tatsächlich. Das stellt die ganze DNA-Beweislage infrage. «

Teresa kannte das Problem.

Einwegpinsel schafften Abhilfe, doch dann ließ die Qualität zu wünschen übrig. Außerdem war es ein Kostenfaktor.

»Und wie haben Sie ihn schließlich mit seinen eigenen Waffen geschlagen?« Sie schaute ihn fragend an.

Brechter, der immer noch keine eindeutige Identität zu haben schien, grinste schelmisch.

»Ich drehte den Spieß einfach um und drohte ihm, einen von unseren Spurensicherungspinseln mit seiner DNA zu kontaminieren. Ich hätte einfach seinen Kaffeebecher mitgenommen oder was aus dem Müll. Genmaterial zu finden, wäre kein Problem gewesen. Dann hätten wir ihm was anhängen können, für das er gar nicht verantwortlich gewesen war.«

»… was seiner Meinung nach wiederum eine unzulässige Ermittlungsmethode gewesen wäre«, konterte Teresa.

»Stimmt schon«, bestätigte Brechter. »Aber erst einmal hätte er jede Menge Ärger am Hals gehabt. Und das auf seine alten Tage.«

Ein Angeber, der kurzfristig von Nutzen war. Teresa versuchte es mit einem Trick. »Sie haben ihn also eingeschüchtert? Der *alte* Mann ist eingeknickt und hat Ihnen *kurzfristig* geholfen? Der … äh, wie war noch gleich sein Name?«

»Ca…« Brechter hielt inne. »Name? Wieso Name? Ich hatte Ihnen keinen Namen genannt. Oder wollen Sie mich verarschen?« Sein Gesicht lief rot an.

Teresa ruderte zurück. Ohne zu vergessen, dass der Name des Unbekannten mit *Ka…* oder *Ca…* begann.

»Natürlich nicht. Er fiel also auf Ihren Bluff herein?«, lenkte sie ihn ab. »Und wurde auf diese Weise Mitglied der Terrorzelle. Doch erlauben Sie mir zwei Fragen: Was hatte er mit dem Sprengstoff zu tun? Warum war er so wichtig für Sie? Welche Aufgabe hatten Sie ihm zugewiesen? Und was mich wirklich irritiert: War es nicht äußerst gefährlich, einen waschechten Psychopathen zu rekrutieren? Es ist kein Verlass auf solche …«

»In der Tat«, mischte sich Hölter ein, »ein *echter* Psychopath ist nur schwer zu kontrollieren. Das sind rücksichtslose Egoisten, die weder Mitleid noch Schuldgefühle kennen. Sie sind skrupellos, manipulativ und zeigen keine Reue. Alles, was ihnen schadet, wird gnadenlos …«

»**Ich weiß, was ein Psychopath ist** …«, brüllte Brechter plötzlich wie von Sinnen und sprang auf. »Warum erzählt ihr mir diesen Quatsch hier? Ich bin kein Psychopath.«

Seine ursprüngliche Persönlichkeit war zurückgekehrt. Der Gesichtsausdruck verriet ihn. Brechter wirkte desorientiert, sodass Hölter ihn aufforderte, sich zu setzen. »Beruhig dich. Tief durchatmen. Es ist alles okay. Du musst verwirrt sein, das ist normal. Vermutlich hast du noch gar nicht realisiert, dass neben Möller noch weitere Teilidentitäten in dir aktiv waren. Alexander Meins und Muhammad Hadad. Das muss dein Gehirn erst einmal verarbeiten.«

Guck mal an, die beiden duzen sich, dachte Teresa mit einem Anflug von Selbstgefälligkeit. Dieses Arzt-Patienten-Verhältnis war ihr von Anfang an seltsam vorgekommen.

»Soll ich kurz rausgehen?«, fragte sie beiläufig.

»Nicht nötig«, antwortete Hölter, die sich über Brechters Wutausbruch zu wundern schien. »Er hat sich beruhigt und scheint wieder er selbst zu sein.«

Verdammter Mist! Teresa fluchte innerlich. Sie war so kurz davor gewesen, die Identität dieses geheimnisvollen Mannes herauszubekommen. Ein Phantom, das seit Jahrzehnten mordend umherlief. Brechters letzter Fall. Als Glasaugen-Mörder hatte der Unbekannte vor über vierzig Jahren fünf Frauen getötet und ihnen die Augen herausgestochen. Jetzt vermutlich seine ominöse Beteiligung an einem der größten Terroranschläge der vergangenen Jahre. Gab es weitere Verbrechen, an denen er mitgewirkt hatte? Welche ungeklärten Morde gingen noch auf sein Konto?

Teresa hatte heute viel erreicht. Ihr anfänglicher Verdacht schien sich zu bestätigen. Noch waren nicht alle Akteure gefunden und sämtliche Geheimnisse gelüftet, die sich um den *Jahrhundert-Fall* rankten. Sie würde sich gedulden müssen, bis *sich die Dinge in der Waage hielten.*

Vielleicht war Brechter beim nächsten Mal gesprächiger. Sie wollte gerade aufstehen, um sich zu verabschieden, da geschah etwas völlig Unerwartetes.

12.

Die eigene Wahrnehmung der Realität ist nicht unbedingt besser oder schlechter als die anderer Menschen – nur eben anders.

Daniel Brechter war sich dessen durchaus bewusst. Er wusste auch, dass das menschliche Gehirn ständig bestrebt war, sich ein eigenes Abbild der Wirklichkeit zu erschaffen. Manche Wissenschaftler gingen sogar noch einen Schritt weiter. Sie glaubten, dass das Bewusstsein nichts weiter als eine Illusion war. Eine Täuschung, um so etwas wie ein Ich-Empfinden zu generieren, das das Gehirn benötigte, um sich der Außenwelt anzupassen.

Und um zu überleben.

Jedes Gehirn erschuf sich diese Echtzeit-Illusion auf individuelle Weise, und manchmal, sehr selten, erschuf sich ein Gehirn auch mehrere Illusionen, die unabhängig voneinander agierten. Verschiedene Ichs, die sich einen Körper teilten. Teilidentitäten. Dafür gab es Gründe. Manchmal war es ein Schutzmechanismus.

Brechter hatte sich damit abgefunden, dass niemand eine plausible Erklärung für das Phänomen *Bewusstsein* liefern konnte. Und er hatte sich damit abgefunden, dass sein Gehirn nicht nur ein Bewusstsein beherbergte.

Es gab andere Realitäten in ihm – und das schon

seit Jahren. Parallele Abläufe, die er nicht kontrollieren konnte. Personen, deren Realität er gar nicht kannte.

Cornelia hatte es ihm erklärt.

Ein Lächeln umspielte seinen Mund, als er an die temperamentvolle Ärztin dachte, doch schlagartig entgleisten ihm die Gesichtszüge wieder.

Dieser ganze Mist. Was für ein beschissenes Klischee, dachte Brechter.

Cornelia und diese Polizistin saßen ihm gegenüber. Er erinnerte sich an den Wutausbruch, der eben noch über ihn gekommen war. Vieles von dem, was vorher geschehen war, lag im Dunkeln. Jetzt schwiegen alle und Brechter nutzte die Zeit, um seine Gedanken zu sortieren.

Kripo-Tussi vernimmt Terroristen mit Persönlichkeitsspaltung. Der übliche Jekyll-und-Hyde-Mist. Wie im Film. Der pure Horror. Und der böse Bub hat dann auch noch ein Bums-Verhältnis mit seiner Psychologin. So ein abgedroschener Scheiß.

Und dennoch: Die Situation schien absurd, doch die Tatsachen ließen sich nicht leugnen. Mehr oder weniger spielte es sich genauso ab, wobei plötzlich immer neue Personen in seinem Kopf auftauchten, die sich noch nicht einmal die Mühe machten, vorher anzuklopfen.

Wolfgang Möller war schon länger sein Untermieter; jetzt tauchten plötzlich Alexander Meins und Muhammad Hadad auf. Cornelia hatte es ihm eben gerade verraten. Brechter kannte sie alle, doch eingeladen hatte er sie nicht. Mit Möller hatte er vor Jahren fast so etwas wie ein Arrangement getroffen. Nach dem Motto: Hilfst du mir, dann helfe ich dir. Brechter gewährte ihm eine sichere Unterkunft in seinem Kopf, und Möller half dabei im Gegenzug bei der Verbrechensbekämpfung, indem er dem Polizisten Einblicke in die Welt des *Bösen* ermöglichte.

Die Boltenhagen hatte es damals auf den Punkt gebracht. Brechter erinnerte sich an eine der kräftezehrenden Therapiesitzungen, die er bei der graziösen Psychiaterin absolviert hatte, als er sich noch im aktiven Dienst der Polizei befand. Was hatte die Therapeutin damals gesagt:

»Ich fass das noch mal zusammen, Herr Brechter. Der ehemalige Terrorist und Serienkiller Wolfgang Möller, bekannt als Altenheim-Mörder oder Modellbauer, ist untergetaucht, doch Ihrer Meinung nach vermutlich tot. Sein Geist oder seine Seele ist in ihren Kopf gefahren und wohnt dort seitdem als Untermieter bei Ihnen, ohne dass Sie etwas dagegen unternehmen können. Er lässt Sie weitgehend in Ruhe. Sie behalten die Kontrolle über Ihren Körper, und Ihre eigene Persönlichkeit bleibt unangetastet, doch gelegentlich unternehmen sie beide eine Reise in die Hölle, wobei sich Möller als eine Art Beschützer einbringt. Diese gedanklichen Ausflüge in die Welt des Verbrechens wirken sich nicht negativ auf Sie aus. Im Gegenteil: Die Erfahrungen, die Sie dort sammeln, helfen Ihnen gegebenenfalls bei der Aufklärung von Verbrechen. Möller ist sozusagen der Fachmann für das Böse in dieser Welt. Im Gegenzug lassen Sie ihn bei sich wohnen und tolerieren seine Präsenz in Ihrem Kopf, obwohl Sie allen Grund dazu hätten, das Monster aus Ihrem Leben zu verbannen. Schließlich hat Sie der Mann zu Lebzeiten gequält und gefoltert. Sie können von Glück sagen,

dass sie noch am Leben sind. Das also ist der Pakt zwischen Ihnen und Möller.«

Ein Pakt zwischen Gut und Böse, der ihm bei seiner Arbeit helfen sollte. Damals hatte er noch geglaubt, die vollständige Kontrolle über Geist und Körper zu haben.

Ein fataler Irrtum …

Egal, die Boltenhagen hatte auf ganzer Linie versagt. Oder sie muss irgendetwas über Möller herausbekommen haben. Über die Anschlagspläne oder über *sein* Verhältnis zu Möller, denn letztendlich hatte er diese Frau auf brutale Weise getötet. Mit bloßen Händen.

Brechter erinnerte sich nicht daran – der *Möller* in ihm war es gewesen –, doch die Beweislage ließ keinen anderen Schluss zu. Es waren seine Hände gewesen, die so lange zugedrückt hatten, bis das Leben aus ihren zarten Gliedern herausgequetscht war.

Natürlich war der Pakt zwischen ihm und Möller pure Einbildung gewesen, auch das wusste Brechter.

Alles war nur Einbildung. Reine Fantasie. Wie der Glaube an eine dieser abgefahrenen Verschwörungstheorien. Ein irrsinniges Hirngespinst. Oder vielmehr das Produkt seines gequälten Geistes.

Der Geist eines Toten konnte nicht in einem fremden Körper weiterleben, wenn es überhaupt so etwas wie einen Geist oder eine Seele gab. Das alles war ausgemachter Quatsch, doch der Deal – den es gar nicht geben konnte – funktionierte damals erstaunlich gut. In seinen Träumen und Visionen konnte er Dinge sehen, die im Verborgenen lagen.

Ich bin eben ein Medium, hatte er sich des Öfteren mit stolzgeschwellter Brust gesagt. *Jemand, dem die Geister Geheimnisse verraten.*

Doch für das Übersinnliche gab es noch andere Erklärungen, wie seine Recherchen ergaben. Verrückte Thesen, die sich kaum beweisen ließen. Zum Beispiel die gedankliche Verbindung zweier Personen über das *Morphische Feld* – eine äußerst spekulative These, die in Fachkreisen als umstritten galt. Da lag der wissenschaftliche Ansatz über die Teleportation von Quanteninformationen schon eher im Bereich des Möglichen. Genauso wie die spukhaften Verschränkungszusammenhänge – ebenfalls ein Phänomen der bizarr anmutenden Quantenmechanik.

Eines schien jedenfalls klar zu sein: Sein kranker Geist machte ihn zu einer Marionette seiner eigenen Wahnvorstellungen. Trotz dieser besonderen Fähigkeiten – oder vielleicht gerade deswegen?

Und es wurde immer schlimmer.

Irgendwann war die Sache aus dem Ruder gelaufen. Er war immer seltener er selbst; Möller übernahm die Kontrolle. Der Wahn in ihm bestimmte sein Handeln. Sein Bewusstsein spaltete sich vollends, und immer dann, wenn sich Möller seines Körpers bemächtigte, geschahen grauenvolle Dinge.

Der Terroranschlag in der Hafencity …

Der Mord an der Psychiaterin …

Das alles lag wie hinter einer Nebelwand.

Sein eigenes Leben fühlte sich seltsam reduziert und abgestanden an. Stunden, ganze Tage fehlten, in denen er als mordender Terrorist eine blutige Spur hinter sich herzog. Doch die Erinnerungen an die Zeiten, in denen Möller seinen Körper kontrollierte, waren nicht völlig verschwunden. Ein Abziehbild dieser Ereignisse war irgendwo in ihm vorhanden. Bilder, die sich nicht identifizieren ließen. Verschlüsselte Wahrnehmungen, die keinen Sinn ergaben.

Jetzt, Jahre später, nahm das Chaos in ihm geradezu groteske Züge an. Personen, Erinnerungen, Träume und Visionen: Alles schien durcheinanderzugeraten.

War dies der komplette Kontrollverlust?

Die Charaktere wechselten ohne Vorwarnung. Doch die Metamorphose war nicht immer perfekt. Manchmal vermengten sich die Gedanken zu einer undefinierbaren Masse. Einem geistigen Brei. Wie ein gigantisches Puzzle, das irgendwie zusammenpasste. Oder ein Rätsel, das es zu lösen galt.

Manchmal lichtete sich der Nebel, und er konnte einen kurzen Blick auf die Realitäten seiner geistigen Mitbewohner werfen, doch die Fragmente waren unscharf und ihre Richtigkeit fragwürdig. Was entsprach der Wahrheit, was waren Visionen oder falsche Erinnerungen, die sich sein Gehirn ausgedacht hatte?

Letztendlich war er der Krankheit ausgeliefert.

Und nicht verantwortlich für die Verbrechen, die sein fremdgesteuerter Körper begangen hatte. Was auch von Vorteil sein konnte. Er selbst, oder das, was von ihm übrig geblieben war, arrangierte sich auf pragmatische Art und Weise mit dem Problem.

Brechter hatte es sich abgewöhnt, mit seinem Schicksal zu hadern. Er akzeptierte es. Eine unerwartete Entwicklung, die er selbst nicht für möglich gehalten hätte. Er war kooperativ und, soweit die Erkrankung es zuließ, auch bereit, mit der Polizei zusammenzuarbeiten. Schließlich konnte er sogar von der Situation profitieren.

Er hatte schnell begriffen, dass ihm nichts angelastet werden konnte. Es gab immer einen *Bösewicht*, dem er die Schuld zuschieben konnte. Dabei spielte es keine Rolle, ob die Metamorphose wirklich stattgefunden hatte.

Niemand konnte unterscheiden, ob sich Möller, Meins, Hadad, jemand anderes oder doch das Original *Brechter* an der Oberfläche seines Bewusstseins befand. Selbst seiner Therapeutin fiel es schwer, den Überblick zu behalten.

Schließlich standen ihm jede Menge Informationen zur Verfügung, um *bewusst* in die Haut einer anderen Person zu schlüpfen. Selbst dann, wenn er sie nur oberflächlich kannte. Frei zugängliches Material, Zeitungsartikel, TV-Berichte oder das Internet halfen ihm dabei. Auch aus den Fragestellungen der Polizei ließen sich Erkenntnisse gewinnen. Selbst die in seinem Gehirn umhergeisternden Teilidentitäten lieferten ihm den einen oder anderen Gedankengang, der sich für Täuschungsaktionen verwerten ließ.

Mit etwas Improvisationstalent ließ sich fast jeder bluffen.

Die Kohlwein ist geradezu süchtig nach Informationen, dachte Brechter und warf einen verstohlenen Blick auf die Polizistin, die gerade im Begriff war, sich von ihrem Stuhl zu erheben.

Es ließ sich nicht leugnen: Die Kriminalrätin mit

dem schwarzen Hosenanzug gefiel ihm. Die Unnahbarkeit, die sie ausstrahlte, hatte etwas phänomenal Symmetrisches. Wie eine perfekte Kugel; keine Ecken oder Kanten. Eine völlig ebenmäßige Persönlichkeit, die sich nur schwer mit anderen Menschen vergleichen ließ. Kalt, aber voller Selbstlosigkeit.

Jetzt war ihr die Enttäuschung anzusehen.

Brechter wusste: Sie hatte sich an dem Anschlag in der Hafencity – ihrem selbsternannten *Jahrhundertfall* – festgebissen. Und an allen Verbrechen, die vermutlich damit in Verbindung standen. Hierzu gehörte auch der Fall des Glasaugen-Mörders, an dem er selbst zuletzt gearbeitet hatte. Zu einer Zeit, in der Wolfgang Möller bereits phasenweise seinen Geist kontrollierte, um den Terroranschlag vorzubereiten.

Brechters Erinnerungen an diese heiklen Vorgänge waren löcherig wie ein Schweizer Käse, dennoch war ihm noch bewusst, dass die Spur des Glasaugen-Mörders damals nach Norderstedt führte. Zu dem alten, verbitterten Mann, diesem seltsamen Kauz, der sich Rolf Calastana nannte.

Spontan fiel Brechter auf, dass der Name *Calastana* eine Verknüpfung zu den Begriffen *Fluglizenz* und *Psychopath* in seinem Gehirn hervorrief.

Du hast die Spur damals unter den Teppich gekehrt, erinnerte er sich dunkel. *Und als Täter diesen Staatsanwalt präsentiert. Wie hieß der noch?*

Brechter dachte nach. *Genau: Hinrich Seidelberg. Von Calastana weiß bis zum heutigen Tag niemand etwas. Oder doch? Nein, ich glaube nicht. Die Kohlwein würde sich die Finger nach dieser Information lecken …*

Die Befragung hatte sie nicht aus dem Konzept gebracht, obwohl er – Brechter war sich sicher – eine Unmenge Blödsinn erzählt haben musste.

Oder auch viele Wahrheiten?

Einiges davon geisterte durch den Nebel seines Verstandes – unwiederbringlich verloren oder gerade noch greifbar –, während anderes glasklar vor seinen Augen stand.

Was genau hatte er der Polizistin erzählt? Es muss Phasen gegeben haben, in denen sein eigenes *Ich* aktiv gewesen war. Ja, er hatte über seine Mutter gesprochen, über den Streich, die Fluglizenz, das C4, den Psychopathen und einiges andere.

Das muss die Kohlwein komplett verwirrt haben, dachte Brechter und grinste innerlich. *Aber sie hat sich nichts anmerken lassen.*

Schlagartig wurde ihm klar, dass er Kohlwein gegenüber die Begriffe *Fluglizenz* und *Psychopath* verwendet hatte. Eben jene Begriffe, die auch Bestandteile seiner geistigen Verknüpfung waren, als er an den Mann mit der Warze dachte.

Das kann kein Zufall sein.

Brechter überlegte, ob es Sinn machen würde, die Polizistin einzuweihen? Calastanas Identität verraten?

Aber …, wollte er das? Wollte er wirklich erlauben, dass die ehrgeizige Polizistin in seiner Vergangenheit herumschnüffelte? Auch auf die Gefahr hin, dass sie etwas herausbekommen könnte, das ihm missfiel? Selbst wenn es nicht so schlimm kommen sollte, was hätte er davon?

Warum eigentlich nicht, dachte Brechter. *Seit dem An-*

schlag ist viel Zeit vergangen. Die Presse beschäftigt sich mit anderen Problemen, und die Kohlwein ermittelt ohnehin auf eigene Faust. Im Grunde hast du nichts zu verlieren.

Er selbst besaß Immunität.

An seiner jetzigen Situation würde sich nichts ändern, was auch immer ans Tageslicht käme. Warum also die Sache nicht etwas vorantreiben? Er könnte ihr eine Aufgabe stellen oder ein Rätsel. Seiner Kreativität waren keine Grenzen gesetzt.

Eine spannende Idee, fand Brechter, dessen Neugierde erwachte, zumal er selbst nicht wusste, was dabei herauskommen würde. Schließlich litt er unter Persönlichkeitsspaltung und kannte die Wahrheit in ihrer vollen Bandbreite selbst nicht.

Doch was wäre, wenn …? Ihm kam ein ungewöhnlicher Gedanke.

Vielleicht war es möglich, sich auf diese Weise selbst zu therapieren. Die Selbstheilungskräfte aktivieren. Schließlich lag es auch in seinem Interesse, mehr über die dunklen Hintergründe seines Lebens herauszufinden. Die Polizistin wäre dabei nur ein Werkzeug, das er benutzen könnte, um seine Teilidentitäten zusammenzuführen. Er musste sie nur bei Laune halten und ein gedankliches Konstrukt erschaffen, das ihre Neugierde am Leben hielt. Doch er durfte nicht zu viel verraten. Es wäre falsch, ihr sein Wissen auf dem Silbertablett zu servieren. Denn dann würde sie ihn nicht mehr benötigen und seine selbsterdachte Therapie wäre beendet, noch bevor sie begonnen hätte. Nein, vermutlich war es besser, ihren Ehrgeiz anzustacheln. Mit nebulösen Andeutungen, oder er könnte sein Wissen in ein Rätsel verpacken. Sie würde Licht in das Dunkel bringen wollen und nebenbei an der Regeneration seiner zersplitterten Seele mitarbeiten.

Wieder eine Person sein, das war das Ziel.

Und dieses Rätsel repräsentierte das erste Stadium seiner geistigen Metamorphose.

Dann irgendwann würde man ihm vielleicht sogar den Freigang gewähren. Zuerst unter Führungsaufsicht, doch wenn alles gut lief, stand einem Leben in Freiheit theoretisch nichts mehr im Wege.

Brechter dachte nach … *Wenn du alles über deine Teilidentitäten weißt, dann vervollständigt sich das Puzzle. Dann gibt es keinen Grund mehr für eine Spaltung, und es fließt zusammen, was zusammen gehört.*

Eine grandiose Idee, die ihm so einfach wie genial erschien. Brechters Gehirn arbeitete auf Hochtouren. Händeringend versuchte er in die Areale seines Hirnes zu blicken, in denen er seine Teilidentitäten vermutete.

Mein letzter Fall, … der Glasaugen-Mörder, Fluglizenz und Psychopath …, Rolf Calastana, der alte Mann mit der Warze, der, so vermutet die Kohlwein ganz richtig, wahrscheinlich doch der Glasaugen-Mörder gewesen war? Er schien im Mittelpunkt ihres Interesses zu stehen. Du hast ihn nicht verhaftet, weil du ihn noch brauchtest, oder? Doch wofür? Du weißt es selber nicht. Die Kohlwein ist ganz heiß darauf, es zu erfahren. Die Verknüpfung! Er ist der Psychopath und … er besitzt eine Fluglizenz. Natürlich, er konnte fliegen. Bei dem Anschlag wurden Flugzeuge eingesetzt. Rolf Calastana … die Kohlwein will bestimmt wissen, wer er ist …? Und du weißt, wo er sich aufhält. Du kennst die Adresse, du kannst sie zu ihm führen. Doch er könnte un-

tergetaucht sein. Aus Angst vor Entdeckung.

Brechter verwarf seine Bedenken. Calastana war ohne Frage eine Schlüsselfigur auf dem Weg zur Auflösung vieler offener Fragen, auch die, die seine Persönlichkeitsspaltung betrafen. Und die Polizistin hatte einen Verdacht. Sie würde den Köder schlucken und sich auf den Weg machen, um den geheimnisvollen Mann ausfindig zu machen. Wie ein Bluthund würde sie seine Spur aufnehmen, selbst wenn er untergetaucht sein sollte.

Vielleicht ist er tot?, dachte Brechter mit einem Anflug von Skepsis.

Doch auch in diesem Fall dürfte die Kohlwein viel von dem herausbekommen, was immer noch im Dunkeln lag. Er würde in jedem Fall profitieren.

Brechter verspürte ein leichtes Kribbeln im Nacken. Die Sache begann ihm Spaß zu machen. Er nahm sich vor, der Polizistin einen Brocken hinzuwerfen. In ihm keimte bereits eine vage Idee, wie das Ganze aussehen könnte. Ein Rätsel mit Niveau, eine Information, mit der sie ihren kriminalistischen Spürsinn trainieren konnte.

Er würde ihr die alte Anschrift von Calastana offenbaren, aber verschlüsselt in einem Gedicht. Hierbei war es von entscheidender Bedeutung, den richtigen Schwierigkeitsgrad zu finden, denn eine vorschnelle Auflösung des Rätsels lag nicht in seinem Interesse.

Obwohl dieser Ort eine Art Gefängnis war – wenn auch humaner als der gewöhnliche Strafvollzug –, war es Brechter gelungen, sich aus der Bedeutungslosigkeit eines *normalen* Psychiatrie-Insassen zu befreien.

Das sollte auch so bleiben.

Die Hölter hatte ihn zu ihrem Geliebten auserkoren, und die Spürnase von der Kripo nutzte jede Gelegenheit, um Informationen über den Anschlag aus ihm herauszuquetschen. Besondere Umstände, die ihm eine Sonderstellung zuteilwerden ließen. Er fühlte sich geschmeichelt und hatte nicht vor, seine Trümpfe vorschnell aus der Hand zu geben. Die Freiheit war ein langfristiges Ziel, dessen Realisierung mit Bedacht geplant werden musste.

Zu einfach sollte es nicht sein. Die Kohlwein kann sich ruhig die Zähne daran ausbeißen … ging es Brechter durch den Kopf. *Und wenn sie nicht mehr weiter weiß, helfe ich ihr. Vielleicht …*

Die Kommissarin hielt ihm die Hand entgegen.

Sein Wutausbruch von vorhin hatte das Ende der heutigen Sitzung eingeläutet. Auch die Therapeutin stand bereits in der Tür, um die Kohlwein nach draußen zu geleiten, doch Brechter deutete auf den leeren Stuhl an der anderen Seite des Tisches.

»Setzen Sie sich, Frau Kommissarin«, sagte er charmant lächelnd. »Ich hab eine Idee. Lassen Sie uns ein Spielchen spielen.«

Kohlwein reagierte blitzschnell.

»Ok, Herr Brechter«, entgegnete sie ohne eine äußere Regung. »Was haben Sie …?«

»Moment!«, schaltete sich Hölter dazwischen und warf einen Blick auf die Uhr. »Die Zeit ist um. Außerdem kann ich aus medizinischer Sicht einer Verlängerung der heutigen Sitzung nicht zustimmen. Das ist zu gefährlich.«

»… anzubieten?«, vervollständigte Kohlwein ihren Satz. Sie hoffte inständig, dass er es sich nicht plötzlich anders überlegen würde.

Brechters Blick wechselte rasch zwischen den beiden Frauen hin und her. »Es dauert auch nicht lange«, sagte er grinsend. »Ich gebe Ihnen einen Tipp, Frau Kommissarin. Sie wollen doch wissen, wer sich hinter dem Psychopathen verbirgt, oder?«

»Der Mann mit der Warze im Gesicht?«, fragte Kohlwein und zückte erwartungsvoll ihren Notizblock.

Brechter nickte und streckte die Hand aus. »Geben Sie mir mal Ihren Block. Ich gebe Ihnen eine Hausaufgabe mit auf den Weg.«

Kohlwein bemerkte den kritischen Blick von Hölter, die demonstrativ den Raum verließ.

»Nur noch eine Minute«, rief sie ihr beschwichtigend hinterher. »Er macht noch eine kurze Notiz.«

Im Nebenzimmer sagte Hölter: »Also bitte …!«

Brechter kritzelte seinen Text in den Notizblock. Gelegentlich setzte er ab, um nachzudenken, dann reichte er ihr den Block mit den Worten: »Aber ich warne Sie, Frau Kohlwein. Es ist keine leichte Aufgabe, das Rätsel zu entschlüsseln. Sie werden Geduld brauchen, und eine gehörige Portion Ehrgeiz.«

»Warum verschlüsseln Sie die Information, Herr Brechter?« Kohlwein starrte mit verkniffenen Augen auf den Block, sprach aber, ohne Brechter anzublicken, weiter. »Was versprechen Sie sich davon?«

In ihrem Kopf kreisten bereits die Sätze, die nach einer logischen Auflösung zu betteln schienen.

Hoppe, hoppe Reiter,
wenn er fällt, dann schreit er,
fällt er in den CQBTODO Graben,
fressen ihn die Raben,
fällt er in den Sumpf,
macht der Reiter plumps!

Hoppe, hoppe Reiter,
wenn er fällt, dann schreit er,
fällt er in das grüne Gras,
da wo er ist, der XDH,
macht er sich die Hosen nass,
fällt er in den Sumpf,
macht der Reiter plumps!

Hoppe, hoppe Reiter,
wenn er fällt, dann schreit er,
fällt er in das Wasser
oben im ONSCFM,
wird er noch viel nasser,
fällt er in den Sumpf,
macht der Reiter plumps!

Hoppe, hoppe Reiter,
erst ein Auge, dann schneid ich weiter,
da nützen keine CKVLFM,
lauf, sonst schlitz ich dir die Kehle auf,
löse das Rätsel oder lauf, so schnell du kannst,
sonst schlitz ich dir die Kehle auf…

»Ich habe meine Gründe«, sinnierte Brechter und lächelte. »Versuchen Sie gar nicht erst, mich umzustimmen. Wie ich Sie kenne, knacken Sie die Nuss doch im Handumdrehen. Oder Sie beißen sich die Zähne daran aus. Dann gebe ich Ihnen vielleicht noch den einen oder anderen Tipp. Bei einem Ihrer nächsten Besuche.«

»Und das soll ich Ihnen glauben?«, fragte Kohlwein und beobachtete ihn dabei.

»So wahr ich … Daniel Brechter heiße.«

13.

Das Töten hatte Struktur. Es war ein verlässlicher Indikator für Stabilität. Es gab ihm Halt und das Gefühl, etwas Wichtiges und Vertrautes zu tun. Dort anzuknüpfen, wo er vor vielen Jahren aufgehört hatte, davon versprach er sich einen stabilisierenden Effekt. Es war wie eine Brücke in die Zeit, als es in seinen Händen lag, ob ein Leben ausgelöscht wurde oder nicht.

Die Krankheit trat in den Hintergrund.

Plötzlich war die Vergangenheit wieder präsent. Er war wieder der Vernichter, der Entscheider über Leben und Tod. Und der Erschaffer.

Ein absurder Gedanke?

Nein, es könnte die logische Konsequenz seines Handelns sein, kam es Calastana in den Sinn.

Das Töten war wie eine Therapie.

Eine Selbstbehandlung, für die er keinen Arzt und kein Rezept benötigte.

Einen derartig positiven Effekt hätte ich nicht erwartet!

Seine Ängste waren unbegründet gewesen. Er hatte in Betracht gezogen, dass der Anschlag auf den Kindergarten in einem Fiasko enden würde.

Ein stümperhaftes Desaster?

Seine Krankheit, sein schlechter Zustand, seine schwindenden Kräfte, die unberechenbare Psyche: All dies waren keine verlässlichen Parameter für eine erfolgreiche Mission, doch das Gegenteil war eingetreten.

Plötzlich waren seine Sinne geschärft, und es gelang ihm, sich zu konzentrieren. Alles lief reibungslos. Bereits beim Betreten des Geländes fühlte er eine unbändige Energie in sich aufsteigen. Und dann, während der Aktion, war er die Ruhe selbst. Er wusste genau, was zu tun war, jeder Handgriff saß, fast jeder Schuss ein Treffer.

Sieben Frauen und ein Mann: Niemand von ihnen war entkommen, sie waren alle tot.

Jetzt gab es kein Zurück mehr.

Ohne Eile verließ er den Tatort, zog die Gesichtsmaske ab, nahm den Zettel mit dem Lageplan aus der Tasche und suchte die Nebenstraße, in der sein Wagen stand.

Du therapierst dich selbst, indem du tötest, dachte er euphorisch, während er den alten Kombi zielsicher nach Hause lenkte. Sein Blick fiel auf die rechte Hand, die lässig oben auf dem Lenkrad lag.

Du bist im Arsch, Angelika, schrie er laut und tippte mit dem Finger zum Takt der Musik. *Ich hab dich gefickt. Du bist endgültig am Ende!*

Voller Genugtuung dachte er an den Tag, als ihm Angelika auf der Rückbank seines Wagens erschienen war. Sie hatte sich als Wesen aus heißer Bitumenmasse materialisiert, ihn bedroht, verhöhnt und fast um den Verstand gebracht. Seine rechte Hand existierte plötzlich nicht mehr, und als er sich zu dem furchterregenden Angelika-Wesen umdrehte, hielt sie ihm die abgetrennte Hand triumphierend entgegen und grinste hämisch.

»Na, Rolf, wie gefällt dir das«, hatte sie gesagt. »Willst du sie zurückhaben, hä? Ärgerlich, so ohne Hand, nicht wahr? Jetzt kannst du dir nicht einmal mehr einen runterholen, nicht wahr? Mit links geht das nicht, ist doch so, oder? Ha … Ha …!«

Irgendwann an diesem Tag war Angelika wieder verschwunden und seine Hand befand sich an ihrem angestammten Platz. Doch er hatte Angst gehabt, dass sie wiederkommen würde.

Jetzt, nach dem gelungenen Anschlag, waren die Befürchtungen wie weggewischt. Er fühlte sich immun gegen die Attacken der Frauen, die durch seine Hand gestorben waren. Er hatte ihnen eine Lektion erteilt. Auch Angelika konnte ihm keine Angst mehr einjagen.

Wie lange der Effekt anhalten würde, lag völlig im Dunkeln, doch Calastana zweifelte nicht daran, dass er auch noch in der Lage sein würde, einen zweiten An-schlag durchzuführen. Und dann vielleicht noch wei-tere. Schließlich hatte er die ultimative Therapie ge-funden.

Euphorisch schreiend schlug er immer wieder ge-gen das Lenkrad.

Zuhause angekommen verstaute er seine Trophäen im Kühlschrank. Dann stellte er sich in voller Montur unter die Dusche und wusch die Haare mit Rohrreini-ger. Sein Kopf brannte, doch er dachte sich nichts da-bei. Als er zehn Minuten später seine nasse Bekleidung in die Waschmaschine stopfte, kamen ihm Zweifel.

Irgendwas hast du hier verkehrt gemacht? … Scheiß-egal!

Er zog den schwarzen Trainingsanzug an, bestückte die Kaffeemaschine und setzte sich an den Küchentisch. Obwohl seine Hände wie Espenlaub zitterten, fühlte er sich so gut wie lange nicht mehr.

Sein Blick fiel auf den Kühlschrank.

Er hatte nicht vorgehabt, eine Trophäe mitzunehmen, doch nun war es geschehen. Das kleine Messer, das er immer bei sich trug, war wie von allein in seine Hand gerutscht und dann ... hatte er dem letzten Opfer kurzerhand die Augen herausgeschnitten.

Wie damals konnte er dem toten Blick der weit aufgerissenen Augen, in denen sich die Todesangst widerspiegelte, nicht widerstehen.

Alte Gewohnheiten umschwirren dich wie Schmeißfliegen. Du wirst sie nicht los, dachte Calastana und erinnerte sich an seine Zeit als *Glasaugen-Mörder.* Damals vor vierzig Jahren hatte er fünf Frauen umgebracht, ihnen die Augen herausgeschnitten und sie durch Glasaugen ersetzt.

Sie würdigten ihn keines Blickes, die Frauen, sie hatten sich unwohl gefühlt in seiner Nähe und ihn gemieden wie der Teufel das Weihwasser. Ihre Augen hatten weggeschaut, wenn er ihnen zu nahe kam, doch es gab einen Weg, ihre Beachtung zu erzwingen.

Er nahm sich ihre Augen.

Aus den Trophäen konstruierte er das Mobile, das auch heute noch pendelnd über dem Bett hing. Zehn Augäpfel, die ihn anstarrten und die ihn daran erinnerten, dass es ihnen nichts nutzte, wenn sie ihn verhöhnten oder ignorierten.

Eine beruhigende Vorstellung.

139

Die toten Frauen verkaufte er an Seidelberg, den perversen Staatsanwalt, der Sex mit Leichen praktizierte.

Der biedere Staatsdiener und der Serienkiller.

Ein grotesker Deal, doch Calastana war es egal, was mit den Frauen nach ihrem Tod geschah.

Im Gegenteil: Sie profitierten beide davon.

Er, Calastana, lieferte den Nachschub und platzierte die Leichen an einem sicheren Ort. Dort konnte Seidelberg sich an ihnen vergehen. Hierfür zahlte der skurrile Staatsanwalt Geld und, was noch viel wichtiger war, er manipulierte die Ermittlungen und ließ zahlreiche Akten verschwinden. So blieb die Spur des *Glasaugen-Mörders* stets im Verborgenen.

Calastana wurde nie gefasst.

Bis dann im Sommer 2017 dieser Polizeibeamte vor seiner Tür stand. Daniel Brechter, der adrette Bulle, der sich nur kurze Zeit später in einen eiskalten Terroristen verwandeln sollte.

Brechter beschuldigte ihn, der *Glasaugen-Mörder* zu sein. Angeblich gäbe es neue DNA-Spuren an den Glasaugen, die man damals in den Köpfen der toten Frauen gefunden hatte. Und Zeugenaussagen, die auf ihn als Täter hinwiesen.

De facto ein Volltreffer, doch Calastana ließ sich nicht beeindrucken. Er hielt Brechters Anschuldigungen für einen Bluff und glaubte weder an neue Beweise noch an irgendwelche Zeugen. Viel wahrscheinlicher war es, dass Seidelberg, der lange Zeit seine schützende Hand über ihn gehalten hatte, doch noch reinen Tisch machen wollte. Aber selbst wenn dem so wäre, würden sie ihm die Morde nicht nachweisen können. Behauptungen waren keine Beweise.

Im Laufe des damaligen Gesprächs bemerkte Calastana, dass es dem rothaarigen Polizisten gar nicht darum ging, die Morde aus den Siebzigerjahren aufzuklären. Im Gegenteil: Er wollte ihn erpressen und für seine verbrecherischen Zwecke missbrauchen. Brechter hätte auch nicht gezögert, hierfür entsprechende Spuren zu manipulieren, wie er offen zugab. Ohne Umschweife hatte er Calastana vor die Wahl gestellt: Entweder tat er, was Brechter von ihm verlangte, oder er würde den Rest seines Lebens im Knast verbringen.

Dieser Polizist, so unscheinbar er auch aussah, besaß die kriminelle Energie eines eiskalten Killers. Calastana sah keine andere Möglichkeit, als einzuwilligen. Die ungeheuerliche Dimension des Vorhabens wurde ihm erst viel später bewusst.

Doch warum gerade er?

Es war seine Fluglizenz, die für Brechter von Interesse war. Er benötigte seine Fähigkeiten als Pilot, um die Vorbereitungen für einen terroristischen Anschlag durchzuführen.

Einzelheiten erfuhr Calastana nicht. Seine Aufgabe bestand einzig darin, zwei arabisch aussehenden Männern das Fliegen beizubringen. Der Crashkurs erwies sich aufgrund der Sprachbarriere als schwierig, und die fremdländischen Männer misstrauten ihm, doch das Lernpensum war überschaubar, da sie das schwierigste Manöver ausklammern konnten.

Eine normale Landung würde nicht stattfinden.

Du bildest Terroristen aus ...!

Calastana machte mit, wohl auch deshalb, weil er sich der Faszination, an einem Terroranschlag beteiligt zu sein, nicht entziehen konnte. Das Chaos hatte auch immer etwas Berauschendes an sich, etwas, von dem man zehren konnte.

Der kleine, zwischen Hamburg und Kiel gelegene Flugplatz Hartenholm diente als Trainingsgelände. Sie absolvierten den Unterricht abseits der Flugschulen. Offiziell flog Calastana allein, sodass niemand bemerkte, wenn sich eine zweite Person im Cockpit aufhielt.

Drei Wochen, in denen die Islamisten alles von ihm lernten, was sie brauchten. Dann war der Job für Calastana erledigt. Was seine Flugschüler mit den neu erworbenen Fähigkeiten anrichten würden, blieb ihm vorerst verborgen.

Einige Wochen später konnte er die beiden in Aktion bewundern – am heimischen Fernseher.

Der Anschlag auf die Elbphilharmonie und die Queen Mary 2 war das spektakulärste Ereignis, das er je gesehen hatte. Die Stadt glich einem Hexenkessel. Alle Nachrichtensender berichteten rund um die Uhr. Die ganze Welt blickte auf Hamburg, das im Chaos zu versinken drohte.

Calastana spürte so etwas wie Stolz.

Das waren seine Jungs gewesen. Sie hatten gute Arbeit geleistet, alles hatte offenbar reibungslos funktioniert. Dank seiner Hilfe.

Und jetzt, zwei Jahre danach, schien sich zu bewahrheiten, dass er vermutlich unbehelligt aus der Sache hervorgehen würde.

Sonst hätte längst jemand an meine Tür geklopft. Beamte vom Landeskriminalamt Hamburg, die schon in den Siebzigerjahren hinter mir her waren ...

Ein zwiespältiges Gefühl, denn der kriminelle Ruhm, der mit seinem Schuldbekenntnis einhergehen würde, lockte wie eine Trophäe, die ihn für alle Zeiten unsterblich machen würde.

Calastana stand auf und öffnete den Kühlschrank. In einer Plastikschale lagen die Augen der Frau, die er vor wenigen Stunden getötet hatte. Unschlüssig stellte er die Schale auf den Küchentisch und schlürfte etwas von dem lauwarmen Kaffee.

Du kannst wieder ein Mobile bauen, dachte er und ging zu dem Schrank, in dem er das LSD aufbewahrte.

Doch zwei Augen hierfür sind zu wenig ... viel zu wenig ...

14.

Der Fernseher lief den ganzen Tag. Calastana schaute nur gelegentlich hin. Seine Gedanken wanderten zu den Toten aus dem Kindergarten. Ihre ruhelosen Geister würden ihn heimsuchen, war seine Befürchtung gewesen, doch der Spuk blieb aus.

Eine Woche war seitdem vergangen, und in den Medien war so gut wie nichts mehr darüber zu vernehmen, nicht einmal in den Regionalprogrammen, die sich sonst an jeder spektakulären Nachricht ausgiebig labten.

Nachrichtensperre, dachte er hoffnungsvoll. *Die haben Angst. Eine Scheißangst haben die …*

Abgesehen von den aktuellen Meldungen ließ sich der Rest der Sendungen in zwei Kategorien einteilen: Beziehungsgeschichten oder Verbrechen.

In Letzterem ging es überwiegend um Mord.

Morde wie am Fließband, die so gewöhnlich wie Ladendiebstähle, Schwarzfahren oder Falschparken anmuteten. In jedem hinterwäldlerischen Kaff schien ein skrupelloser Mörder sein Unwesen zu treiben, und natürlich gab es auch immer einen diensteifrigen, genialen Polizisten – oder eine taffe Frau –, für den oder die es ein Leichtes war, jeden noch so komplizierten Fall zu lösen. Und das im Handumdrehen.

Eine Absurdität, die ihn zu einem hämischen Grin-

144

sen verleitete.

An jenem Abend, als er das seltsam schmeckende Fleisch aß, mit dem er sich die Pfanne versaut hatte, flimmerte eine Krankenhausserie über den Bildschirm. Beinahe hätte er sich an den Fleischfetzen verschluckt, die sich nur mühsam von den Knochen abnagen ließen, denn die Sendung, in der auch immer ein Krankheitsbild thematisiert wurde, zog ihn in seinen Bann.

Schließlich ging es neben den Liebesgeschichten, die sich zumeist zwischen Ärzten und Schwestern abspielten, um jene Erkrankung, die ihm sein inoffizieller Arzt am Ende der Untersuchungen offenbart hatte.

Die zweithäufigste Demenzform. Eine fortschreitende Erkrankung des menschlichen Gehirns mit dem sperrigen Namen: *Lewy-Körperchen-Demenz*.

Ursache unbekannt, schwer zu behandeln und unberechenbar im Verlauf.

Calastana erinnerte sich, dass er den medizinischen Begriff *Körperchen* anfänglich mit etwas Drolligem, Harmlosem assoziierte, doch als ihm Doktor Zonenfeld mit einem Grinsen die Symptome dieser neurodegenerativen Erkrankung aufzeigte, zitterten seine Hände stärker als sonst.

Starke Schwankungen der geistigen Leistung, Vergesslichkeit bis hin zum totalen Gedächtniszerfall, Zittern, Schlafstörungen, Inkontinenz und Aggressionen waren nur einige von ihnen. Am meisten zu schaffen machten ihm allerdings die Halluzinationen.

Es würde eine Zeit geben, hatte Zonenfeld gesagt, am Anfang der Erkrankung, da würde er noch halb-

145

wegs zwischen Realität und Halluzination unterscheiden können.

Irgendwann nicht mehr.

Eine Scheiß-Diagnose, fluchte Calastana innerlich, als ihm Zonenfeld ohne ein weiteres Wort das Rezept in die Hand drückte.

Angelika war eine Halluzination gewesen, seine fehlende Hand und auch die Gestalt, die immer an seinem Bett rüttelte, waren nicht real – so hoffte er wenigstens.

In mancher Nacht betrat der Fremde das Schlafzimmer. Eine heruntergekommene, übel riechende Person mit langen Haaren und schlechten Zähnen, deren faltiges Gesicht ihn an eine Hexe erinnerte. Immer stand er plötzlich an Calastanas Bett und rüttelte so lange daran, bis er erschrocken aufwachte.

Wach auf, du Arschloch, schrie der Langhaarige mit kreischender Stimme. *Wach auf, sie sind da! Kannst du sie nicht hören, du Missgeburt?*

Und tatsächlich. Da waren sie, die unheimlichen Stimmen. Sie hallten durch das Schlafzimmer, den Flur entlang bis in das Obergeschoss hinein. Wohin er auch ging, was er auch tat, überall waren diese Stimmen, die ihn mal jammernd anklagten, um dann wieder bösartig auf ihn einzuschreien.

Mörder ... Calastana, du Abschaum ... wir essen deine Augen ... du Schwein ... die Hölle wartet ... nur eine Schimäre ... du entkommst uns nicht ... die Kinder ... wir warten auf dich ... du Arschloch ... du bist tot ... tot ...

Es waren mehrere Stimmen.

Immer von Frauen. Keine von ihnen kam ihm bekannt vor, doch er zweifelte nicht daran, dass es böse Geister waren, die sich an ihm rächen wollten.

Eine Schimäre ... ging es Calastana durch den Kopf. *Natürlich, eine der Stimmen sprach auch immer von einem Trugschluss. Es ist doch alles nur eine Halluzination ...*

In der Nacht wälzte sich Calastana unruhig in seinem Bett hin und her. Immer wieder tauchten die toten Frauen in seinen Träumen auf. In dieser Nacht träumte Calastana auch von dem Hund.

Es kam selten vor, dass er sich an einen Traum erinnerte, doch diesmal schien sich der Nebel des Vergessens zu lichten. Vielleicht ist es eine Strafe, dachte er morgens, während er am Küchentisch saß, mit einem Blick auf die Pfanne, in der sich die Reste des Fleisches befanden.

Was war Traum und was war wirklich geschehen?, dachte er kopfschüttelnd.

Im Traum war ihm der Hund erschienen, der einen Tag zuvor in seinem Garten aufgetaucht war, doch es hatte sich nur um eine Halluzination gehandelt. In Wirklichkeit war es doch ein Kaninchen gewesen, oder?

Das verwahrloste Tier hatte plötzlich vor seiner Terrassentür gestanden und ohne Unterlass gebellt. Mit jeder Minute fühlte er die Unruhe in sich wachsen, bis ihm der Gedanke kam, dass es einen Grund dafür geben musste, warum dieser Hund ausgerechnet vor seiner Tür bellte.

Schlagartig wurde ihm klar, wie alles zusammenhing. Es waren wieder die toten Frauen. Natürlich, sie würden keine Ruhe geben, um ihn fertigzumachen. Sie konnten nicht sehen – er hatte ihnen ja die Augen herausgeschnitten –, doch sie wussten sich zu helfen.

Es ist ein fieser Trick, dachte Calastana und starrte auf den bellenden Hund, der sich hinter der Terrassentür über ihn lustig zu machen schien.

Ihre Seelen sind in ihn hineingefahren. Jetzt bellt er noch, als Nächstes fletscht er die Zähne und am Ende wird er mich zerfleischen.

Calastana erinnerte sich.

Um dem Spuk ein Ende zu bereiten, hatte er den Hund getötet. Die kauzige Alte von nebenan bekam sowieso nichts mit. Sie war gebrechlich, fast blind und taub und hockte den ganzen Tag vor dem alten Röhren-Fernseher, den sie immer anschaltete, wenn sie zuhause war – und das war sie fast immer.

Mit einem langen Fleischermesser in der Hand hatte er das Haus durch den Vordereingang verlassen, um sich nach hinten in den Garten zu schleichen. Der Hund bemerkte nichts, und dann, als Calastana den kläffenden Vierbeiner schon fast erreicht hatte, geschah etwas Seltsames.

Das Bellen verstummte.

Er sah in die Augen eines verängstigten Tieres, das sich hinlegte und alle viere von sich streckte. Regungslos starrte ihn der Hund an. Er schien zu ahnen, was passieren würde, doch er fügte sich hechelnd in sein Schicksal. So als wäre dies eine unabänderliche Konstante in seinem kurzen Leben, gegen die er machtlos war.

Calastana stach zu.

Die Klinge fuhr in den Hals des Tieres und verschwand darin bis zum Heft. Blut schoss über die Terrasse und färbte sogar den angrenzenden Rasen rot.

Sein Todeskampf war nur von kurzer Dauer.

Japsend wand sich der Hund mehrmals um die eigene Achse und blieb dann auf der Seite liegen, bis das Leben mit einem letzten, flachen Atemzug aus ihm herauswich.

Calastana ließ ihn ausbluten und hievte das tote Tier in die Küche, um sich seiner Augen zu bemächtigen, in denen sich die Seelen der Frauen befanden – so seine Vermutung. Doch er hielt inne und stellte überrascht fest, dass die Frauen ihn getäuscht hatten.

Sie sind Hexen, dachte er schicksalsschwer. *Ihre Gehässigkeit ist grenzenlos …*

Vor ihm lag kein Hund, sondern ein … Kaninchen.

Erst jetzt, nachdem ihre von Hass durchtränkten Seelen die Flucht ergriffen hatten, erkannte er die wahre Natur der Dinge.

Wie praktisch, kam es ihm in den Sinn, *du hast schon lange kein Kaninchen mehr gegessen.*

Damals auf dem Bauernhof seines Großvaters hatte er gelernt, wie ein Tier zerlegt werden musste, um an das genießbare Fleisch zu gelangen. Fast ein ganzes Leben war seitdem vergangen, doch das Messer in seiner Hand schien die Prozedur zu kennen, so flink und sicher ging ihm die Arbeit von der Hand.

Nach der Zubereitung des Fleisches kamen ihm Zweifel – Kaninchenfleisch sah anders aus –, doch er hatte sich fest vorgenommen, die hinterhältigen Tricks der toten Frauen zu ignorieren.

Während der Fernsehsendung, in der auch über die

Krankheit gesprochen wurde, unter der er litt, würgte er die Mahlzeit in sich hinein, bis ihm schlecht wurde.

Irgendwann später erlöste ihn ein tiefer Schlaf, und Calastana träumte von dem Hund, der eigentlich ein Kaninchen war.

Und mit diesem Gedanken verblassten die Erinnerungen an den gestrigen Tag.

Calastana saß in der Küche.

Sein Blick wanderte von der Pfanne, in der sich die Reste der Mahlzeit befanden, zu den Hinterlassenschaften der gestrigen Schlachtung, die auf dem gekachelten Fußboden herumlagen, so als hätte er die Tat im Fieberwahn begangen.

Glänzend braunes Fell, Haut, Knochen und Gedärme, Innereien und Organe: Alles lag weit verstreut in einer scharlachrot schimmernden Pfütze aus Blut, an deren Ende sich der Kopf eines Hundes befand, dem die Augen fehlten.

Schlagartig wurde ihm klar, dass alles noch viel schlimmer war. Und umso mehr wurde ihm der grausame Fluch seiner Krankheit bewusst.

Es war einer jener lichten Momente, die es ihm erlaubten, zwischen Realität und Halluzination zu unterscheiden. Die Erkenntnis raubte ihm fast den Verstand, doch es gab keinen Zweifel.

Natürlich war es eine Halluzination gewesen, doch sie war genau andersherum verlaufen. Nicht der Hund war das Trugbild, sondern das Kaninchen.

Die Realität war die: Er hatte einen Hund getötet, den Kadaver zerlegt, das Fleisch zubereitet und letztlich sogar davon gegessen. In der Annahme, es sei ein

Kaninchen gewesen.

Würgend sprang Calastana auf und rannte ins Badezimmer, um sich über der Toilettenschüssel zu übergeben. Schwallartig entleerte sich sein Mageninhalt, kalter Schweiß rann ihm über die Stirn und seine Hände zitterten so stark, dass sie von der Schüssel glitten und er unsanft auf den harten Boden rutschte.

Weinend lag er zusammengekrümmt da und gab sich der Tragödie seiner Krankheit hin, die wieder an der Oberfläche seiner Existenz erschienen war – stärker als zuvor.

Die Euphorie, die sich nach dem Anschlag auf den Kindergarten kurzzeitig eingestellt hatte, war verflogen. Der Effekt war nur von kurzer Dauer gewesen, und Calastana, der sich nichts sehnlicher wünschte, als ihn wieder zu erleben, diesen euphorischen Zustand der Stärke, dieser Calastana war jetzt zu allem bereit.

Auch zu einem Pakt mit dem Teufel.

In der kommenden Nacht träumte Calastana von dem Tod eines Kindes.

15.

Oktober 2019. Die Tür zum Büro des Polizeipräsidenten war nur angelehnt. Teresa saß im Wartebereich neben dem Sekretariat und telefonierte hinter vorgehaltener Hand mit der KTU, in der sich das einzige Beweismittel befand, das am gestrigen Tatort sichergestellt werden konnte.

Mit dem anderen Ohr schnappte sie einige Wortfetzen ihres obersten Dienstherrn auf und wunderte sich darüber, wie kleinlaut Michaelis am Telefon klang.

Er spricht mit dem Bürgermeister, dachte sie und ahnte bereits, welcher Druck auf dem neuen Polizeipräsidenten lastete.

Thomas Michaelis hatte ein schweres Erbe angetreten. Überall im Lande drängten erzkonservative Leute an die Macht; Michaelis war einer von ihnen. Eloquent, eitel und voller Selbstbewusstsein. Doch die selbsternannten Retter des Abendlandes, die sich die Ängste der Menschen zunutze machten, waren in der politischen Realität angekommen.

Die Flüchtlingskrise 2015 war ein Geschenk für die Rechten gewesen. Als dann die Anzahl der terroristischen Anschläge zunahm, kippte die Stimmung in der Bevölkerung. Die etablierten Parteien verloren den Rückhalt; es gelang ihnen nicht, die politischen Strömungen im Lande zu kanalisieren. Der Anschlag in der Hamburger Hafencity brachte das Fass zum Über-laufen. Deutschland hatte sein eigenes Trauma.

Teresa schob den Gedanken daran beiseite und blickte auf die Uhr an der Wand. Acht Uhr morgens. Draußen war es bereits hell. Langsam wurde sie unruhig. Der neue Fall duldete keinen Aufschub. Jede Minute war wertvoll, auch wenn die politischen Dimensionen dieses Anschlages ähnlich brisant waren wie bei dem Terroranschlag vom August 2017.

Sofern es überhaupt einen politisch motivierten Hintergrund für die Tat gab. Zugegeben, die Morde waren erschreckend brutal und von abstoßender Heimtücke, aber genauso gut konnte es die Tat eines geisteskranken Einzeltäters sein.

Doch Teresa verstand Michaelis – und die verantwortlichen Entscheidungsträger in dieser Stadt. Diese Tat hatte das Potenzial für einen öffentlichen Aufruhr, wie ihn das Land noch nicht erlebt hatte.

»… keine Spuren an der Brechstange«, erklang die rauchige Stimme von Röhmann, einem Mitarbeiter der KTU, aus dem Telefonhörer.

Teresa seufzte.

»Ich kann es nicht ändern«, maulte Röhmann, der seine Enttäuschung über die schlechte Nachricht nicht verbergen konnte. »So eine verdammte Scheiße!«

Teresa ging nicht auf seinen Fluch ein. »… keine Fingerabdrücke … oder DNA-Spuren?«

»Nein!«, drang es gereizt aus dem Hörer.

»Dann das Übliche«, sagte Teresa mit einem Anflug von Resignation in der Stimme. »Hersteller, Vertrieb, Käufer. Na ja, Sie wissen schon …«

»Die Kollegen sind dabei«, antwortete Röhmann einsilbig. »Aber machen Sie sich keine Hoffnungen. Die Scheiß-Dinger gibt's in jedem Baumarkt. So eine verdammte Scheiße!«

Teresa beendete das Gespräch. Ihre Gedanken wanderten zum Tatort, der Kindertagesstätte in Hamburg-Duvenstedt, den sie gestern Nachmittag mit den Kollegen der Mordkommission aufgesucht hatte.

Die Einsatzkräfte der Schutzpolizei hatten gute Arbeit geleistet. In der ersten Phase ihres Auftrages – der Sicherung und Konservierung des Tatortes – war es ihnen gelungen, das unbeschreibliche Chaos, auf das sie dabei stießen, in halbwegs geregelte Bahnen zu lenken.

Dabei bot sich den Frauen und Männern der Wache ein Bild des Grauens.

Draußen vor dem Gebäude lag der Hausmeister des Kindergartens in seinem Blut. Fast schon Routine für die Beamten, die einiges gewohnt waren, doch drinnen herrschte Schlachthausatmosphäre. Auf den Fluren, in den Gruppenräumen: Überall lagen die Leiber der erschossenen Erzieherinnen, deren Blut den Boden und die Wände tränkte. Im Flur stiegen sie über die Leichen von fünf Frauen hinweg, von denen vier auf dem Bauch lagen. Sie waren von hinten erschossen worden, vermutlich, als sie sich auf der Flucht befanden. Die Fünfte lag rücklings mit weit aufgerissenem Mund in ihrem Blut und starrte ihnen aus augenlosen Höhlen entgegen.

Die Einsatzkräfte kamen an ihre Grenzen, einigen von ihnen wurde schlecht, eine Beamtin verließ mit

154

der Hand vor dem Mund das Gebäude, um sich hustend zu übergeben, doch den Verbliebenen dämmerte bereits, dass die eigentliche Herausforderung noch auf sie wartete.

Das Haus musste voller Kinder sein.

Und zu diesem Zeitpunkt war noch nicht bekannt, ob auch die Kinder von dem blutigen Gemetzel betroffen waren.

Teresa hatte mit den Einsatzkräften gesprochen, die an diesem Tag Dienst verrichteten.

Die Augen dieser Frauen und Männer gingen ihr nicht aus dem Sinn. In ihnen spiegelte sich das Entsetzen wider, das während des Einsatzes wie ein Krebs geschwür in den Köpfen der Betroffenen wucherte und das ihnen vermutlich unzählige Albträume bescheren würde.

Mit der Waffe im Anschlag tasteten sich die Uniformierten langsam voran, um in die Gruppenräume vorzudringen.

Kinderweinen, Schluchzen, Wimmern und weinerliche Rufe nach der Mutter schlugen ihnen entgegen.

Ein Szenario, das nicht zu ertragen war, erzählten ihr die Beamten mit Tränen in den Augen. Viele von ihnen waren selbst Mütter oder Väter, und immer, wenn es um das Leben eines Kindes ging, fiel es schwer, die Emotionen zu kontrollieren.

An diesem Tag war es unmöglich.

Teresa wusste jetzt, dass sich 24 Kleinkinder in zwei der Gruppenräume zusammengekauert hatten. Die Einsatzkräfte vor Ort waren noch ahnungslos, sie mussten mit dem Schlimmsten rechnen.

In jedem der Räume fanden sie eine tote Erzieherin. Beide lagen unweit der Eingangstür mit grotesk verdrehten Gliedern, so als ob sie dem Täter mit weit auseinandergestreckten Armen und Beinen den Weg versperren wollten. Insgesamt hatte der Anschlag acht Todesopfer gefordert.

Teresa erinnerte sich an die junge Polizistin mit den langen blonden Haaren, die einen Nervenzusammenbruch erlitten hatte. Während sich ein Kollege der auf dem Boden liegenden Erzieherin zuwandte, ließ sie ihren Blick durch den Raum schweifen, denn noch war völlig unklar, wo sich der Täter befand.

Die verdrehten Glieder des Opfers erinnerten sie spontan an einen Handballtorwart, der breitbeinig mit ausgestreckten Armen dastand. Der Gedanke daran war so absurd, dass sie sich selbst am liebsten dafür bestraft hätte, einen derartigen Vergleich zuzulassen, doch im selben Moment entdeckte sie im hinteren Bereich des Raumes die Kuschel- und Leseecke, in der sich zwölf Kinder zusammengekauert hatten.

Der Anblick der traumatisierten Kinder, die verzweifelt versuchten, sich gegenseitig zu trösten, war zu viel für die Beamtin, die sich eben noch über ihren eigenen geschmacklosen Gedanken geärgert hatte. Jetzt wurde ihr auch bewusst, dass die verweinten Kinderaugen direkt in die Mündung ihrer Waffe blickten.

Nach Atem ringend fiel sie auf die Knie.

Tränen schossen ihr in die Augen, die Waffe drohte ihr aus der Hand zu rutschen, und es war wohl nur der Geistesgegenwart des Kollegen zu verdanken, dass es nicht zu einer weiteren Katastrophe gekommen war. Schließlich hätte sich ein Schuss aus der entsicherten Waffe lösen können, wenn sie zu Boden gefallen wäre.

Großer Gott, dachte Teresa, *wie schnell die Dinge außer Kontrolle geraten können.*

Die Uniformierten taten das einzig Richtige.

Während die Männer in aller Eile die Räumlichkeiten überprüften und den Tatort weiträumig sicherten, kümmerten sich zwei erfahrene Polizistinnen um die traumatisierten Kinder, die pausenlos weinten und schrien.

Teresa empfand grenzenlose Bewunderung für die Frauen, die sich jeweils einer Kindergruppe widmeten. Beide hatten zuvor die Leichen der Erzieherinnen so unauffällig wie möglich mit einer Plane abgedeckt. Dann waren sie auf Knien zu den Kindern gerutscht, wobei sie leise Worte der Beruhigung sprachen. Die Waffen und Lederjacken blieben bei den Kollegen zurück.

Ihnen war bewusst, dass es keine leichte Aufgabe sein würde, die richtigen Worte zu finden, doch die Frauen wuchsen über sich hinaus. Irgendetwas gab ihnen die Kraft, um die Kleinen zu beruhigen. Es gelang ihnen sogar, das Vertrauen der Kinder zu gewinnen. Instinktiv taten beide dasselbe: Am Rande der Kuschelecke schnappten sie sich ein Buch und begannen daraus vorzulesen.

Zu diesem Zeitpunkt trafen die ersten Kräfte ein, um den sogenannten *Auswertungsangriff* zu starten. Teresa hasste den Begriff, der militärisch klang und dennoch bis zum heutigen Tag verwendet wurde.

Während die Frauen drinnen vorlasen und draußen ihre uniformierten Kollegen von Tür zu Tür gingen, um nach Zeugen in der Nachbarschaft zu suchen, fuhren zahlreiche Fahrzeuge vor, aus denen sich alle möglichen Spezialisten drängten.

Die Wagen der Mordkommission – in einem von ihnen saß Teresa – trafen fast zeitgleich mit der Tatortgruppe des LKA ein. Die Kriminaltechniker waren neben den Erkennungsdienstler die Ersten, die in die weißen Einmal-Zellstoffanzüge hineinstiegen. Füßlinge und Gesichtsmaske komplementierten den Spurensicherungsanzug, den auch alle weiteren Personen tragen mussten, die jetzt den Tatort betraten. Über einen eigens hierfür markierten Trampelpfad, der von den Einsatzkräften betreten werden konnte, ohne dass mutmaßliche oder erkennbare Spuren beeinträchtigt wurden.

Draußen positionierte sich das Mobile Einsatzkommando, um die komplette Umgebung abzusichern. Das Bellen von Polizeihunden vermengte sich mit den Rotorengeräuschen eines Polizeihubschraubers und vor den rot-weißen Absperrbändern kamen bereits die ersten Pressefahrzeuge mit quietschenden Reifen zum Stehen. Journalisten griffen zu Mikrophonen und Kameraleute justierten ihr Equipment, um die ersten Bilder einzufangen.

Den verantwortlichen Führungskräften im Präsidium und im Rathaus wurde schnell bewusst, dass dieser Anschlag eine neue Dimension der Bedrohung markierte und von enormer politischer Sprengkraft sein könnte.

Polizeipräsident, Innensenator, ranghohe Kripobeamte: Niemand wollte sich nachsagen lassen, den Ernst der Lage zu unterschätzen. Sie ließen alles stehen und liegen, um den Tatort aufzusuchen, vor dem sich jetzt die Fahrzeuge zu stauen begannen.

Ärzte, Rechtsmediziner, Notfallseelsorger, das Kriseninterventionsteam: Im Minutentakt trafen weitere Spezialisten ein, denen kurze Zeit später, nach aufreibenden Diskussionen, bewusst wurde, vor welchem Dilemma sie standen.

Die Kinder mussten das Haus verlassen – und zwar so schnell wie möglich. Der Weg durch den Flur blieb ihnen verwehrt, schließlich lagen dort die Leichen der Erzieherinnen. Außerdem hatte das Spurensicherungsteam bereits mit der Arbeit begonnen. Eine Verunreinigung des Tatortes war unter allen Umständen zu vermeiden.

Vor der Kita zeichnete sich ein weiteres Problem ab. Herbeigeeilte Mütter, zu denen die Hiobsbotschaft über die Medien bereits durchgedrungen war, versuchten die Absperrungen der Polizei zu durchbrechen, um zu ihren Kindern zu gelangen. Doch die Beamten hatten klare Anweisungen: Niemand war es gestattet, sich dem Gebäude zu nähern. Auch den Eltern nicht. Schließlich war nicht auszuschließen, dass sich der Täter noch in der Gegend aufhielt.

Sämtliche Personen wurden zurückgedrängt, die Eltern vertröstet und an einen eilig eingerichteten Sammelpunkt verwiesen, der aus zwei abseits geparkten Einsatzleitwagen bestand, in denen Polizisten und

159

Notfallseelsorger saßen.

Hier spielten sich herzzerreißende Szenen ab, denn auch dort erfuhren die Eltern vorerst nichts über den Zustand ihrer Kinder, da der Informationsfluss ins Stocken geraten war.

Teresa erinnerte sich, dass wertvolle Minuten verloren gingen, bis sich die verantwortlichen Führungskräfte, einschließlich ihrer eigenen Person, über Abtransport und Verbleib der Kinder geeinigt hatten.

Die Notfallseelsorger hatten darauf bestanden, alle in der nächstgelegenen Schulaula unterzubringen, um eine adäquate psychosoziale Versorgung zu gewährleisten, in die auch die eintreffenden Eltern mit eingebunden werden konnten.

Teresa schien das Vorgehen plausibel.

Ein großer Polizeibus wurde angefordert. Die beiden Beamtinnen, die noch immer tapfer vorlasen, erhielten entsprechende Informationen. Die Kinder wurden durch die zuvor geöffneten Fenster nach draußen gebracht und in den Bus geleitet.

Das Prozedere erforderte Fingerspitzengefühl und verlief nicht so reibungslos, wie es sich die Notfallseelsorger vorgestellt hatten. Kindergartenkinder können auch Anarchisten sein, das wusste sogar Teresa. Vor allem wenn sie verängstigt sind.

Erst viel später, nachdem die Gruppe unter Begleitung einiger Seelsorger die nächstgelegene Schule mit dem Polizeibus erreicht hatte, sollte sich herausstellen, dass keines der Jungen und Mädchen zu Schaden gekommen war. Wenn man den Schrecken und die Traumatisierung der kleinen Kinderseelen einmal außer Acht ließ.

In der Schulaula herrschte hektische Betriebsamkeit. So gut es ging wurden zahlreiche Vorbereitungen getroffen, um den Kindern eine behütete Atmosphäre zu gewährleisten. Schließlich würde auch dieses Prozedere noch einige Zeit dauern. Allein der bürokratische Papierkram, der ungeachtet der dramatischen Ereignisse wie immer von Nöten war, sollte Stunden in Anspruch nehmen.

Für die Sicherheit sorgten Polizisten, Registrierungen und Befragungen erledigten Kripobeamte, das Organisatorische übernahmen eiligst herbeigeorderte Verwaltungskräfte und die Psychotherapeuten sorgten sich um das Seelenheil der Kinder – und das der Eltern, die nach und nach eintrafen und sich, verrückt vor Angst, auf ihre Kinder stürzten, so als wollten sie sie nie wieder hergeben.

16.

Gegen 8:30 Uhr saß Teresa endlich vor dem wuchtigen Schreibtisch des Polizeipräsidenten. Thomas Michaelis blickte sie nervös an. So hatte er sich seine Amtszeit bestimmt nicht vorgestellt, überlegte Teresa, die die Wartezeit genutzt hatte, um einen Vermerk in ihr dienstlich geliefertes Tablet zu diktieren.

Mit einem Fingertipp löste sie die Bluetooth-Funktion aus und sendete Michaelis die Datei, die daraufhin als Textdokument auf seinem Bildschirm erschien.

»Ist das der Bericht über die Aktion in der Schulaula?«, fragte er übellaunig.

»Ja, die Kurzfassung«, bestätigte Teresa. »Mir war schon bewusst, dass ein Shitstorm über uns hereinbrechen würde, aber …«

»… aber was?«, unterbrach Michaelis Teresa. Seine braunen Augen funkelten wie Bernstein. Unruhig rutschte er auf dem Stuhl hin und her.

Der Mann wird nicht lange durchhalten! »Die Kinder waren auch Zeugen«, erklärte Teresa. »Das können wir nicht ignorieren. Außerdem: Die Kinderpsychologen und zumindest jeweils ein Elternteil waren anwesend.«

»… ja, und die rasteten alle aus, die Eltern«, ereiferte sich Michaelis, dessen fahle Gesichtsfarbe sich zu röten begann. »Und nicht nur die …!«

»Natürlich rasten sie aus«, gab Teresa ihm recht. »Der Angriff auf einen Kindergarten ist ein Dolchstoß in das Herz dieser Gesellschaft, ohne Frage, aber es nützt uns nichts, wenn unser Handeln von Tabus geprägt wird, oder?«

Sie schauten einander schweigend an, zwei Minuten, drei Minuten, dann widmete sich Michaelis seufzend dem Text auf seinem Bildschirm.

Während er die Zeilen überflog, fand Teresa Gelegenheit, ihren Chef näher zu betrachten.

Seine Hakennase erinnerte sie an einen Raubvogel. Das schwarze, kurzgeschorene Haar war an den Schlä fen ergraut, und die schmalen Lippen kniff er zusammen, sodass sein Mund nur noch wie ein dünner Strich aussah. Er trug einen edlen grauen Anzug mit einer gelb-schwarz gestreiften Krawatte, die Teresa hässlich fand, und hatte, sie konnte es kaum glauben, Make-up aufgelegt. Dezent zwar, dennoch sichtbar.

Er ist ein Schlipsträger, wie er im Buche steht, wenn man mal von der Farbe im Gesicht absieht, dachte Teresa und blickte sinnierend zum Fenster hinaus.

An den wenigen Bäumen, die auf einer angrenzenden Grünfläche standen, färbten sich die Blätter bunt, obwohl noch sommerliche Temperaturen herrschten.

Michaelis wird nicht gefallen, was er da gerade liest, ahnte Teresa und überlegte, welches Motiv der Täter gehabt haben könnte, ausgerechnet in einer Kindertagesstätte zu morden.

Derzeit deutete nichts auf einen terroristischen Hintergrund hin, doch das konnte sich erfahrungsge-

163

mäß noch ändern. Schließlich waren erst wenige Stunden vergangen. Auf politischer Ebene spielte das Motiv ohnehin keine Rolle, rekapitulierte sie, denn das, was gestern dort mit den Frauen, dem Hausmeister und auch mit den Kindern geschehen war, würde ohne Frage das ganze Land nachhaltig verändern.

Am Tag zuvor.

Während der Bus die Kinder abtransportierte, zwängte sich Teresa zusammen mit den Kollegen der Mordkommission in die Spurensicherungs-Anzüge, um den Tatort zu inspizieren.

Kriminaloberrat Otto Sänger, derzeit noch Leiter der Abteilung Mord, musste lange suchen, bis er einen Anzug in der seltenen XXXL-Ausführung gefunden hatte, der sich trotz seiner imposanten Größe um seinen Kugelbauch spannte – und fast zu platzen drohte.

Dem 63-jährigen Brillenträger mit dem lichten Haarkranz und den zahllosen Altersflecken im Gesicht war anzumerken, dass er den Herausforderungen des neuen, von Terrorismus und Extremismus geprägten Zeitalters nicht mehr gewachsen war. Alle wussten das, und niemand störte sich daran, auch Teresa nicht.

Sängers Frau war schwer krank. Dann das Desaster um Daniel Brechter, der zeitweise in seinem Verantwortungsbereich gearbeitet hatte, und zu guter Letzt die zahlreichen organisatorischen Veränderungen, oft als alternativlose Reformen getarnt: Alles lastete wie ein Zementblock auf seiner Seele.

Stück für Stück verabschiedete er sich bereits jetzt vom Dienst und überließ Teresa den Löwenanteil der

Arbeit. Ganz im Gegensatz zu Sasha Huger und Hildur Seilinger, die beide dem Alpha-Team angehörten und für die der Ruhestand noch in weiter Ferne lag.

Huger mit seinen sechsunddreißig Jahren war leistungsfähig, agil und respektlos – was Teresa durchaus gefiel –, während Seilinger, die sechs Jahre älter war, einen nervösen Eindruck auf sie machte. Die alleinerziehende Mutter hatte ständig Stress mit ihrer frühpubertierenden Tochter, wechselte häufig die Männer und galt als trinkfest.

Selbst den machohaften Huger hatte sie bereits unter den Tisch getrunken, und auch gelegentlich das Bett mit ihm geteilt – wie man munkelte.

Sie sind beide Riesen, über einen Meter achtzig groß, dachte Teresa schmunzelnd. *Die passen ganz gut zusammen.*

Als alle vier das Gebäude betraten, hatten die Kollegen der Spurensicherung bereits einen Großteil der Arbeit erledigt. Sämtliche Räume waren mit dem Laser eingescannt worden, um ein virtuelles, detailgenaues 3-D-Abbild des Tatortes zu erstellen. Im Präsidium würde das Material von den Experten am Rechner analysiert und aufbereitet werden, sodass es mit Hilfe einer VR-Brille möglich war, den Tatort erneut zu begehen, um jedes Detail noch einmal überprüfen zu können. Millimetergenau und so oft man wollte.

Zusätzlich wurden jede Menge Fotos und Filme angefertigt. Die kriminaltechnischen Experten suchten nach Blut, Speichel, Sperma, Haaren, Fasern, DNA, Kontakt-, Fuß- und Fingerabdruckspuren sowie nach Projektilen, Schmauchspuren oder sonstigen Gegenständen, die in irgendeiner Weise der Tat zugeordnet werden konnten.

Als sich Teresa, Huger und Seilinger einen Überblick über den Tatort im Flurbereich verschafften, waren die Rechtsmediziner noch mit der Untersuchung der Leichen beschäftigt.

Bereitwillig gaben die Experten den Polizisten Auskunft über die Art des Todes und den Todeszeitpunkt: Alle Opfer wurden erschossen, vor ungefähr zwei Stunden.

Sänger, der sich nach der guten, alten Zeit zurücksehnte, als sich die Bösen noch gegenseitig umbrachten, hatte Zuflucht im Büro der Kita-Leiterin gefunden. Der Raum war spurentechnisch freigegeben worden, und Sänger saß auf dem Drehstuhl der Marquard, die erschossen im benachbarten Flur lag. Sänger hatte die Hände vor dem Bauch gefaltet, während er mit Martin Warrach vom Spurensicherungsteam sprach.

»Hast du sowas schon mal erlebt, Martin?«, fragte Sänger, hauchte auf seine Brille und begann sie vorsichtig zu polieren.«

»In all den Jahren nicht«, erwiderte Warrach. »Man denkt, man kennt schon alles, und dann kommt so ein Irrer, und …«

»Du meinst, es gibt keinen terroristischen Hintergrund?«, unterbrach Sänger den spindeldürren Kriminaltechniker. »Ein Irrer richtet *sowas* hier an? Ohne erkennbaren Grund?«

Warrach musterte sein Gegenüber von Kopf bis Fuß. Sänger tat ihm leid. In dem Spusi-Anzug sah der Kriminaloberrat wie ein Michelin-Männchen aus, das aus allen Nähten zu platzen drohte.

»Wir werden ja sehen, ob ein Bekennerbrief auftaucht«, sagte Warrach, mehr zu sich selbst, und schaltete die Crime-lite ab, mit der er nach Körperflüssigkeiten gesucht hatte. Das taschenlampenähnliche Gerät arbeitete mit hochintensivem Licht, um verdächtige Spuren auffinden zu können.

»Habt ihr draußen Fußabdrücke gefunden?«, wollte Sänger wissen.

»Fehlanzeige. Nur vom Hausmeister.«

»Und die Munition?«

»Hmm. Neun Millimeter Parabellum. Nichts Exotisches. Na ja, du weißt es ja selbst: die verbreitetste Pistolenmunition überhaupt.«

»… was die Sache nicht einfacher macht.«

»In der KTU werden wir sehen, ob die Projektile auf eine Waffe hindeuten, die schon mal auffällig geworden ist.«

»Wäre ja schön, Martin. Was ist mit DNA-Spuren?«, fragte Sänger mit geschlossenen Augen.

Warrach betrachtete ihn mit einem Blick, als wollte er sagen, *Chef, sehe ich so aus, als mache ich hier den Kriminaltechniker für alles?* »Mensch, Otto! Wenn du es genau wissen willst, dann frag Josef und seine Truppe.«

»Du kriegst doch sonst alles mit, Martin«, sagte Sänger, der keine Lust hatte, den Drehstuhl zu verlassen.

»Na schön«, gab Warrach nach. »Die Kollegen sahen verzweifelt aus. Jede Menge DNA-Spuren. Ist ja klar: das Personal, die Kinder, die Eltern, Großeltern,

167

Reinigungskräfte …«

»Ja, ja, ich sehe schon, es wird …«

»… Geschwister, Handwerker, Praktikanten …«

Schwierig, hatte Sänger sagen wollen, doch er brachte den Satz nicht zu Ende. Kraftlos öffnete er die Schreibtischschublade, um nach irgendeinem Hinweis zu suchen, doch hier war nichts zu finden.

»All diese Personen müssen eine Probe abgeben«, klagte Warrach und zog die Stirn in Falten. »Das wird ein Akt!«

»Da kann sich die Kohlwein drum kümmern«, mutmaßte Sänger und blickte gedankenverloren aus dem Fenster. Auf dem Parkplatz vor der Kita herrschte der Ausnahmezustand. Überall blinkte Blaulicht, und zwischen den Fahrzeugen wimmelte es von Uniformierten.

Währenddessen hatte Teresa einige Fotos mit dem Smartphone gemacht. Ihr Interesse galt der Leiche mit den herausgeschnittenen Augen.

»Das sieht sehr professionell aus«, kommentierte sie die Verstümmelung und hielt das Handy dicht vor das entstellte Gesicht der Toten.

Eva-Maria Prenzlow aus dem Team der Rechtsmediziner nickte in Gedanken versunken. »Stimmt, diese Enukleation, so der Fachausdruck für das Entfernen von Augen, wurde fachmännisch durchgeführt. So einfach ist das nämlich gar nicht.«

»Soll heißen, dass der Täter das nicht zum ersten Mal gemacht hat«, schlussfolgerte Teresa.

»So sieht es aus.«

»Interessant.«

In Teresas Kopf begann es zu arbeiten.

»Gibt es weitere Opfer, bei denen die Augen herausgeschnitten wurden?«

»Nein!«, antwortete Prenzlow, die für Ende fünfzig noch sehr jugendlich aussah. Im Moment trug sie zwar eine Maske, doch es wurde gemunkelt, dass sie regelmäßig zum Schönheitschirurgen ging.

»Gestorben ist sie aber an der Schussverletzung, oder?«, bohrte Teresa nach. »So wie all die anderen?«

»Sieht danach aus«, bestätigte Prenzlow knapp. »Im Institut kann ich Näheres sagen. Gleich morgen früh beginnen wir mit den Obduktionen. Ich schick Ihnen die Ergebnisse auf den Rechner.«

»Danke.«

»Der hat vermutlich mehrere Magazine verschossen«, mutmaßte Seilinger, die alle Gegenstände, die sich im Flur befanden, akribisch auflistete.

»Die Frau ohne Augen muss Rita Engel sein«, sagte Huger, der etwas undeutlich sprach, da er ständig Kaugummi kaute. »Erzieherin, Leiterin der blauen Gruppe, einundvierzig Jahre alt, verheiratet, keine Kinder. Trotz der fehlenden Augen wurde sie identifiziert, da wir von allen hier Fotos haben.«

»Das ging ja schnell«, sagte Teresa und blickte in Hugers stahlblaue Augen. »Haben wir wirklich alle Angaben zu den Angestellten?«

»Die zentrale Personalabteilung der städtischen Kitas ist zwar völlig geschockt …«

»… was verständlich ist angesichts dieses Massakers hier«, unterbrach Hildur Seilinger ihren Kollegen.

»… hat uns aber umgehend die Personaldaten aller

hier heute arbeitenden Personen auf den Rechner im Leitwagen geschickt. Inklusive Fotos.«

»Ok. Danke. Macht mir mal eine Zusammenstellung.«

»Schon erledigt«, sagte Seilinger und fügte hinzu: »Liegt im Büro der Kita-Leiterin. Sänger verschafft sich gerade einen Überblick.«

»Wozu?«, frotzelte Huger, der nach Überwachungskameras suchte. »Er wird sich kaum bei den Hinterbliebenen blicken lassen.«

Teresa überhörte die Bemerkung.

»Halt doch einmal die Klappe, Sasha«, hielt Seilinger ihm entgegen. »Und hör auf nach Überwachungskameras zu suchen. Hierzulande gibt es in Kindergärten keine.«

»Noch nicht«, ergänzte Teresa. »Hildur, klären Sie mal, ob es irgendwelche Zeugen gibt. Außer den Kindern.«

Seilinger war froh, sich von den Leichen entfernen zu können. »Ich hör mich mal um, was die uniformierten Kollegen herausgefunden haben.«

»Mann, was für eine Scheiße«, sagte Huger frustriert, nachdem er die Örtlichkeit gewissenhaft überprüft hatte. »Die Räume hier sind nicht videoüberwacht. Außerdem …«, er machte eine Pause, »… ach Mann, die ganze Sache stinkt zum Himmel.«

Teresa wusste, was er meinte. Was heute hier geschehen war, würde sie so schnell nicht wieder loslassen. Die Kriminalität hatte eine neue Qualität erreicht.

»Kümmern Sie sich mal um den Verbleib der Kinder«, beauftragte sie Huger, der, obwohl er Single war, mit Kindern immer gut konnte, wie er selber behauptete. »Wo ist diese Aula? Sind die da schon eingecheckt? Und kündigen Sie uns an, wir müssen da so bald wie möglich hin.«

»Sie wollen die Kinder befragen?«, seufzte Huger.

»*Wir* befragen die Kinder«, konkretisierte Teresa. »Und Huger …«

»Watt'n noch?«, fragte der Kriminaloberkommissar, der bei solchen Einsätzen immer bedauerte, dass seine muskulöse Figur unter dem Spusi-Anzug nicht zur Geltung kam.

»Organisieren Sie Malpapier und Buntstifte«, wies Teresa ihren Mitarbeiter an.

Huger blickte sie fragend an, ging dann aber, ohne ein Wort zu sagen.

17.

Irgendjemand musste die Schuld haben. Es gab keinen Zweifel. Die toten Frauen rächten sich an ihm, sie jagten ihm eine Heidenangst ein und dachten sich immer neue Gemeinheiten aus, um ihn um den Verstand zu bringen, doch es musste noch jemanden aus der realen Welt geben, der die Verantwortung für sein Schicksal trug. Jemanden, der dafür gesorgt hatte, dass diese perfide Krankheit überhaupt erst ausbrechen konnte.

Je länger er darüber nachdachte, umso deutlicher formte sich ein Gesicht vor seinem geistigen Auge.

Es war das Gesicht von Daniel Brechter.

Polizist, Terrorist, Mörder und ein Schaf im Wolfspelz.

Der Kriminalbeamte, der vor zwei Jahren an seine Tür geklopft hatte, um ihn zu erpressen. Der Mann, dem die Morde des Glasaugenmörders letztlich egal waren, weil er etwas viel Größeres im Sinn hatte.

Der Anschlag in der Hafencity.

Die Zerstörung der Elbphilharmonie und der Untergang der Queen Mary 2.

Was auch immer den Terroristen im Staatsdienst angetrieben hatte, er hatte seine Sache verdammt gut gemacht. Calastana erhielt den Auftrag, die Piloten auszubilden, danach war er im Nichts versunken, doch Brechter war aufgestiegen. Mit einem Schlag war der Mann, der den Terror in die Hansestadt brachte, weltberühmt geworden. Mythen und Legenden rankten sich um seine Person, und als wenn das nicht genug wäre: Es gab Frauen, die sich magisch von ihm angezogen fühlten. Sie schickten ihm Liebesbriefe in die Psychiatrie, beteten ihn an und überhäuften den Geisteskranken mit erotischen Träumen und sexuellen Fantasien.

Warum tun Frauen so etwas?

Calastana hatte sich immer gewundert, warum ihm nach Brechters Verhaftung nicht das Gleiche widerfahren war, warum er sich nicht vor einem Gericht verantworten musste, doch jetzt wusste er es.

Es war der Ruhm, den Brechter ganz für sich allein beanspruchte. Es lag ihm fern, dieses Ansehen und die zahlreichen Liebesbekundungen zu teilen, deswegen kam es nie zu Calastanas Verhaftung.

Natürlich, er hatte noch nie ein Gefängnis von innen gesehen. Er lebte, im Gegensatz zu Daniel Brechter, in Freiheit, doch diese Freiheit war trügerisch. Es war ein Gefängnis der Leere und der Bedeutungslosigkeit, deren Mauern noch viel höher waren als die, die sich um die Psychiatrie zogen, in der Brechter sein Dasein fristete.

Dieser Terrorist mit den zwei Gesichtern hatte ihn für seine Zwecke missbraucht. Ihn, den genialen Frauenmörder, dem es gelungen war, einen Staatsanwalt zu überlisten, ihn, den Überlebenskünstler, der es geschafft hatte, sich von Kindheit an alleine durchzuschlagen und in dessen Hand es lag, diejenigen zu bestrafen, die ihn ausnutzten, die sich über ihn lustig

173

machten oder ignorierten.

Genau hier lagen die Wurzeln seines Übels, wie ihm in einem plötzlichen Augenblick der Klarheit bewusst wurde.

Es konnte kein Zufall sein, dass die gesundheitlichen Probleme begannen, nachdem er Brechters Terroristen zu Piloten ausgebildet hatte. Diesem Mann war es wider Erwarten gelungen, seinen Willen zu brechen und seine Persönlichkeit zu zerstören.

Augenblicklich wurde ihm klar, wie alles zusammenhing.

Nicht er war für seinen katastrophalen Zustand verantwortlich, sondern der Ex-Polizist Daniel Brechter. Der Erpresser, der Manipulator, der, der ihn verflucht hatte, der ihm diese Krankheit angehext hatte, sodass Prozesse in seinem Gehirn abliefen, die alles andere als normal waren.

Hierauf gab es nur eine Antwort: erbitterte Rache!

Brechter musste sterben, und zwar so schnell wie möglich. Er würde dadurch seine Selbstachtung wiedererlangen. Vielleicht ließe sich die Krankheit dadurch aufhalten. Brechter war wie ein Tumor in seinem Kopf, der weggeschnitten werden musste. Und er, Rolf Calastana, musste es persönlich erledigen, erst dann gäbe es die Chance für einen Neuanfang.

Außerdem: Brechter war ein Dämon der Gewalt. Er musste getötet werden. Es lag in der menschlichen Natur zu töten. Seit Tausenden von Jahren wurde die Entwicklungsgeschichte des Menschen durch das Töten geprägt. Brechters Tod war die logische Konsequenz eines ewig andauernden Prozesses.

Jetzt ergaben die Dinge einen Sinn.

In seinem Hirn begann ein Plan zu wachsen. Er spürte das Blut in seinem Körper pulsieren, von der Kopfhaut bis in die Fußsohlen hinunter. Eine seltsame Kraft, die er nicht einzuschätzen wusste, breitete sich in ihm aus.

Ja, er würde alles an einem Tag erledigen.

Ohne Unterbrechung, denn Calastana wusste, wie schnell die Kräfte wieder schwinden konnten.

Zuerst der Anschlag auf den zweiten Kindergarten. Die Vorgehensweise hatte sich bewährt. Er würde alles genauso machen wie beim letzten Mal. Dann, gleich im Anschluss daran, die längst überfällige Exekution von Daniel Brechter.

Zufrieden strich er sich die spärlichen Haare zurück.

Es war ein genialer Plan, denn die Behörden würden abgelenkt sein. Niemand würde mit einem Überfall auf eine psychiatrische Einrichtung rechnen. Alles würde sich auf den Kindergarten konzentrieren.

Doch es war nicht einfach, an den wahnsinnigen Polizisten heranzukommen. Die Medien hatten damals in allen Einzelheiten über den Fall berichtet. Calastana wusste, dass Brechter in der Klinik für forensische Psychiatrie in Hamburg-Ochsenzoll einsaß. In der Männerstation des Maßregelvollzugs: Krankenhaus und Gefängnis in einem, doch er war kein Gefangener, sondern Patient.

Dem Schwein war es gelungen, sich auf geniale Weise aus der Affäre zu ziehen.

Natürlich war alles nur eine riesige Psycho-Show,

aber das Gericht war darauf hereingefallen.

Alle waren auf den Blender hereingefallen.

Zu krank für ein normales Gefängnis. Schuldunfähig aufgrund einer Persönlichkeitsspaltung. Umsorgt von Therapeuten statt von Aufsehern, auf hohem Niveau untergebracht, mit viel Komfort und allen möglichen Annehmlichkeiten – besser als so mancher Hartz-IV-Empfänger.

Die Mauern um das Gelände waren hoch – sechs Meter – und der Eingangsbereich war gesichert und bewacht.

Ich muss mir etwas einfallen lassen, trieb er sich in Gedanken an. *Wenn es so weit ist. Mir ist immer was eingefallen, das wird auch jetzt so sein …*

18.

Macht war erstrebenswert, um Veränderungen voranzutreiben, und es gab viel zu verändern, seitdem die Zuwanderungsbefürworter Europa gespalten hatten, doch die Macht hatte einen faden Beigeschmack, der nach Verantwortung roch.

Und das war Scheiße.

Michaelis Plan als Polizeipräsident war es gewesen, die Polizei zu stärken, das Sicherheitsgefühl der Bürger zu verbessern und die Justiz zu unterstützen, doch der Anschlag auf den Kindergarten ließ seine Ziele wie alte vergilbte Polaroidbilder verblassen.

Jetzt, kurze Zeit nach Amtseintritt, wurde er mit der bitteren Wirklichkeit konfrontiert. Dieser Fall besaß das Potenzial für eine Regierungskrise. Schließlich hatten die Rechten viele blauäugige Versprechungen abgegeben, gerade im Bereich der inneren Sicherheit. Würden sie sie einhalten können? Die Messlatte lag hoch, und die Kohlwein hatte recht: Der Angriff auf einen Kindergarten war ein Dolchstoß in das Herz dieser Gesellschaft. Nur ein schneller Fahndungserfolg konnte die Lage etwas beruhigen.

Michaelis blickte auf. Nachdem er Kohlweins Bericht über die Aktion in der Schulaula gelesen hatte, schüttelte er ungläubig den Kopf.

»Ein Wunder, dass Sie da heil wieder rausgekommen sind. Die Eltern haben Sie offensichtlich in Grund und Boden geschrien«, begann der Polizeipräsident verunsichert. »Die Polizei ist natürlich wieder mal an allem schuld. Wie ich das sehe, ist die Sache außer Kontrolle geraten. Und das ohne nennenswerte Ergebnisse.«

»Ich bin anderer Meinung«, konterte die junge Kriminalrätin. »Zum einen musste die Wut dieser Menschen kanalisiert werden, und zum anderen ergab die Befragung der Kinder einige interessante Details. Zum Beispiel, dass der Täter aller Wahrscheinlichkeit nach ein Mann jenseits der Sechzig war, der sich auf seltsame Weise bewegt hat. Außerdem …«

»Versteh ich das richtig?«, fragte Michaelis ungläubig. »Sie haben sich als eine Art Prellbock inszeniert, damit der aufgebrachte Pöbel seinen Ärger abreagieren konnte?«

Kohlwein ging nicht darauf ein. »Außerdem: Während die Eltern ihren Unmut kundtaten, ließen wir die Kinder am anderen Ende des Gebäudes Bilder vom Täter malen. Unter Aufsicht der Psychotherapeuten, versteht sich.«

»Interessant«, log Michaelis, der mit den Gedanken bereits bei der Pressekonferenz war, die noch heute stattfinden sollte. Sie würden im Kreuzfeuer der Kritik stehen, die Verantwortlichen dieser Stadt, auch er als Polizeipräsident. ›Wie soll zukünftig die Sicherheit der Kinder gewährleistet werden?‹ war nur eine der zahlreichen Fragen, auf die es keine befriedigende Antwort gab. Die Pressefritzen würden keine Ruhe geben. Wie das überhaupt passieren konnte? Warum war es so leicht gewesen, in das Gebäude einzudringen? Warum konnte der Täter unbemerkt entkommen? Fragen, die sich nur schwer beantworten ließen.

Dabei hatte auch Michaelis einen Sohn, der in den Kindergarten ging. Auch er machte sich Sorgen. Niemand wusste, ob sich so etwas wiederholen konnte, und es war illusorisch zu glauben, dass die Hamburger Polizei in der Lage war, alle Kindergärten in der Stadt zu schützen. Und was war mit den Schulen, den Krippen und Sportanlagen?

»Konnten Sie die Bilder bereits analysieren?«

»Wir sind dabei«, entgegnete Kohlwein. »Der Täter war komplett in Schwarz gekleidet. Hatte aber offenbar blaue Augen.«

»Das ist den Kindern aufgefallen?«

»Es deutet einiges darauf hin.«

Michaelis stützte seinen Kopf auf die Hand. »Ich muss nachher zur Pressekonferenz. Sänger begleitet mich. Ich möchte aber, dass *Sie* mich über alle relevanten Details hinsichtlich Tatort und Tathergang informieren. Jetzt sofort. Und das Ganze hinterher dann bitte auch noch schriftlich.«

»Selbstverständlich.«

Kohlwein schaltete das Tablet auf Aufnahme. Sie hatte sich angewöhnt, die Informationen druckreif zu formulieren. Das sparte jede Menge Zeit.

Michaelis hörte konzentriert zu, während Kohlwein ihm alle bisherigen Fakten präsentierte. Vom Tatort bis zu den vorläufigen Obduktionsberichten. Hierbei vermied sie es, überflüssige Worthülsen, ausschmückende Formulierungen und voreilige Spekulationen

179

zu verwenden.

Michaelis blickte auf die Uhr.

Ein kurzer Piepser signalisierte ihm, dass der Text auf seinem Rechner angekommen war.

Im Nebenzimmer rief die Sekretärin: »Herr Michaelis, der Innensenator möchte Sie sprechen. Soll ich durchstellen?«

»Hm … sagen Sie ihm, dass ich gleich zurückrufe, Frau Petersen«, murrte Michaelis, ohne aufzusehen. »Sind wir durch, Frau Kohlwein?«

»Eine Sache noch.«

»Ja.«

»Die Ermittlungen im Fall Brechter …«

»… können Sie, jedenfalls momentan, ruhen lassen«, fiel ihr Michaelis ins Wort.

»Es gibt bei den aktuellen Morden gewisse Parallelen zum Fall Brechter.«

»Die da wären?« Michaelis klopfte mit den Fingern auf die Tischplatte.

»Unser Täter im Kindergarten hat einem der Opfer die Augen herausgeschnitten …«

»Ich weiß …«

»Wie damals der Glasaugenmörder«, erläuterte Kohlwein.

»Der Glasaugenmörder?«, stieß Michaelis hervor. »Mein Gott, Frau Kohlwein, das ist vierzig Jahre her.«

Kohlwein überging die Bemerkung, ohne näher darauf einzugehen. Sie fuhr fort: »Heute wie damals war ein Profi am Werk. Das haben die Rechtsmediziner bestätigt. Und all die Jahre hatten wir keinen vergleichbaren Fall. Die Kinder schätzen den Täter als älteren Mann ein. Das sind Fakten. Wir können es uns nicht leisten, diese Spur zu vernachlässigen.«

»Hm ... zweifellos interessante Details«, räumte Michaelis ein. »Aber ich glaube, Sie haben sich da verrannt. Was wir brauchen, ist ein schneller Fahndungserfolg. Und den erreichen wir am ehesten, wenn alle Kräfte gebündelt werden. Also lautet der Auftrag: Alles andere liegen lassen, der Fall hat Priorität.«

Kohlwein ließ nicht locker. »Ich habe einen Hinweis von Brechter, wo sich der frühere Glasaugenmörder aufhalten könnte.«

Michaelis lachte laut auf. »Brechter, dieser total übergeschnappte Psychopath. Sie glauben ernsthaft, dass seine ominösen Hinweise irgendeinen Wert haben? Der verarscht uns doch alle! Und überhaupt: Wo ist die Verbindung zwischen Brechter und dem Glasaugenmörder?«

»Es war Brechters letzter Fall. Wir müssen auch das Unmögliche denken«, erwiderte Teresa. »Kriminalistisches Denken ...«

Michaelis Gesichtsausdruck verfinsterte sich; auf seiner Stirn bildeten sich Zornesfalten.

»Alles nur vage Vermutungen«, sagte er, mehr zu sich selbst. »Brechter hatte auch ausgesagt, der israelische Geheimdienst hätte ihn beauftragt, den Anschlag auf die Elbphilharmonie durchzuführen. Als eine von zahlreichen Vergeltungsmaßnahmen für den Holocaust. Was für ein Irrsinn.«

Seine Abneigung gegenüber dem ehemaligen Kriminalkommissar Daniel Brechter war stadtbekannt. Eigentlich hasste er ihn sogar, denn die Tatsache, dass

181

einer der gefährlichsten Terroristen der Welt ein ehemaliger Beamter der Hamburger Polizei war, nagte an der Institution Polizei und an ihrem Präsidenten wie eine unheilbare Krebserkrankung.

»Vermutlich ließe sich die Angelegenheit schnell klären«, stellte Kohlwein nüchtern fest.

»Vermutlich …?« Michaelis stand auf und streckte ihr die Hand entgegen. »Wir haben keine Zeit für Vermutungen, Frau Kohlwein. Vergessen Sie den Spinner in der Psychiatrie. Schnappen Sie sich das Ungeheuer, das unsere Kinder umbringen will. Und zwar so schnell wie möglich.«

»Aber wir könnten mit relativ wenig …«

»Offensichtlich war es ein Fehler, Ihnen zu gestatten, an Brechters Fall weiterzuarbeiten«, fauchte Michaelis und schnitt ihr das Wort ab. Seine Augen verengten sich zu Schlitzen. »Die Sache ist abgeschlossen. Konzentrieren Sie sich auf den aktuellen Fall. Das ist eine dienstliche Anordnung. Oder wollen Sie die Verantwortung dafür übernehmen, wenn aufgrund Ihrer unprofessionellen Spinnereien Kinder zu Schaden kommen sollten?«

19.

Die Lagebesprechung im Polizeipräsidium hatte vor allem eines verdeutlicht: Ein schneller Fahndungserfolg schien sich nicht abzuzeichnen.

Sehr zum Leidwesen des Polizeipräsidenten, der sich gegenüber der Presse weit aus dem Fenster gelehnt hatte. Zu weit! Ich garantiere für die Sicherheit der Kinder in unserer Stadt, waren Michaelis Worte gewesen. Ein auf Treibsand gebautes Versprechen?

Auch vier Tage nach dem Anschlag gab es noch keine heiße Spur. Daran konnte auch die eilig eingerichtete Sonderkommission nichts ändern, deren hochmotivierte Mitarbeiter Zusatzschichten schoben. Auch die Kollegen an den Wachen unterstützten die Arbeit der Ermittler; bislang jedoch ohne Erfolg.

Teresa koordinierte die Teams, konnte aber nicht verhindern, dass sich Frustration breitmachte.

Weder die Munition noch das vom Täter eingesetzte Brecheisen führten zu einer brauchbaren Spur. Im Gebäude gab es jede Menge DNA-Spuren und unzählige Fingerabdrücke, doch der Abgleich erwies sich als kompliziert und langwierig, und bislang fanden sich keine Hinweise auf einen verwertbaren Treffer, der sich einem Unbekannten zuordnen ließ.

Den Aussagen der Kinder zufolge trug der Täter neben Hose und Jacke auch Handschuhe und eine

183

Sturmhaube, sodass Teresa davon ausging, dass der völlig in Schwarz gekleidete Mann nicht genügend Material hinterlassen hatte, um einen genetischen Fingerabdruck zu erstellen.

Dennoch ging die Suche weiter.

Zusätzlich wurde der Fußboden des Kindergartens auf Pflanzen-DNA abgesucht. Es bestanden nur geringe Chancen, doch manchmal waren die Schuhe eines Täters mit entsprechenden Substanzen kontaminiert.

Kleinste Partikel, die für das bloße Auge unsichtbar waren. Würde man fündig werden, könnten dadurch Rückschlüsse auf seinen Wohnort gezogen werden, so die Hoffnung der Forensiker. Denn die Kinder und ihre Eltern wohnten alle im Einzugsbereich der Kindertagesstätte. Pflanzenmaterial, das sich einer anderen Region zuordnen ließe, wäre potenziell verdächtig.

All diese Maßnahmen kosteten Zeit und Personal, das auch an anderer Stelle gebunden war.

Die Beamten im Präsidium arbeiteten am Limit.

Ihren Kollegen von der Bereitschaftspolizei und den Beamten des Streifendienstes erging es nicht besser, da der gesamte Stadtteil systematisch abgesucht werden musste. Vielleicht hatte der Täter unterwegs etwas verloren, vielleicht gab es im weiteren Umkreis doch verdächtige Spuren, vielleicht war irgendjemandem etwas aufgefallen, den Nachbarn, einem Handwerker, der in der Gegend einen Auftrag zu erledigen hatte, der Müllabfuhr oder dem Briefträger.

Klinkenputzen war angesagt.

Im Zuge der Ermittlungen kamen auch Spürhunde zum Einsatz. Den Vierbeinern gelang es, eine Fährte aufzunehmen, doch die Spur verlor sich in der Nähe des Kindergartens in einer Nebenstraße, in der der Täter vermutlich sein Fahrzeug abgestellt hatte.

Hier gab es einen weiteren Ansatzpunkt.

Wem war ein fremdes Fahrzeug aufgefallen, von wo war es gekommen, in welche Richtung war der Täter geflüchtet? Vielleicht war er geblitzt oder beim Tanken gefilmt worden? Die Auswertung von Überwachungskameras und Blitzer-Stationen war zeitintensiv, sodass Teresa ein eigens dafür aufgestelltes Team mit der Aufgabe betraute.

Eine weitere Gruppe durchforstete die sozialen Netzwerke in der Hoffnung, irgendeinen Hinweis auf den oder die Täter und deren Identitäten zu finden. Der Mann in Schwarz könnte Helfer gehabt haben. Einen Waffenverkäufer, jemanden, der das Fahrzeug gelenkt hatte, oder einen Informanten, der die Kindergärten in Hamburg ausspionierte.

Ein Bekennerschreiben, in dem eine der terroristischen Gruppierungen die Verantwortung für den Anschlag übernahm, war bisher nirgendwo aufgetaucht.

Somit mehrten sich die mahnenden Stimmen, dass sie es vermutlich mit einem wahnsinnigen Einzeltäter zu tun hatten, der unberechenbar vorging, der kein Motiv erkennen ließ und der jederzeit wieder zuschlagen konnte – irgendwo in der Stadt.

Das war der Nährboden für die Bürgerinitiativen, die plötzlich wie Pilze aus dem Boden schossen.

Besorgte Eltern, Verwandte, Großeltern, selbst die Mitarbeiter der Kitas: Sie alle trauten dem Staat nicht zu, für die Sicherheit ihrer Kinder zu sorgen. Man zog es vor, sich selbst zu organisieren.

Die Polizei warnte vor den Folgen von Selbstjustiz und erinnerte an das staatliche Gewaltmonopol.

Um nicht untätig zu erscheinen, verstärkte sie ihre Präsenz im Bereich von Kindergärten massiv, doch es handelte sich nur um temporäre Maßnahmen, da es an Personal fehlte. Das war allen bewusst. Eine dauerhafte Bewachung der zahlreichen Einrichtungen blieb eine Illusion, und auch die Verstärkung des jeweiligen Streifendienstes war zeitlich begrenzt, sodass alternative Maßnahmen diskutiert wurden.

Die Bürgerwehren der Eltern, Überwachungskameras in den Kindergärten, die Bewaffnung des Hausmeisters oder Reizstoffsprühgeräte für die Erzieherinnen waren nur einige der Vorschläge, die in den Medien herumgeisterten – und auch seitens der Politik in Betracht gezogen wurden.

Teresa war skeptisch. Die Kameras waren akzeptabel – wenn auch aus datenschutzrechtlichen Gründen strittig –, doch eine private Bürgerwehr hielt sie für problematisch. Sie konnte sich sogar vorstellen, dass der Täter eine dieser Gruppen nutzen würde, um sich darin zu verstecken, denn natürlich gab es keine angemessene Sicherheitsüberprüfung, mit der sich die Spreu vom Weizen trennen ließ. Die perfekte Tarnung für einen Unbekannten, der vorgab, ein Verwandter eines Kindergartenkindes zu sein. Genauso gut könnte man dem Täter eine Einladung zukommen lassen.

Draußen dunkelte es bereits, als die Lagebesprechung beendet war und Teresa zusammen mit einigen Kollegen den Vorführraum im 1. Obergeschoss betrat.

Maike Richter, eine junge Kriminalkommissarin, die von Mecklenburg-Vorpommern zum Landeskriminalamt Hamburg gewechselt war, bediente den Laptop und damit auch den Beamer, über den die Bilder des eingescannten Tatorts an die Leinwand geworfen werden sollten. Die Gruppe hatte sich kurzfristig zusammengefunden, um den virtuellen Tatort erneut zu prüfen. Jedes noch so winzige Detail könnte von Bedeutung sein.

Die Technik machte der 25-jährigen Single-Frau zu schaffen.

Während die Kollegen warteten, nutzte Sasha Huger die unfreiwillige Pause, um die Truppe aufzu heitern. Flapsige Sprüche und respektlose Kommentare waren seine Spezialität – selbst in Krisenzeiten.

»Das läuft hier ja wieder in null Komma nichts«, frotzelte er und hielt die aktuelle Zeitung hoch. »Übrigens: mal herhören, die Presse hat unserem Täter einen Namen verliehen. Hey, guckt mal, Leute.«

Auf der Titelseite prangte in fetter Schrift:

Wann schlägt der Albtraummörder wieder zu?

»Wie findet ihr das?«, fragte Huger grinsend. »Passt doch ganz gut, oder?«

Gernot Binsen, einer der ältesten Mitarbeiter in der Mordkommission, schüttelte den Kopf. Unter seinem Gewicht von weit über einhundert Kilo ächzte der Freischwinger.

»Albtraum …?«, fragte er konsterniert. »Jeder Mord ist ein Albtraum. Warum kriegt ausgerechnet der diesen formidablen Titel verpasst?«

»Er hat die Erwachsenen ermordet«, antwortete

187

Hildur Seilinger, ohne aufzusehen. Sie fummelte an ihrem Handy herum. »Und die Kinder verschont. Die sind jetzt traumatisiert und haben Albträume. Deswegen Albtraummörder. Ist doch ganz simpel.«

»Eine Vermutung ist, dass dies seine Absicht war«, ergänzte Teresa. »Er ermordete alle Erwachsenen und ließ die Kinder am Leben. Vermutlich werden die für den Rest ihres Lebens unter Albträumen leiden. Vielleicht will er sich auf diese Weise einen langfristigen Platz im kollektiven Gedächtnis zahlreicher Personen sichern.«

»Tja, ... äh ... mmh.« Huger war sprachlos. Ein überaus seltenes Phänomen. »Kann schon sein ...«

»Und was soll das?«, hauchte Maike Richter kaum hörbar. »Geht ihm dabei einer ab?«

»Wir kriegen das Arschloch«, war sich Binsen sicher. »Dann hat der erst mal selber Albträume – im Knast.«

»Somit haben wir jetzt ja auch einen Namen für die Soko«, meldete sich Huger erneut zu Wort. »Soko Albtraum. Das klingt doch nach richtig guter Polizeiarbeit, oder?«

»Aber nicht doch«, widersprach Otto Sänger schniefend, dem es heute nicht sonderlich gut ging. Eine Erkältung schien sich anzukündigen. »Das klingt total negativ. Abgelehnt!«

»Finde ich auch unpassend«, meinte Seilinger und knallte das Handy auf den Tisch. »Besser wäre ...«

»Ich hab's jetzt«, schaltete sich Richter dazwischen. Sie hatte den Beamer zum Laufen gebracht und verdunkelte den Raum. »Kann losgehen.«

»Na endlich, wurde auch Zeit«, stöhnte Teresa und blickte, wie bereits an den Tagen zuvor, auf die große, fest an der Wand verbaute weiße Leinwand, auf der ein Programmfenster mit der Titelzeile *3-D-Laserscann_Fr_01.11.19_14:31h* erschien.

Es war schon zur Routine geworden.

Das 3-D-Abbild des Tatortes ließ sich mithilfe der Software jederzeit überprüfen, und das im 360-Grad-Rundumblick. Es war möglich, sich wie ein Besucher in den Räumen zu bewegen, den Blick in alle Richtungen zu schwenken, alles aus jedem Winkel zu betrachten und unter Einsatz der Zoomfunktion jede beliebige Ecke der Räumlichkeiten zu inspizieren.

Die Hoffnung war, doch noch etwas zu entdecken, das sie weiterbringen würde.

Leider war das bisher nicht der Fall gewesen.

Und auch diesmal fanden sie nichts.

Eine halbe Stunde später schaltete Maike Richter den Laptop wieder aus.

»Die Sache hat keinen Sinn«, monierte Sänger frustriert. »Es kommt nichts dabei heraus, wie oft wir das auch noch wiederholen.« Er hatte die Krawatte gelockert und wischte sich mit einem Taschentuch den Schweiß von der Stirn.

»Schreiben Sie einen Bericht hierzu, Maike«, wies Teresa ihre Kollegin an. »Keine neuen Erkenntnisse. Wir brechen das ab.«

Maike Richter nickte in Gedanken versunken. »Mach ich.«

»Es ist zum Aus-der-Haut-Fahren!«, sagte Sänger matt. »Wir haben eigentlich, bis jetzt jedenfalls, gar nichts.«

»Ganz so würde ich das jetzt nicht sehen«, hielt ihm Seilinger entgegen und fuhr sich mit der Hand durch die Kurzhaarfrisur. »Wir brauchen eben mehr Zeit. Es gibt noch neue Hinweise aus der Bevölkerung, denen wir nachgehen müssen.«

»Und die haben wir auch, die Zeit«, sagte Binsen mit hochrotem Kopf und fügte hinzu: »Einen zweiten Anschlag wird es so schnell nicht geben. Der traut sich doch in keinen Kindergarten mehr rein. Überall Polizei oder Bürgerwehren. Irgendeiner schiebt da immer Wache. Das sind wahre Festungen geworden.«

Binsens Glatze glänzte wie frisch poliert.

»Da wäre ich mir nicht so sicher«, widersprach Teresa. »Hier ist viel Unberechenbarkeit im Spiel.«

Teresa massierte sich die Schläfen.

Die letzten Tage waren anstrengend gewesen. Nach dem Gespräch mit Michaelis hatte sie das Rätsel, das Brechter ihr mit auf den Weg gegeben hatte, aus dem Kopf verbannt. Zum einen wäre es fatal gewesen, die Chance auf einen schnellen Fahndungserfolg mit Nebenkriegsschauplätzen zu gefährden, und zum anderen hatte Michaelis nicht ganz unrecht: Brechters Psycho-Spielchen dienten in der Regel nur seiner Unterhaltung und brachten zumeist nichts als Verwirrung hervor.

Außerdem: Selbst wenn die Lösung des Rätsels sie zum Glasaugenmörder führen würde, war völlig unklar, ob es einen Bezug zu ihrem aktuellen Fall gab. Falls nicht, müsste sie sich gegenüber Michaelis rechtfertigen. Sie hätte wertvolle Zeit in eine Spur investiert, die nicht zur Aufklärung des Falles beitrug. Entgegen seinen Anweisungen.

Oder wäre es fahrlässig, diese Möglichkeit zu ignorieren? So verrückt die Sache auch erschien, wenn nur die geringste Chance bestand, hier zwei Fliegen mit einer Klappe zu schlagen, dann waren ihr die Anweisungen von Michaelis egal. Schließlich war der Mann voreingenommen und nicht in der Lage, die Situation objektiv zu betrachten. Insofern war jetzt der richtige Zeitpunkt gekommen, um auch das Unwahrscheinliche ins Visier zu nehmen.

Vor ihrem geistigen Auge begann sich ein Muster zu bilden.

Die große Pinnwand, die Akten, die Beweise, die Gespräche mit Brechter, seine verschiedenen Persönlichkeiten, die versteckten Hinweise, der Glasaugenmörder, der Psychopath, der Mann mit der Warze, der Vers, das Rätsel: Alles formte sich zu einem einzigen Satz, der wie ein Echo in ihrem Kopf hallte und … der sich plausibel anfühlte.

Hast du den Glasaugenmörder, dann hast du auch den Albtraummörder!

Der Satz brannte sich in ihr Gehirn ein, und immer, wenn so etwas passierte, folgte sie ihrer Intuition.

»Es gibt eine weitere Spur«, sagte sie zu den Kollegen im Raum. »Inoffiziell.«

»Was meinen Sie mit inoffiziell?«, fragte Huger sichtlich irritiert, wurde aber von Sänger unterbrochen.

»Ist doch egal, Huger«, murrte der Kriminaloberrat, der lieber heute als morgen die komplette Verantwor-

191

tung in Teresas Hände legen würde. »Frau Kohlwein ist bekannt für ihre unkonventionellen Methoden. Ich unterstütze das. Lassen Sie mal hören, Teresa.«

»Die Sache muss unter uns bleiben – und … «, Teresa machte eine Pause, »… investiert nicht allzu viel Zeit in die Angelegenheit.«

»Das klingt geheimnisvoll.« Maike Richter schaute sie fragend an. »Worum geht es denn eigentlich?«

Ihre zahlreichen Sommersprossen im Gesicht schienen vor Neugierde zu leuchten.

»Es handelt sich um ein Rätsel, deren Auflösung uns zu einer Person führen könnte, die etwas mit dem aktuellen Fall zu tun haben könnte«, erläuterte Teresa.

»Viel *könnte* dabei, aber ich liebe Rätsel«, sagte Huger und schob sich ein Kaugummi in den Mund.

»Michaelis hält nichts von solchen Experimenten«, räumte Teresa ein. »Zumal die Quelle des Rätsels nicht sehr vertrauenswürdig ist.«

»Michaelis ist ein Arschloch«, warf Binsen ein, der keinen Hehl daraus machte, dass er von den Rechten und ihren Handlangern nichts hielt. »Außerdem: so nebenbei mal einen Blick auf ein Rätsel zu werfen, das kann ja wohl die Ermittlungsarbeit nicht beeinträchtigen.«

»Nun bringen Sie die Sache mal aufs Tapet«, platzte es aus Huger heraus. »Ich kann ja wohl …« Er holte kurz Luft. »In meiner Freizeit kann ich ja wohl –aua!– so viel Rätsel lösen, wie ich will.« Huger hatte sich beim Kaugummikauen auf die Zunge gebissen.

»Macht mal ruhig«, schaltete sich Sänger dazwischen und zog die buschigen Brauen nach oben. »Um

Michaelis kümmere ich mich, falls es Probleme geben sollte.«

Teresa zückte ihr Smartphone.

»Maike, ich sende Ihnen eine Bilddatei auf den Laptop.«

»Ausdrucken?«

»Genau. Jeder hier bekommt ein Exemplar von dem Rätsel. Genau genommen handelt es sich hierbei um einen Kniereitvers für Kinder, den Sie vermutlich alle kennen. Mit gewissen Erweiterungen.«

»Kann ich mir schon denken«, mutmaßte Binsen grinsend. »Schließlich hab ich Enkelkinder. Mit Erweiterungen – das klingt allerdings interessant.«

»Was meinst du?« Richter schaute ihn fragend an.

»Nun druck mal!«, sagte Seilinger und fügte hinzu: »Wir sind alle neugierig.«

Kurze Zeit später hielt jeder von ihnen einen Zettel in der Hand.

»Oben steht der Vers, wie wir ihn alle kennen. Im Original sozusagen«, sagte Teresa und hielt den Ausdruck hoch. »Darunter der veränderte Vers mit dem Rätsel und einer zusätzlichen Strophe. Darin verbirgt sich irgendeine Information. Vermutlich der Aufenthaltsort besagter Person.«

»Wie bitte …?«, fragten Huger und Seilinger wie aus einem Mund.

Teresa nickte geduldig. »Ich weiß, das ist schräg, und wie gesagt, vielleicht ist das alles auch nur großer Mist, aber schaut es euch in Ruhe an. Unvoreingenommen. Über die Hintergründe braucht ihr vorerst nichts zu wissen.«

»Ist doch ganz einfach«, meinte Binsen, während er mit dem Zettel herumwedelte. »Oben steht der Kniereitvers, so wie wir ihn kennen. Unten das Gleiche noch mal, aber mit irgendwelchen Kauderwelsch-Zusatzinformationen, in denen sich dieser Code beziehungsweise die gesuchte Information verbirgt.«

»Kniereiter … was?« Huger war verwirrt.

»Der Vers scheint nur die Hülle für den Code zu sein«, schlussfolgerte Teresa. »Wer ihn kennt, braucht den Vers eigentlich gar nicht mehr.«

»Hm …«, grübelte Sänger, während er las. »Da bin ich anderer Meinung. Die letzte Strophe des Verses ist völlig frei erfunden. *Erst ein Auge, dann schneid ich weiter*: Das klingt für mich nach diesem, äh …«

»Dem Glasaugenmörder. Ich weiß«, unterbrach Teresa Sänger. »Für mich ist das tatsächlich ein direkter Hinweis auf den Glasaugenmörder.«

»Obwohl das irre lange her ist«, meinte Sänger nachdenklich. »Mitte der Siebzigerjahre …«

»Aber es gab nie einen ähnlichen Fall«, schaltete sich Seilinger dazwischen.

»So langsam beginne ich zu verstehen.« Huger nickte eifrig, während er Teile der letzten Strophe laut vorlas.

Hoppe, hoppe Reiter,
erst ein Auge, dann schneid ich weiter,
da nützen keine ? ? ?
lauf, sonst schlitz ich dir die Kehle auf …
Und so weiter …

»Unser Albtraummörder hat ebenfalls die Augen

194

eines der Opfer entfernt. Und auch er versteht sein Handwerk. Sowas kommt nicht oft vor. Da könnte also eine Verbindung bestehen. Wir alle wissen, dass Brechter in seinem letzten Fall auf der Suche nach dem Glasaugenmörder war. Ob er ihm nahe gekommen ist, liegt im Dunkeln, doch dieser Vers knüpft eine Verbindung zwischen den beiden Fällen. Oder lieg ich da falsch?«

»Ich bin ganz Ihrer Meinung«, kommentierte Teresa.

»Und diese scheinbar sinnlosen Wörter, die in einigen der Sätze vorkommen, beinhalten wahrscheinlich den Code, der zu einer Ortsangabe führt.« Sänger runzelte die Stirn. »Oder?«

»Ich denke schon«, sagte Teresa. Nach kurzem Schweigen verbesserte sie sich. »Ich bin mir da eigentlich ganz sicher.«

»Die Buchstaben ergeben keinen Sinn«, bemerkte Richter und drehte mit dem Kugelschreiber in ihren blonden Locken. »Ich finde kein System darin.«

Teresa winkte ab. »Das dürfte nicht so schwierig sein«, sagte sie und fügte hinzu: »Ich hatte noch keine Zeit dafür, doch wenn man etwas rumprobiert mit den Buchstaben, dann lassen sich schnell – auch da bin ich mir sicher – richtige Wörter bilden. Die Frage ist nur, ob und wie uns diese Wörter dann weiterbringen.«

Seilinger fasste zusammen: »Also die letzte Strophe ist ein Hinweis auf den Glasaugenmörder. Und die kleinen sinnlosen Buchstabenkolonnen, die sich in den Strophen befinden, enthalten einen Code, der uns zu einem bestimmten Ort führen soll. An dem sich offenbar der Glasaugenmörder befindet, der in irgendeiner Weise mit unserem jetzigen Täter, dem Albtraummörder, in Verbindung steht. Korrekt?«

»Ich tipp mal darauf, dass Brechter der Verfasser dieses Rätsels ist«, spekulierte Huger und lächelte verschmitzt. »Das würde zu ihm passen. Dann laufen wir allerdings Gefahr, mächtig verarscht zu werden.«

Teresa ging nicht darauf ein.

Unschlüssig schauten sich die Kollegen gegenseitig an. Binsen durchbrach das Schweigen. »Es kann nicht schaden, mal darüber nachzudenken – so nebenbei. Den Buchstabensalat lassen wir mal durch den PC laufen, dann löst sich das in null Komma nichts. Und selbst wenn wir verarscht werden, was haben wir zu verlieren, außer ein bisschen Freizeit?«

»Unsere Glaubwürdigkeit?«, fragte Seilinger.

»Es muss ja keiner was erfahren«, brummte Binsen.

Kriminaloberrat Sänger, offiziell noch Chef der Truppe, sah sich genötigt, für Teresa in die Bresche zu springen.

»Ihr habt von mir Rückendeckung«, beteuerte er und verschränkte die Arme vor der Brust. »Nur eines noch: Die Angelegenheit bleibt unter uns. Wir ermitteln weiter wie bisher und parallel dazu kann jeder prüfen, ob er oder sie was mit diesem Gedicht und dem Rätsel anfangen kann. Aber verbeißt euch nicht zu sehr darin. Die Zeit läuft uns weg. Wir müssen den Kerl kriegen, bevor er wieder zuschlägt.«

»Kollege Sänger hat recht«, bestätigte Teresa, die kalte Füße zu bekommen schien, »die Sache ist vielleicht nichts weiter als eine Sackgasse. Ich weiß, wovon ich rede, glaubt mir. Also Ball flach halten und weiterermitteln.«

»Ja was denn nun?«, maulte Huger.

Teresa seufzte. »Wer eine Idee hat, wie man den Code knacken könnte, kommt bitte erst einmal zu mir. Dann prüfen wir gemeinsam, ob die Sache weiterverfolgt wird, ok?«

Zustimmendes Gemurmel erfüllte den Raum, als die Gruppe sich auflöste.

Im Büro ließ sich Teresa mit einem flauen Gefühl im Magen in den Bürostuhl fallen. Ihre Vorgehensweise hatte sie selbst überrascht, doch nun war es zu spät, um sich darüber zu ärgern. Es war riskant, die Kollegen mit ins Boot zu holen, vor allem, wenn sich herumsprach, dass sie sich parallel zum aktuellen Fall mit den Brechter-Akten beschäftigte. Ihr Ruf als seriöse Ermittlerin stand auf dem Spiel, doch es erforderte ungewöhnliche Maßnahmen, *damit sich die Dinge in der Waage halten*, wie sie immer sagte.

20.

Mittags an einem verregneten Novembertag. Ein stürmischer Herbstwind, der sich kälter anfühlte, als er war, hatte sich über der Hansestadt festgesetzt. Wer konnte, mied den Aufenthalt im Freien.

Calastana saß im Flur auf einer Holzbank, die von der Größe her für Vierjährige konzipiert war, und wirkte verloren. Seine Knie befanden sich in Höhe der Ohren und die Arme baumelten bis auf den gefliesten Fußboden hinunter. Von seinem nassen Trenchcoat tropfte unaufhörlich Wasser auf den Fußboden.

Seine Nervosität wuchs. Die wiedergewonnene Stärke war nur von kurzer Dauer gewesen.

Er fragte sich, wie er hier hingekommen war. Auch der Grund seines Aufenthaltes in diesem Gebäude, in dem Zwerge zu wohnen schienen, war ihm nicht klar. Doch als er die bunten Bilder an den Wänden bemerkte, dämmerte ihm langsam, wo er sich befand.

Du sitzt im Flur eines … Kindergartens! Na klar, du wolltest nach Langenhorn fahren, um dir den …

Plötzlich ging die Tür auf. Eine Gruppe von Frauen, von denen eine ernster als die andere dreinblickte, betrat den Raum. Erschrocken streckte er die Beine aus und blickte zur Decke.

Das sind die toten Frauen, dachte Calastana verwirrt. *Sie kommen dich holen!*

198

Er presste ein undeutliches »*NEIN! … bitte*« hervor, doch die Frauen ignorierten den alten Mann, der unauffällig in der Ecke saß. Mit besorgten Mienen wechselten sie einige Worte und verteilten sich dann im Flur des städtischen Kindergartens, um bei den Garderoben auf die Kinder zu warten, die bald aus den Gruppenräumen herausstürmen würden.

Calastana hatte nicht viel von dem Gerede der Frauen verstanden, doch er glaubte den Grund für ihre Besorgnis zu kennen: Es ging natürlich um die Morde an den Erzieherinnen und dem Hausmeister im benachbarten Stadtteil Duvenstedt. Die Morde, die er selbst vor einigen Wochen begangen hatte.

Seine Tat war wie eine Bombe eingeschlagen. Die Medien überschlugen sich förmlich, und den Menschen saß die Angst im Nacken. Es war genau das eingetreten, was er erreichen wollte. Die Verunsicherung war so groß, dass zahlreiche Kindertagesstätten mit dem Gedanken spielten, einen bewaffneten Wachdienst zu beauftragen – notfalls auf Kosten der Eltern.

Hier in der Kita Langenhorn war nichts davon zu sehen – noch nicht. Nur zwei Männer waren ihm aufgefallen, die draußen auf dem Parkplatz herumlungerten, die sich unterhielten und die ihn freundlich begrüßt hatten, als er an ihnen vorbeigegangen war.

Doch Calastana machte sich nichts vor. Spätestens nach seiner nächsten Aktion, die genau hier in diesem Gebäude stattfinden sollte, würde die gesamte beschissene Republik auf dem Kopf stehen. Sie würden die Kitas in Hochsicherheitstrakte umwandeln – oder bis auf Weiteres schließen.

199

Eine der Frauen kam auf ihn zu.

Calastana steckte die Hand in die Manteltasche. Der kalte Stahl seiner Waffe fühlte sich vertraut an. Vorsichtig schob er den Sicherungshebel zurück.

Sie blieb stehen, verschränkte die Arme und blickte geringschätzig auf ihn herab. Unter ihren Schuhen bildete sich eine Pfütze.

»Äh … Ihre Hose …«, sagte die Frau und deutete mit der Hand nach unten, »… ist … äh …«

Calastana blickte sie fragend an und schaute dann an sich herab. Sein Hosenstall stand sperrangelweit offen.

»Oh, … Entschuldigung …hm«, stammelte er verlegen. Hastig schloss er den Reißverschluss und schüttelte den Kopf. »Ich muss wohl …«

Er steckte die Hand wieder in die Tasche und sicherte die Waffe.

»Kein Problem«, sagte sie hastig und fügte hinzu: »Ich finde es ja lobenswert, dass Sie ihr Enkelkind abholen. Manche der Väter stehen jetzt zeitweise vor dem Gebäude, um aufzupassen. In solchen Zeiten müssen alle zusammenhalten, finden Sie nicht auch?«

»Äh … ja … genau«, antwortete Calastana mit brüchiger Stimme.

»Was sind das bloß für Menschen, die so etwas tun? Schrecklich, nicht wahr? Man stelle sich das mal vor: Da schießt jemand in einem Kindergarten. Die armen Kinder, mein Gott. Und erst die Familien der Erzieherinnen. Nicht einmal mehr unsere Kinder sind heutzutage sicher. Was für eine Katastrophe …«

Sie holte kurz Luft.

Calastana runzelte die Stirn. Der Redeschwall der Frau schien kein Ende zu finden. Er wollte irgendetwas sagen, um sich der brenzligen Situation zu entziehen, doch da streckte sie ihm die Hand entgegen.

»Ruth Pelewlick. Mutter von Anna«, sagte sie und vergaß nicht hinzuzufügen, dass sie Mitglied im Elternbeirat war.

»Äh … Ca… Ca… Castroff«, erwiderte er unbeholfen und schüttelte ihre Hand. Ihm fiel auf, dass sie einen festen Händedruck hatte. Er kannte diese Art von Frauen. Immer wie aus dem Ei gepellt. Selbstbewusst, arrogant und herrschsüchtig. Kontrollfreaks, die nichts dem Zufall überließen. Sie wollten immer im Vordergrund stehen, alles organisieren und steckten überall ihre Nase hinein. Und die hier war natürlich auch Mitglied im Elternbeirat – das passte.

Am liebsten hätte er die aufdringliche Person, deren Alter irgendwo in den Vierzigern zu liegen schien, auf der Stelle erschossen, doch seinen Plan hätte er dann in die Tonne treten können.

Reiß dich zusammen, ermahnte er sich innerlich.

Fieberhaft überlegte Calastana, wie er die prekäre Situation zu seinen Gunsten verändern konnte.

»Welches der kleinen Monster gehört denn zu Ihnen?«, fragte Pelewlick neugierig und fixierte ihn mit stechenden Augen. Um ihrer Frage Nachdruck zu verleihen, tippte sie mit der Fußspitze ihres Schuhs mehrmals auf die Bodenfliesen, so als würde sie einen Countdown einleiten.

Auf Calastanas Stirn bildeten sich kleine Schweißperlen. Erneut entsicherte er lautlos die Waffe und wollte sie gerade aus der Manteltasche ziehen, da fiel sein Blick auf die bunten Bilder, die an der gegenüberliegenden Wand mit Klebeband befestigt waren. Auf jedem Bild stand auch der Vorname seines Schöpfers, doch Calastana fiel es schwer, das Gekritzel zu identifizieren. Dann bemerkte er den grünen Dinosaurier mit dem riesigen Gebiss, der seltsam verrenkt aussah. Darunter standen drei große Buchstaben: *TOM*.

Calastana setzte alles auf eine Karte.

»Äh … es ist … Tom«, log er kleinlaut und nickte zur Bestätigung mit dem Kopf.»Ja genau … der Tom.«

»Ach, der kleine Tom«, schwärmte Pelewlick mit gekünstelter Stimme. »Ein netter Junge. Ein paar kleine Defizite hat er aber schon noch, dass wissen Sie doch, oder?«

»Äh … na ja.« Calastana zuckte bedauernd mit den Schultern. »Der Junge mag eben … Dinosaurier.«

»Ja, in der Tat, die liebt er …«, lachte Pelewlick und wechselte das Thema. »Aber um noch mal auf diese schreckliche Tat in Duvenstedt zurückzukommen: Machen Sie sich nicht allzu viele Gedanken. Hier bei uns ist es etwas sicherer als in den anderen Einrichtungen.«

»Wieso denn das?«, fragte Calastana, dessen kriminelle Neugierde geweckt worden war.

»Na, seit Kurzem ist doch der Sohn des Polizeipräsidenten bei uns«, sagte Pelewlick. Man sah ihr an, dass sie es genoss, mit Insiderwissen prahlen zu können.

»Tatsächlich?« Calastana zog die Augenbrauen hoch.

»Da schaut die Polizei hier öfter mal vorbei«, verkündete Pelewlick grinsend. »Deswegen verzichten wir hier auch auf eine richtige Bürgerwehr.«

»Sicherlich ...«, bestätigte Calastana nachdenklich.

Die Lage hatte sich schlagartig verändert. Sollte er seinen Plan entsprechend anpassen? Einen anderen Kindergarten auswählen? Doch das Auskundschaften eines geeigneten Objektes würde dauern. Das war sehr ärgerlich, denn wenn er über etwas nicht verfügte, dann war es Zeit.

Außerdem: Was war so schlimm daran, dass der Sohn des Polizeipräsidenten hier in den Kindergarten ging. Im Gegenteil! Calastana glaubte nicht an eine Sonderbehandlung durch die Polizeikräfte. So etwas würde sich herumsprechen, und im Handumdrehen bekämen die verantwortlichen Beamten erhebliche Schwierigkeiten. Vetternwirtschaft würde dem Polizeipräsidenten vermutlich das Amt kosten. Nein, er würde nicht wollen, das sein Sohn eine Extrawurst bekommt.

Je länger Calastana darüber nachdachte, desto besser gefiel ihm der Gedanke, gerade hier in dieser Kita die nächste blutige Show abzuziehen. Etwas Prominenz konnte nicht schaden. Für die Medien ein gefundenes Fressen; dass würde die ganze Sache vermutlich noch pushen.

Ich könnte den Jungen sogar ...

»Geht es Ihnen nicht gut?« Pelewlick schaute ihn fragend an.

Calastana wurde aus seinen Gedanken gerissen.

»Was ... äh ... doch, danke ... alles bestens.« Er

schwieg eine Weile. »Wie hieß dieser Junge nochmal? Der Sohn des ...«

»... der Sohn des Polizeipräsidenten!«, vervollständigte Pelewlick Calastanas Satz. »Der Junge heißt Ole. Ole Michaelis ... aus der roten Gruppe.«

»Rote Gruppe ...«, echote Calastana. »Ole Michaelis.«

Während Calastana gebetsmühlenartig den Namen des Jungen im Geiste wiederholte, öffneten sich die Türen der Gruppenräume. Schlagartig wimmelte es um ihn herum von kleinen Kindern, die zu den Garderoben stürmten, um sich ihre bunten Jacken von den Haken zu reißen. Hastig stand er auf und blickte den Flur entlang. Die Pelewlick war verschwunden. Vermutlich ist sie in einen der Gruppenräume gegangen, dachte Calastana und hielt sich die Ohren zu.

Der Geräuschpegel war enorm.

Die Außentür ging auf; weitere Frauen betraten den Raum. Er nutzte die Gelegenheit und drängte sich an ihnen vorbei nach draußen, ehe die Tür ins Schloss fiel. Der Regen hatte nachgelassen. Fahle Wolkenfetzen trieben ostwärts. Der Himmel sah aus, als hätte ihn jemand mit grauer Farbe bemalt.

Calastana beschleunigte seine Schritte. Die Entscheidung war gefallen. Bereits in wenigen Tagen wollte er zuschlagen. Nur diese nervige Person, die sich Pelewlick nannte und Mitglied im Elternbeirat war, konnte ihm noch einen Strich durch die Rechnung machen. Vielleicht war sie misstrauisch geworden und hatte sich erkundigt, ob er wirklich Tom, den Dinosaurier-Fan, abholen wollte?

204

War ihm etwa schon einer von diesen Männern auf den Fersen, die vor dem Kindergarten Wache schoben? Nervös blickte er über die Schulter, doch da war niemand. Wahrscheinlich hatte die Pelewlick die Angelegenheit längst vergessen und sich bei anderen nervigen Personen festgequatscht, die sich mit ihr gutstellen wollten, da sie ja Mitglied im Elternbeirat war. Frauen wie sie vergaßen Männer wie ihn so schnell, dass man das Gefühl bekam, die Begegnung hätte niemals stattgefunden.

Wie auch immer. Sein Entschluss stand fest.

Alles in einem Abwasch …

Zuerst der Kindergarten. Es gab keine Bürgerwehr, hatte die Pelewlick gesagt, nur Väter, die gelegentlich vorbeikamen, um auf dem Parkplatz herumzulungern. Vielleicht hatte er Glück, doch wenn nicht, würden sie ihn nicht aufhalten können.

Schließlich genoss er einen besonderen Status.

Sein Gehirn – und auch der Rest des Körpers – funktionierte nicht mehr so wie früher, das war ihm bewusst, doch die Leute neigten dazu, einen unbeholfenen, etwas kauzig wirkenden Opa in ihm zu sehen – und nicht den eiskalten Killer, der er wirklich war. Sein Äußeres wirkte vertrauenerweckend, vielleicht sogar hilfsbedürftig, sodass niemand auf die Idee kommen würde, dass er der Albtraummörder war.

Albtraummörder: So hatte die Presse ihn tituliert. Der Name gefiel dem alten Mann. Ausnahmsweise war den Schreiberlingen von der Lügenpresse etwas Passendes eingefallen.

Calastana wunderte sich, denn von seinem Plan,

die Gene der Kinder zu verändern, um Albträume über Generationen hinweg zu vererben, konnten sie nichts wissen.

Ein Zufalls-Volltreffer ... ging es ihm durch den Kopf, während er den Wagen zurück nach Norderstedt lenkte, das Navigationsgerät dabei vorsichtshalber immer im Blick.

Wind war aufgekommen; ein feiner Sprühregen fegte gegen die Scheibe. Das Quietschen der Scheibenwischer erinnerte ihn an die Zeit, in der er als Fahrer für eine Schlachterei gearbeitet hatte. Der Kühlwagen – ein umgebauter VW-Transporter – hatte zahlreiche Macken gehabt, doch die quietschenden Scheibenwischer waren am penetrantesten gewesen.

Der blutige Job hatte es ihm damals ermöglicht, Einblicke in die Anatomie von Schweinen zu bekommen, und manchmal gehörten auch Schweineköpfe zur Ladung, in denen sich Augen befanden, die ihn anstarrten wie die Frauen, die sich vor ihm ekelten.

Vorwurfsvoll, geringschätzig und so, als wollten sie sagen, *schau uns an, Calastana, während du vorne am Steuer sitzt, lachen wir alle hier über dich. Wir lachen dich aus* ...

Schon damals fand er Gefallen daran, die Augen aus den Schweineköpfen zu entfernen.

Calastana begann, seine Gedanken zu sortieren.

Er hatte Vorbereitungen zu treffen. Die Waffe, ausreichend Munition, das Brecheisen, Kleidung, Benzin, das Navi, Klebeband, ein Seil: Alles musste bereitliegen, er durfte nichts vergessen, denn bereits in wenigen Tagen würde er zuschlagen.

Erst der Kindergarten und dann, gleich danach, die längst überfällige Exekution von Daniel Brechter, der in der Klinik für forensische Psychiatrie in Hamburg-Ochsenzoll einsaß. Unter normalen Umständen eine Festung, die sich nicht bezwingen ließ, doch jetzt war alles anders. Denn jetzt hielt er einen Trumpf in der Hand, der ihm alle Türen öffnen würde.

Calastana sah sie vor sich, die Köpfe der Schweine, aus denen er die Augen herausgeschnitten hatte, und er kicherte, während er den Wagen im Schneckentempo durch die Stadt manövrierte.

21.

Vielleicht war es falsch, das Team über Brechters seltsames Rätsel zu informieren, dachte Teresa nach Dienstschluss, während sie den Wagen durch Altona lenkte, mit einem Blick auf den Parkplatz, der gerade unweit ihrer Wohnung frei wurde.

Ein Glücksfall, denn nicht selten drehte sie Runde um Runde, um einen der begehrten Stellplätze zu finden. Die Stadt platzte aus allen Nähten und hatte sich laut einer Analyse den zweifelhaften Titel *Stauhauptstadt* von Deutschland eingehandelt.

Der Weg vom Parkplatz zu ihrem Wohnblock war von Geschäften, Lokalen und Kneipen gesäumt, aus denen die Geräusche des Nachtlebens drangen.

Sie sah auf das Display ihres Handys: 22:05 Uhr.

Für einen Abend im November war es ungewöhnlich warm, doch Teresa fröstelte trotzdem und schlug den Kragen ihres Mantels hoch.

Die Szenekneipen in Altona waren stadtbekannt und urgemütlich. Nach einem arbeitsreichen Tag, der ohne neue Erkenntnisse verlaufen war, hatte sie jedoch nur ein Ziel: das heimische Schlafzimmer.

»Du rennst, als wäre der Teufel hinter dir her!«

Teresa zuckte zusammen.

Die Stimme klang irgendwie verfremdet. So als würden all die Menschen, die sich auf dem Bürgersteig befanden, wie ein Schwamm wirken, der sie in sich aufsog, doch Teresa hatte keinen Zweifel daran, dass es ihre Mutter war.

Sie blieb stehen und drehte sich um.

»Mom, was willst du hier?«, fragte sie frostig. »Ich stecke mitten in einem wichtigen Fall.«

»Du steckst immer in irgendeinem Fall, Resi«, konterte eine hochgewachsene, schlanke Frau mit brünetten Haaren und einem hellen Teint, deren Alter vermutlich irgendwo in den Sechzigern lag. Zu schwarzen Jeans trug sie einen rosafarbenen Steppmantel und braune Stiefeletten.

Rebecca Kohlwein verschränkte die Arme vor der Brust und zog eine Schnute. Ihre Louis-Vuitton Tasche baumelte dabei lässig vom Arm herab.

»Dieser Fall ist anders«, verteidigte sich Teresa. »Habt ihr keine Zeitungen in Berlin?«

»Ich weiß, dieser … Albtraummörder«, antwortete Teresas Mutter. »Im wahrsten Sinne des Wortes ein Albtraum. Schon eine Spur?«

Teresa verzichtete auf eine Antwort. »Was … bist du alleine hier? Was machst du um diese Zeit …?

»Ich musste mal raus«, begann Rebecca nachdenklich. »Du kennst ja deinen Vater. Seitdem er im Ruhestand ist …«

»… nein, ich kenne ihn eigentlich nicht«, seufzte Teresa. »Und? Was machst du jetzt hier? Urlaub?«

»Warum nicht?«, antwortete Rebecca trotzig. »Aber sag mal, Resi, müssen wir die Unterhaltung hier auf dem Gehweg fortsetzen? Gleich da drüben …«, sie deutete auf die andere Straßenseite, »… ist eine Gaststätte. Wie wäre es …?«

»Meinetwegen«, sagte Teresa müde, obwohl ihr Gesicht das Gegenteil ausdrückte.

Sie erwischten einen Tisch direkt am Fenster.

Kaum hatten sie Platz genommen, als es draußen auf dem Gehweg zu einer Schlägerei kam. Zwei Männer prügelten auf einen Obdachlosen ein und filmten die Tat mit ihren Handys.

»Müsstest du hier nicht einschreiten?«, fragte Rebecca verunsichert. »So als hochrangige Polizistin …?«

Teresa würdigte der brutalen Szene, die sich keine zwei Meter von ihr entfernt draußen abspielte, keines Blickes und zuckte mit den Schultern.

»Irgendeiner wird schon einen Streifenwagen gerufen haben.«

»Warum bist du eigentlich so kalt?«

»Können wir das bitte lassen?«

»Das muss doch einen Grund haben?«

Teresa schwieg. Ihr fiel auf, dass sich die Gesichtszüge ihre Mutter verändert hatten. »Und du … hast dir Botox ins Gesicht spritzen lassen, oder?«

»Und wenn schon …« Rebecca wirkte verlegen. »Es gibt sinnlosere Methoden, sein Geld auszugeben.«

»Was soll der Jugendwahn? Hast du hier in Hamburg einen Lover? Oder willst du ins Spielcasino? Bist du deswegen hier, Mom?«

»Nein.«

»Nein?«, echote Teresa. »Zocken könntest du auch in Berlin, nicht wahr, oder haben sie die Spielbank geschlossen?«

»Nein, mein Gott, nein! Ich werde einige Museen besuchen, einen Abstecher in die Hafencity machen und dich wollte ich auch mal wieder sehen.«

»Früher war dir dein Freundeskreis wichtiger.«

Draußen waren die Schläger und der Obdachlose verschwunden. Stattdessen stand ein silberblauer Streifenwagen vor der Gaststätte, in dem zwei Beamte saßen, von denen einer lautstark telefonierte.

»Na bitte«, sagte Teresa und griff zum Weinglas. »Die Kollegen sind schon da.«

»Du musst es ja wissen.«

»Wo hast du eingecheckt?«

»Im *Boston*.«

»Nobel!«

»Warum sollte ich …?«

»Nein, vergiss es«, unterbrach Teresa ihre Mutter. »Es geht mich gar nichts an.«

»Dein Vater hat übrigens seit Kurzem mit dem Rauchen …«

»Bitte erzähl mir nichts von der Familie. Ich muss den Kopf frei haben.«

»Du könntest wenigstens etwas Interesse heucheln, Resi.«

»Warum?«

»Die Vergangenheit holt uns alle irgendwann ein.«

»Mich nicht«, sagte Teresa trotzig. »Ich jage lieber, als dass ich mich jagen lasse.«

Sie schwiegen eine Weile.

Teresa konnte sie plötzlich spüren: diese seltsame, kalte Atmosphäre, die damals, als sie als junges Mädchen noch zuhause wohnte, immer präsent gewesen war. Dieses geistige Niemandsland, das sich wie ein radioaktiv verseuchtes Areal um ihren Großvater ausgebreitet hatte, der, alt und gebrechlich, von ihrer Mutter gepflegt wurde, und der ständig irgendwo im Haus herumsaß und von alten Zeiten schwärmte.

Vielleicht hatte Mutter ihn auch zu Tode traktiert, denn eigentlich wollte niemand etwas mit der ehemaligen Nazi-Größe zu tun haben.

Das hat die Familie vergiftet. Und meine Jugend …

»Und wie kommst du voran?«, fragte Rebecca angespannt. »In dem neuen Fall, meine ich.«

»Im Moment treten wir auf der Stelle«, entgegnete Teresa diplomatisch. Eigentlich hatte sie sich vorgenommen, nichts über den Fall des Albtraummörders zu erzählen, doch auf eine seltsame Weise, die sie sich selbst nicht erklären konnte, schien das Eis in ihr plötzlich zu schmelzen.

Eine Tatsache, die ihr Unbehagen bereitete.

Mitleid schien eine Rolle zu spielen, spekulierte sie, schließlich saß dort am anderen Ende des Tisches ihre Mutter und nicht irgendein Straftäter, den sie gerade verhörte, doch auch die Erschöpfung schien ihren Tribut zu fordern.

»Warum tut dieser Wahnsinnige so etwas?«

»Eine Frage, die du bereits beantwortet hast. Weil er wahnsinnig ist.«

»Kein Terrorist, der die Lage im Land destabilisieren will?«

»Vermutlich nicht. Eher ein Narzisst, ein Psychopath oder jemand, der es unbedingt auf die Titelseiten der Zeitungen bringen will.«

»Das ist ihm ja auch gelungen.«

»Außerdem: Die Lage hat sich ja bereits dramatisch

verändert. Europa fällt auseinander. Wir haben den islamistischen Terror, Anschläge von rechts und Anschläge von links und jede Menge *einsame Wölfe*, die an die verrücktesten Verschwörungstheorien glauben und Amok laufen. Das Internet hat seinen Anteil daran. Es hat die Globalisierung vorangetrieben und die Welt vernetzt, es hat aber auch den Terror vernetzt. Wir haben, wenn du so willst, die Büchse der Pandora geöffnet.«

Rebecca schaute sie wie betäubt an.

»Du zeichnest ein düsteres Bild von der Zukunft, Resi. Gibt es denn da gar keine Hoffnung?«

»Doch, ja, natürlich«, räumte Teresa ein, die selbst von ihrer plötzlichen Redseligkeit überrascht war. »Irgendwann kann sich etwas Neues, Positiveres daraus entwickeln. Aber das wird dauern. Jahrzehnte, befürchte ich.«

»Und bis dahin nur Chaos?«

»Noch haben wir den Scheitelpunkt nicht erreicht«, prognostizierte Teresa. »Im ungünstigsten Fall handeln wir uns eine neue Art Bürgerkrieg ein.«

Rebecca runzelte die Stirn. »Jetzt geht aber deine negative Grundeinstellung mit dir durch. Das ist doch Quatsch.«

»Vielleicht. Allerdings wäre es fatal, das scheinbar Unmögliche von vornherein auszuschließen. Es gibt Fehler, die sich nicht mehr so ohne Weiteres korrigieren lassen. Sogenannte *Point-of-no-return-Fehler*.«

»Von wem ist das denn?«

»Von mir!«

»Hm … wenn man dich so reden hört, vergeht einem die Lust am Leben.«

Teresa blickte auf die Uhr. Es war kurz vor zwölf.

»Ich muss jetzt los, Mom. Es war ein langer Tag. Wenn der Fall abgeschlossen ist, können wir ja vielleicht …«

Rebecca nickte resigniert.

»Rechnet ihr mit einem weiteren Anschlag?«, fragte sie beiläufig, um das Gespräch noch etwas hinauszuzögern.

»Ich schon«, antwortete Teresa und fügte hinzu: »Allerdings dürften die Sicherheitsmaßnahmen den Täter vorerst abschrecken.«

»Vielleicht ist es wie im Fernsehen«, spekulierte Teresas Mutter. »Dort ist der Mörder oft einer, mit dem die Polizei niemals gerechnet hätte. Der unauffällige Techniker vom Telefondienst, der charmante uniformierte Typ vom Wachdienst, der Fahrer vom Rettungswagen oder so.«

Teresa betrachtete sie mit einem Blick, als wollte sie sagen, *Mom, wir wissen, was wir tun, wir brauchen deine neunmalklugen Ratschläge nicht*, doch sie sagte nichts.

Stattdessen verabschiedete sie sich Hals über Kopf und ging nachdenklich in die Nacht hinein, die ihr heute seltsam fremd und unheimlich vorkam. So als hätte jemand das Treffen mit ihrer Mutter gefilmt, nachträglich bearbeitet und dann in ihren Kopf zurückgespult. Die Teresa in dieser Version der Geschehnisse schien eine andere zu sein.

22.

Der Geist hatte das alte Haus und den alten Mann mit der großen Warze im Gesicht schon öfter heimgesucht. Der Geist war ein *Succubus*, ein weiblicher Dämon, doch er suchte keine Ekstase, sondern Erhörung.

Heimsuchungen waren seine Spezialität.

Und natürlich fanden sie immer nachts statt, denn nur zu fortgeschrittener Stunde war es dem Geist möglich, das Haus am Rande der Stadt zu betreten.

Um seine teuflische Saat zu säen …

Succubus erschien, wenn der alte Mann schlief.

Sie kam stellvertretend für all die Frauen, die er im Laufe seines verachtungswürdigen Lebens ermordet hatte. Sie trieb ihn in den Wahnsinn, manipulierte sein krankes Bewusstsein, umschmeichelte ihn mit giftigen Worten und stachelte seine Mordlust an, damit er tat, was die *Destruktiven* von ihm erhofften.

Succubus hatte frühzeitig erkannt, dass der Mann leicht zu beeinflussen war, denn sein Gehirn veränderte sich. Er stand an der Schwelle, am Rande des Niemandslandes, in dem er einer lebenden Hülle gleich nur noch auf den erlösenden Tod warten würde. Von Ängsten und Visionen getrieben, vom Hass zerfressen und von der Überzeugung geblendet, als Überbringer des Schreckens in die Annalen der abscheulichsten Verbrechen einzugehen.

Noch war er eine Marionette.

Noch war er imstande, die Glieder zu bewegen, die an unsichtbaren Fäden hingen. Schon einmal hatte er etwas getan, das den *Destruktiven* gefiel.

Sollte es ihm gelingen, die Tat zu wiederholen, hätte er seinen Zweck erfüllt. Dann könnte sie ihn verschlingen, die Dunkelheit, dann wäre er nutzlos, doch das spielte keine Rolle, denn es gab noch andere, die den *Destruktiven* zu Diensten waren. An vorderster Front oder verdeckt im Hintergrund.

Schon jetzt war er mehr ein Schatten seiner selbst, doch Succubus sah voller Ehrfurcht, als sie durch das finstere Haus streifte, in dem eine eisige Totenstille herrschte, dass er bereits Vorbereitungen getroffen hatte, um erneut zuzuschlagen. Dies erfüllte sie mit Genugtuung, denn die *Destruktiven* waren erbarmungslos – auch ihr gegenüber. Ihr Werk wurde beäugt, ihre Erfolge bewertet, und dann, irgendwann, würde auch sie für ihre Dienste entlohnt werden.

Auf die eine oder andere Weise.

Es war drei Uhr nachts. Aus dem Obergeschoss drang sein Schnarchen durch die geschlossene Tür. Ihr Blick fiel auf die alte Sporttasche, aus der ein Brecheisen herausragte. Während sie sich auf die Treppe zubewegte, rief sie seinen Namen, um sein Unterbewusstsein auf ihr baldiges Kommen einzustimmen.

Calastana … Calastana … hör auf meine Stimme. Gleich bin ich bei dir … Calastana … gleich …

Ein diffuses Licht erfüllte den Raum. Durch das verdreckte Fenster im Flur sah sie einen blaugrauen Vollmond, der zum Greifen nahe schien.

216

Die Dielen der Treppe knarrten bei jedem Schritt, während Succubus nach oben schritt, vorbei an den Geistern der Frauen, denen er das Leben genommen hatte.

Calastana …

Sie sah die Toten vor sich.

Sie standen Spalier und blickten ihr nach, während sie die Treppe erklomm, anklagend und stumm, doch in ihren Augenhöhlen funkelten keine Augen, sondern eine schwarze Masse, die an hohlen Wangen herunterlief.

Du kannst es immer noch, … das Töten … du bist etwas Besonderes … Calastana …

Oben angekommen drehte sie sich um, doch die toten Frauen waren verschwunden.

Dieses Haus ist verflucht, dachte Succubus und durchstreifte die Zimmer des Obergeschosses, in denen die Zeit stehengeblieben zu sein schien.

Die wenigen Möbel waren alt und verschlissen, der Teppich voller Flecken und an den Wänden und den Decken hingen Spinnennetze, in denen sich zahllose Insekten verfangen hatten. Als sie das Badezimmer betrat, schlug ihr der Geruch von Urin entgegen. Die Armaturen waren verdreckt, der Spiegel zersprungen, und auf dem Fußboden lagen unzählige Utensilien und Kartons herum, viele von ihnen auf dilettantische Weise aufgerissen.

Succubus lauschte an der Tür zum Schlafzimmer. Der röchelnde Atem des Alten verriet ihr, dass er noch schlief. Er schien sich unruhig hin und her zu wälzen, so als würde ein Albtraum ihn peinigen, und sie nutzte die Gelegenheit, um seinen schlafenden Geist zu infiltrieren.

Calastana ... Calastana ... du hast schon einmal getötet, bei den Kindern ... du kannst es wieder tun ... du musst es wieder tun ... erst dann ist dein Werk vollendet ...

Ihre Hand lag schon auf der Türklinke, doch dann zögerte sie. Ein spontaner Gedanke flammte in ihr auf. Sie überlegte kurz, dann ging sie in den Nebenraum, in dem sein Heiligtum von der Decke hing.

Succubus war schon öfter hier gewesen – in diesem Raum, der das Grauen beherbergte –, um die düstere Atmosphäre in sich aufzusaugen. Hier hingen die Trophäen des Glasaugen-Mörders, hier waren sie ganz nah zu spüren, die ruhelosen Seelen der toten Frauen, denn hier befanden sich die Augen, die er ihnen herausgeschnitten hatte.

Sie ging zu dem Bett mit der verbeulten Matratze. Auf ihr liegt er nur, um in die Vergangenheit zu reisen, dachte sie und streckte die behandschuhte Hand aus, um das feingliedrige Mobile der toten Frauen zu bewundern.

Zehn Augen von fünf Frauen, in Kunstharz konserviert und an dünnen Fäden befestigt, die schwingend an einem Holzstern pendelten.

Succubus spitzte die Lippen und blies gegen das Mobile. Fasziniert beobachtete sie den Tanz der Augen, die sich um die eigene Achse drehten und auf und nieder wippten, bis das fragile Gebilde kurz stehenblieb, um dann erneut ins Chaos der Bewegungen zurückzugleiten.

Die Augen blickten in alle Richtungen. Sie schienen

den Raum zu mustern, sie schienen Succubus zu beobachten, fast sah es so aus, als wären sie wieder zum
Leben erwacht.

Impulsiv fasste sie einen Entschluss.

Sie stieg auf das Bett, blickte zur Decke – beinahe
hätte sie das Gleichgewicht verloren – und nahm das
Mobile vom Haken. Dann stieg sie vom Bett, wickelte
die Fäden mit den Augen um den Holzstern und verstaute das Mobile vorsichtig in der Innentasche ihres
Mantels.

Jetzt war es ihre Trophäe.

Ein Artefakt für die Ewigkeit. Die Zeit des alten
Mannes war ohnehin vorbei. Ein letztes Mal war er
über sich hinausgewachsen. Er hatte getötet, und vielleicht würde er wieder töten.

Eine Tat ganz im Sinne der *Destruktiven*.

Succubus hatte nicht ahnen können, dass er bereits
an der Schwelle zur Nutzlosigkeit stand, als sie ihn das
erste Mal heimsuchte, doch sie hatte Glück gehabt. Er
war ein von Visionen getriebener Mörder, der am Ende seines Lebens die Lust am Töten wiederentdeckte.
Das schien ihm Kraft zu geben. Ihren Manipulationen
hatte er nichts entgegenzusetzen. Für ihn war sie ein
böser Geist. Seine Urteilskraft löste sich auf, sein Wille
fokussierte sich auf die nächste Tat. Es gab nichts anderes, nur noch die verwelkende Welt in seinem Inneren.

Succubus konnte es fühlen.

Er hatte gemordet, und er würde es wieder tun,
wenn seine Kräfte es ihm erlaubten. Ein letztes Mal.
Die Endlichkeit lag in der Luft. Sie konnte ihn riechen,

diesen fahlen Geruch des Todes, der sich immer dann ausbreitete, wenn die Vorboten der Hölle auf der Erde erschienen.

Sein Tod schien zum Greifen nah.

Also nahm sie die Trophäe.

Und lächelte.

Plötzlich fühlte er jemanden in seiner Nähe. Eine flüsternde Stimme drang in seine Ohren. Er kannte diese Stimme. Auch den Geruch, dieses Schaben der Schuhe …

Calastana … ich bin es, Succubus … du musst wieder töten … denn dein Plan ist … genial … sie werden dich niemals vergessen … niemals …

Mit jagendem Puls und weit aufgerissenen Augen schreckte er hoch. Seine Sinne waren zum Zerreißen gespannt.

Die Frauen, da waren sie wieder.

Sie verfolgten ihn, sie drangen in seinen Kopf ein und peinigten seinen Geist. Sie trieben ihn in den Wahnsinn und raunten ihm Befehle zu, die keinen Sinn ergaben.

Oder?

Kannten sie seinen Plan? Sie wollten, dass er wieder tötet, doch warum? Er würde es ohnehin tun, soviel stand fest. Es war seine Bestimmung. Oder waren sie es, die den Plan erdacht hatten? Vielleicht besuchten sie ihn schon viel länger, als er dachte? Vielleicht war er nur ihr Werkzeug, ihr Erfüllungsgehilfe, eine Marionette, die von ihnen manipuliert wurde?

Im Raum war es stockdunkel. Benommen griff er

zur Lampe und stieß sie zu Boden. Fluchend setzte er sich auf die Bettkante, dann urinierte er auf den fleckigen Teppich. Ein stechender Geruch breitete sich aus.

Was war geschehen?

Es muss ein Traum sein. Natürlich, was sonst?

Die Frauen sind tot. Diese Stimme existiert nicht. Sie kann nicht existieren.

Schlaf weiter!

Mühsam hievte er seine schmerzenden Beine ins Bett zurück, da blendete ihn ein grelles Licht.

Calastana …

Voller Angst stöhnte er auf und zog sich die Bettdecke über den Kopf.

»Neeein … lasst mich in Ruhe!«

Töte, töte sie alle … Calastana … Calastana … du hast schon einmal getötet, bei den Kindern …

Durch die Bettdecke sah er das Licht im Zimmer tanzen. Eine schemenhafte Gestalt kam auf ihn zu. Ihre Konturen wirkten bedrohlich. Vor Angst pinkelte er den Rest seines Blaseninhaltes ins Bett. Dann zerrte die Gestalt an seiner Bettdecke.

… ich bin es, Succubus … sag mir doch Guten Tag …

»Bitte … nein … bitte …«

… komm schon, zier dich nicht so … du Missgeburt …

»HILFE!! Großer Gott! Bitte hilf mir!«

Mit einem kräftigen Ruck zog ihm der Geist die Decke aus den Händen. Calastana sah die Fratze des Todes vor sich. Eine Hexe, ja, es war das furchterregende Gesicht einer Hexe. Oh mein Gott. Rot glühende Augen schauten auf ihn herab, messerscharfe, spitze Zähne blitzten ihm entgegen, und ihr Gesicht war übersät mit eiternden Beulen und Pusteln. Sie zischte ihn an, drohte ihm mit der Hölle, wenn er versagen würde, und dann verschwand der Geist plötzlich in der Dunkelheit des Zimmers.

»Du kannst es doch noch ... das Töten?«, flüsterte Succubus, während sich die Tür hinter ihr schloss. »Denk an die Kinder ... Calastana ...«

»Ja!«, antwortete Calastana matt und zog sich die Bettdecke über den Kopf. »Ja ..., ich kann es ... ich war schon dort. In der Kita in Langenhorn. Übermorgen ... ja, ich tue es übermorgen. Ich tue alles, was ihr wollt. Sie werden es sehen. Alle werden es sehen ...«

23.

Calastana hatte den Überblick über seinen LSD-Konsum verloren. So wie heute, als er sich nach einem bescheidenen Frühstück – Toastbrot, Marmelade und schwarzem Kaffee – plötzlich fragte, ob er die 20 Mikrogramm bereits eingenommen hatte.

Im Laufe des Vormittags wiederholten sich seine Überlegungen gebetsmühlenartig. Immer wieder stand er vor derselben Frage, und Stunden später schien sich die Welt um ihn herum in ein Karussell der Absurditäten verwandelt zu haben.

Calastana war der einsamste Mensch im Universum. Obwohl das Haus voller Stimmen war, die alle durcheinanderschrien.

Ich muss mich konzentrieren, auf meine eigene Stimme. All die anderen Stimmen verwirren mich. Sie provozieren mich und vergiften meine Seele.

Seele? Hatte er noch etwas, das diese Bezeichnung verdiente? Oder waren da nur noch Fragmente, die sich in der Auflösung befanden?

Wenn er darüber nachdachte, was ihm bevorstand, graute es ihm, denn es fiel ihm immer schwerer, einen klaren Gedanken zu fassen.

Eine Stimme in ihm meldete sich.

Es war seine eigene.

Ein Leben zieht gleichförmig vorbei, oder?

Meines nicht.

Die meisten Menschen sind gut, sie morden nicht, sie lieben.

Dafür lügen sie, jeden gottverdammten Tag.

Ein Mord ist eine ehrliche Tat.

Du bist ein ehrlicher Mörder.

Stell dir zukünftig nachts den Wecker, damit du nicht wieder ins Bett pinkelst.

Ich glaube, in diesem Haus lebt noch jemand. Doch seit wann?

Ein Hund?

Du hast es doch bemerkt, oder?

Der Job muss noch erledigt werden. Der Kunde wartet nur ungern. Er könnte mich beißen.

Ich wurde geboren für den Himmel.

Zieh die Maschine wieder hoch, du Irrer, sonst schmiert sie ab.

Drei Uhr, siehst du den Himmel auf drei Uhr?

Werde ich bestraft für die Morde? Im Himmel ist kein Platz für dich.

Dort sind die Frauen. Schöne Frauen. Sie suchen dich, sie wollen dich schlachten.

Ich schmecke nicht …!

Früher war alles im Fluss, in Bewegung, jetzt ist nur noch Stillstand.

Du kannst wieder töten. Dann ist da nicht nur Nichts.

Nimm die Tasche. Geh los, es ist angerichtet.

Du weißt doch, wo es geschehen soll?

Ole Michaelis …?

Und Brechter? Brechter, der falsche Held. Was soll

ich ihm sagen?

Ja, zwei Gesichter.

Zwei Gesichter ergeben vier Augen?

Ein neues Mobile …?

Was soll ich ihm bloß sagen?

Sie sollte das Komitee … Vergeben Sie mir meine Impertinenz. Nein, warum sollte ich so was …?

Der lacht dich aus.

Ich hatte nie die Wahl, ein anderer zu sein.

Selbstmitleid?

Ja, warum nicht?

Bin ich nicht nur ich selbst?

Nein, ein anderer. Einer, den ich auch noch nicht kenne. Ein Spiegelbild, das keines ist. Ein Zerrbild.

Ich bin der Namenlose.

Der, der tötet.

Willst du nicht zurück in das Licht?

Nein!

Dann gehe als der, der du gekommen bist.

Alle werden es sehen … alle …

24.

Ein ereignisloser Tag. Präventionsmaßnahmen, Streifenfahren, Personenkontrollen, Überwachungen: immer das gleiche Prozedere. Im Fokus der Maßnahmen standen jene Bezirke, in denen sich Kindertagesstätten befanden. Und das aus gutem Grund, denn die Menschen in dieser Stadt, insbesondere jene mit kleinen Kindern, waren um die Sicherheit ihrer Familien besorgt.

Die Beamten der Hamburger Polizei zeigten Präsenz, um einen weiteren Anschlag im Vorfeld zu vereiteln, denn bislang gab es kein Bekennerschreiben. Ein terroristischer Akt schien ausgeschlossen, sodass von einem unberechenbaren, psychisch kranken Einzeltäter ausgegangen wurde. Und der konnte jederzeit erneut zuschlagen.

Der Mercedes glitt fast lautlos dahin.

Polizeihauptmeister Chris Leimann blickte in den Rückspiegel, in dem sich die tiefstehende Morgensonne spiegelte, die die Stadt in ein jungfräuliches Licht tauchte. Schnee lag in der Luft, doch er würde nicht liegenbleiben, dachte Leimann blinzelnd und setzte die Sonnenbrille auf. Ihm war aufgefallen, dass die Bräune in seinem Gesicht zu verblassen drohte, und notierte gedanklich einen vorzeitigen Besuch im Solarium, in dem Mareike als zusätzlichen Service kühle Getränke servierte. Nach Beendigung der Sitzung, denn Mareike, die den Laden schon seit Jahren schmiss, hatte nichts gegen ein Schwätzchen mit ihm einzuwenden. Und vielleicht, so seine Hoffnung, würde mehr daraus werden, denn sie war, wie er selbst, noch Single.

»Du siehst aus wie diese Ex-Freundin von dem Bohlen. Nadja Farrag oder so ähnlich«, sagte Sven Hoffmeister vom Beifahrersitz aus und widmete sich der Lektüre des heutigen Einsatzbefehls.

Der Polizeiobermeister kannte die Marotten seines Kollegen Leimann seit Jahren. Schließlich waren sich die beiden Polizisten in zahlreichen Streifenfahrten so nahe gekommen wie ein eingespieltes Ehepaar, das auch ohne viele Worte miteinander auskam.

Im Reviergebiet war es vergleichsweise ruhig, auch wenn die Anzahl der Zwischenfälle in den letzten Jahren kontinuierlich zugenommen hatte.

Verrückte Spinner, Junkies, Schläger, Schnapsleichen und sonstige schräge Typen jedweder Couleur gehörten in fast allen Hamburger Stadtteilen mittlerweile zum Tagesgeschäft. Die Beamten gerieten in die abstrusesten Situationen, sie mussten sich beleidigen, anpöbeln und bespucken lassen und trotzdem immer gute Miene zum bösen Spiel machen, um das Image des bürgernahen Freund und Helfers zu bewahren.

Die angespannte Lage zehrte allerdings an den Nerven der Beamten, auch wenn sie sich nichts anmerken ließen. Schließlich traf der Albtraummörder die Achillesferse dieser Gesellschaft.

Kindergartenkinder, die weinend und traumatisiert über die Leichen ihrer Erzieherinnen hinwegsteigen

227

mussten.

Albtraummörder ... der Name ist berechtigt, dachte Hoffmeister, selbst Vater von zwei kleinen Kindern, als die Buchstaben auf dem Papier vor seinen Augen zu tanzen begannen. *In deinem letzten Albtraum hat auch ein Killer deine Kinder ...*

Leimann bog rechts ab. Die Reifen des silber-blauen Streifenwagens quietschten kurz auf.

»Was hast du gesagt, Sven?«

»Deine braune Visage ist ..., ach, vergiss es.«

»Du bist neidisch, stimmt's?«

»Klar, auf deine strahlend weißen Beißer.«

Leimann grinste. »Die Frauen stehen drauf.«

»Frederike würde mich rausschmeißen, wenn ich so ankäme«, flachste Hoffmeister. »Gebräunte Haut und aufgehellte Zähne ...« In seinen Worten schwang Neid mit, denn Hoffmeister sah älter aus als der gleichaltrige Kollege mit seinen zweiunddreißig Jahren.

»Was liest du da eigentlich?«, lenkte Leimann ab und schaltete runter, um im Schritttempo an der Kita Langenhorn vorbeizurollen. Seine ganze Aufmerksamkeit galt der näheren Umgebung des Kindergartens.

»Na den Einsatzbefehl«, maulte Hoffmeister und verdrehte die blauen Augen. »Du erinnerst dich, Chris? Wir sind Polizisten auf Streifenfahrt. Wir lesen jeden Tag den aktuellen Einsatzbefehl.«

»Na und!«, entgegnete Leimann frech und korrigierte den Sitz seiner Sonnenbrille. »Seit dem Anschlag steht ja doch immer dasselbe drin.«

»Diesmal eben nicht«, konterte Hoffmeister, ohne aufzusehen. »Hier wird explizit darauf hingewiesen, dass ...«

»Diesmal eben nicht?«, echote Leimann und fuhr rechts ran, um die nähere Umgebung zu beobachten.

»... dass wir insbesondere auf Personen achten sollen, von denen nicht zu erwarten ist, dass sie vom Typus her zum Täterkreis gehören«, vervollständigte Hoffmeister seinen Satz.

Leimann schaute seinen Kollegen verdutzt an.

»Alle mal herhören«, sagte er bedeutungsschwer. »Wir suchen einen irren Mörder, der nicht nach einem irren Mörder aussieht. Mensch, Sven, das ist ja ganz was Neues. Bisher konnte man es den Typen ja immer an der Nasenspitze ansehen, ob sich das Gehirn eines Serienkillers dahinter verbirgt oder eben nicht.«

»Reg dich ab, Chris«, fuhr Hoffmeister ihn an. »Ich lese nur, was hier steht.«

»Die Sesselpupser aus dem Präsidium haben doch keine Ahnung.«

»Du dafür umso mehr«, frotzelte Hoffmeister. »Los, fahr weiter.«

Der Mercedes rollte an; Leimann bog die nächste rechts ab, um den Kindergarten weiträumig zu umkreisen. Er achtete akribisch auf die Nummernschilder der parkenden Fahrzeuge und beobachtete die wenigen Fußgänger, die heute unterwegs waren.

»Hey, Sven, da geht eine Frau ...« – er zeigte mit dem Arm in Richtung Fußweg – »... mit einem Kinderwagen. Könnte eine Maschinenpistole drin sein. Willst du nicht mal ...?«

»Nein, will ich nicht, du Arschloch«, antwortete Hoffmeister und stopfte den Einsatzbefehl in das Handschuhfach, das vor lauter Papieren bereits überquoll.

Sie schwiegen eine Weile.

Als Leimann in den Tannenweg einbog, fiel ihm auf dem Gehweg ein alter Mann auf, der orientierungslos wirkte und keine Anstalten machte, sich in die eine oder andere Richtung zu bewegen.

»Schau dir den an«, sagte Hoffmeister und tippte seinen Kollegen an die Schulter. »Wirkt irgendwie hilflos.«

»Ist mir auch schon aufgefallen«, meinte Leimann gelangweilt. »Ein alter Mann eben, na und?«

»Halt doch mal an, Chris.«

Leimann verdrehte die Augen. »Muss das sein, Sven? Wenn der Typ aus dem Pflegeheim ausgebüxt ist, haben wir den ganzen Papierkram am Hals. Und zurückbringen müssen wir ihn dann auch noch.«

»Halt an!«, platzte es aus Hoffmeister heraus.

»Na schön«, gab Leimann nach. »Aber wenn der mir in den Wagen pisst, machst du die Sauerei wieder weg.«

Leimann fuhr rechts ran und stellte den Motor ab.

Er wollte im Wagen warten, doch Hoffmeister bestand darauf, dass sie, wie üblich, der Person zu zweit gegenübertraten.

»Ich kann ja auch noch Verstärkung anfordern«, frotzelte Leimann genervt.

Der Alte sah ungepflegt aus und machte einen verunsicherten Eindruck auf die beiden Beamten, die sich ihm freundlich zugewandt näherten.

»Wohin des Weges?«, fragte Hoffmeister mit unaufdringlicher Stimme. »Haben Sie sich verlaufen, Herr …?«

»…äh …, Calastana, … Rolf Calastana …«, antwortete der alte Mann mit brüchiger Stimme. »Ich wollte eigentlich …, ich hab's vergessen …, äh, ach ja, tanken wollte ich …, ja … tanken …«

Leimann grinste. »Ach, Ihnen ist das Benzin ausgegangen? Das ist Pech. Wo steht denn Ihr Wagen?«

Calastana zeigte mit zitternden Knien zum nächsten Abzweiger. »Da um die Ecke … rechts.«

»Machen Sie sich keine Sorgen«, versuchte Hoffmeister den alten Mann zu beruhigen. »Wir können Ihnen bestimmt helfen. Wo wollen Sie denn überhaupt hin?«

Calastana atmete schwer. »Zum … äh, … Kindergarten. Ja, hier die Straße …«, er ruderte mit den Armen,» … dann rechts, und dann …«

Leimann wurde hellhörig. »Zur Kita Langenhorn wollen Sie?«

»Genau.«

»Um was zu tun?«

»Ich muss da heute …« Calastana brach mitten im Satz ab, dann setzte er neu an: »Ich muss … heute noch … einiges erledigen. Ich muss Ole …«

»Ole?«, fragte Hoffmeister. Seine Stimme war ruhig. »Wer ist Ole?«

»Ich muss Ole … abholen.«

»Ach so.« Leimann lächelte. »Sie wollen ihr Enkelkind Ole vom Kindergarten abholen? Wenn ich das richtig verstanden habe?«

»Ja … ja, genau … Ole abholen und …«, begann Calastana und verstummte. Ein Ausdruck von Verwirrung und Entschlossenheit huschte über sein Gesicht.

»Ich muss jetzt los«, sagte er. »Es ist schon spät.«

»Jetzt schon?«, fragte Hoffmeister misstrauisch. Er blickte auf die Armbanduhr. »Ist ja noch nicht mal Mittag. Meine Kinder machen da noch den Mittagsschlaf in der Kita.«

Calastana reagierte unerwartet schlagfertig, so als wenn ihm ein Geistesblitz gekommen war. »Er ist heute noch zu einer Geburtstagsfeier eingeladen«, antwortete er, ohne mit der Wimper zu zucken. »Bei seinem besten Freund. Deswegen soll ich ihn früher abholen.«

»Na, wenn das so ist«, beschwichtigte Leimann. »Wir können Sie ja kurz zum Kindergarten fahren. Zurück müssen Sie dann allerdings den Bus nehmen, dann sind Sie bestimmt noch rechtzeitig bei der Geburtstagsfeier. Ihren Wagen können Sie ja später noch holen. Aber: Reservekanister nicht vergessen.«

Hoffmeister zögerte. Irgendetwas an der Sache gefiel ihm nicht.

Leimann zuckte mit den Schultern. »Ist was, Sven?«

Calastana stand da wie ein begossener Pudel.

»Ich müsste mal pinkeln«, sagte er und trippelte auf der Stelle.

»Na dann los«, entschied Leimann.

Vielleicht drehe ich so langsam durch, dachte Hoffmeister, während Leimann dem Alten beim Einsteigen half.

Die Straße war wie leergefegt.

Leimann fuhr an, kam aber an der nächsten Ecke wieder zum Stehen, da sich ihr Fahrgast von der Rückbank aus lautstark zu Wort meldete.

»Halten Sie an. Sofort!«, brüllte Calastana zwischen den Vordersitzen hindurch.

Hoffmeister, der wie betäubt auf dem Beifahrersitz vor sich hin sinnierte, zuckte erschrocken zusammen.

»Watt' n los?«, fragte er und drehte sich um.

»Ich hab meine Tasche vergessen«, rechtfertigte sich Calastana. »Da sind … äh, da sind die Bastelsachen drin, die ich abgeben soll.«

Leimann legte stöhnend den Rückwärtsgang ein und manövrierte den Mercedes zum Ausgangspunkt zurück.

»Beeilen Sie sich bitte«, rief er dem alten Mann hinterher, der Mühe hatte, die Tür aufzubekommen. »Wir sind auf Streifenfahrt und müssten eigentlich bereits wieder unsere Runde drehen.«

»Bin gleich wieder da«, rief Calastana, ohne sich umzudrehen, doch die Beamten hörten ihn nicht.

Während sie warteten, griff Hoffmeister zum Funkgerät.

»Was hast du vor, Sven?«, fragte Leimann.

»Findest du den Typen nicht auch seltsam?«

»Das ist jetzt nicht dein Ernst, Sven? Der Alte ist ein Wrack, das sieht doch ein Blinder mit dem Krückstock.«

»Ich mache trotzdem eine Meldung.«

»Wenn du meinst.«

Hoffmeister funkte die Zentrale an, um Calastanas Daten zu überprüfen. Wo war der Mann gemeldet, gab es Vorstrafen, Auffälligkeiten oder sonstige Einträge, die weitere Ermittlungen erforderten, oder war er aktuell zur Fahndung ausgeschrieben, dann würden sie ihn umgehend mit zur Wache nehmen.

»Bitte konkretisieren Sie«, erklang die rauchige Stimme des Lagebeamten aus dem Lautsprecher. »Den Nachnamen *Calastana* mit K oder C am Anfang?«

»Äh … Rolf … äh …«, antwortete Hoffmeister kleinlaut. »Das … ist derzeit noch unklar.«

»Gut, wir prüfen das.«

»Bitte informieren Sie ebenfalls die Mordkommission«, bat Hoffmeister den Mann am anderen Ende der Leitung. »Auch wenn nichts über die Person im System sein sollte.«

»Ok, wir melden uns. Ende.«

»Dein Misstrauen in allen Ehren«, spottete Leimann. »Aber ey, so kenn ich dich gar nicht. Du entwickelst dich zum Verschwörungstheoretiker.«

»Vielleicht sehe ich tatsächlich überall Gespenster. Neuerdings hab ich sogar Albträume«, sagte Hoffmeister mit einem Anflug von Verdruss in der Stimme. »Aber es kann ja auch nichts schaden, wenn wir dem Typen mal auf den Zahn fühlen, oder?«

»Wenn es dich beruhigt«, antwortete Leimann grinsend.

Calastana saß schneller als erwartet auf der Rückbank; die speckige Tasche fest umklammert auf dem Schoß.

»Kann losgehen«, sagte er knapp und blickte teilnahmslos aus dem Fenster.

Während der kurzen Fahrt wurde nicht gesprochen. Auch das Funkgerät blieb stumm, sodass Hoffmeister davon ausging, dass seine Anfrage keine Erkenntnisse zutage gebracht hatte, die es wert waren, eine Rückmeldung zu generieren.

»Wir sind da«, sagte Leimann, während der Streifenwagen auf dem Parkplatz des Kindergartens zum Stehen kam. »Da entlang ...« – er zeigte mit dem Arm auf einen schmalen begrünten Fußweg, der sich zwischen kleinen Büschen entlangschlängelte – »... na, Sie kennen den Weg ja.«

Calastana stieg aus.

»Ja«, bestätigte er. »Und vielen Dank noch mal. Sie haben mir sehr geholfen.«

»Bitte sehr.« Leimann winkte ihm nach, korrigierte den Sitz seiner Sonnenbrille und gab Gas, während sich Hoffmeister auf dem Beifahrersitz fragte, warum er den Inhalt dieser Tasche eigentlich nicht überprüft hatte. Irgendwie zweifelte er daran, dass sich tatsächlich Bastelsachen darin befanden.

Vielleicht hat Chris ja recht, du leidest unter Wahnvorstellungen, ermahnte er sich innerlich.

Währenddessen kauerte Calastana hinter einem der Büsche, bis er das Quietschen der Reifen hörte. Im Sitzen zog er Handschuhe und die Gesichtsmaske an, dann entsicherte er die Waffe und wickelte das Brecheisen aus dem Handtuch. Klebeband und Seil vergaß er in der Tasche, die er unter einem Busch versteckte.

Dann machte er sich auf den Weg.

Mit einer längst verloren geglaubten Kreativität, die in seinem Inneren zu pulsieren begann ...

25.

Ungefähr zur selben Zeit im Polizeipräsidium. In Teresas Büro mangelte es an Stühlen. Bis auf Otto Sänger, der sich krank gemeldet hatte, waren alle Kollegen, die von dem Kniereitvers-Rätsel wussten, spontan in dem spartanisch eingerichteten Raum am Ende des Ganges erschienen, um Teresa auf den neuesten Stand zu bringen.

»Die *normalen* Ermittlungen …«, eröffnete Huger das Meeting und unterstrich den Begriff *normal* mit zwei Anführungszeichen, die er mit den Händen in die Luft skizzierte, »… treten auf der Stelle. Nix Neues, aber mit dem Vers sind wir weitergekommen.«

»Lasst mal hören«, sagte Teresa neugierig und schob die Tastatur beiseite. Der Bericht für Michaelis konnte warten.

»Diese scheinbar sinnlosen Buchstabenreihen mitten in den Strophen waren ganz leicht zu knacken«, sagte Binsen mit einem gewissen Stolz in der Stimme. »Sowas lag mir schon immer.«

»Nun mach es doch nicht so spannend«, ärgerte sich Richter. »Wir wissen alle, dass du als Erster drauf gekommen bist. Bild dir man nichts darauf ein.«

Richter war auf Binsen generell nicht gut zu sprechen, seit er ihr vor einem Jahr auf die Pelle gerückt war. Seine väterliche Art war ihr zu doppeldeutig gewesen. Natürlich war es hilfreich, als Neue in der

236

Mordkommission einen Gönner unter den erfahrenen Kollegen zu haben, doch Maike Richter – attraktiv, ledig und jung – empfand seine Bemühungen zunehmend als unangemessen.

Am Anfang war es der motivierende Klaps auf die Schulter gewesen, nach dem Motto: Sie schaffen das schon, doch mit der Zeit wurden die Kontaktversuche intensiver, sodass es Richter zunehmend schwerfiel, die Angelegenheit zu ignorieren. Sie zog die Notbremse, ohne allerdings den offiziellen Weg zu beschreiten. Dafür gab sein Fehlverhalten einfach zu wenig her.

Richter stellte Binsen zur Rede, der gelobte Besserung, wobei ihm angeblich gar nicht bewusst war, eine Grenze überschritten zu haben – damit war die Sache erledigt.

»Nun ja, dahinter verbergen sich einfach nur vertauschte Buchstaben«, erklärte Binsen mit wichtiger Miene. Sein Gesicht leuchtete hochrot.

»Wie … äh, wie vertauscht?«, fragte Seilinger mit in Falten gezogener Stirn und rieb sich die Schläfen. Sie hatte gestern mit Freunden Geburtstag gefeiert und dabei einen über den Durst getrunken.

Binsen hob wie ein Oberlehrer den Zeigefinger. »Tausche immer einen Buchstaben zurück, und den nächsten dann vor und so weiter.«

»Lehrer hättest du nicht werden dürfen«, flachste Huger.

»Nehmen wir zum Beispiel die zweite Strophe«, sagte Binsen eifrig und hielt den Zettel hoch. »Folgender Text: *da wo er ist, der XDH*. Also das X einen zurück ergibt ein W, das D einen vor ist E und zuletzt das H

237

zurück ist gleich G. WEG, also ein Weg. So ergibt der Satz auch einen Sinn: da wo er ist, der *Weg*. Klaro?«

Teresa nickte. »Recht einfach bis hierher.«

»Dann les noch mal alle Wörter vor, die auf diese Weise entschlüsselt sind«, sagte Huger und ließ die blauen Augen neugierig aufblitzen. Doch als er bemerkte, dass Binsen einen theatralischen Auftritt hinlegen wollte, riss er dem schwergewichtigen Wichtigtuer den Zettel aus der Hand.

»Ach gib mal her«, sagte Huger grinsend. »Das dauert zu lange. Ich mach das.« Er krempelte die Ärmel seines blaumelierten Hemdes hoch.

Alle sahen ihn erwartungsvoll an.

»Was für ein Gekritzel, Mann«, bemängelte Huger mit einem kritischen Blick auf Binsen. »Also! Erste Strophe: fällt er in den *braunen* Graben.« Huger betonte das entschlüsselte Wort lautstark und wiederholte es: »BRAUNEN!«

»Hab's begriffen«, bemerkte Richter kopfschüttelnd.

»Und weiter. Zweite Strophe: da wo er ist, der *Weg*. Wie vorhin schon von Gernot erwähnt. Dritte Strophe: oben im *Norden*. Und die vierte und letzte Strophe: da nützen keine *Blumen*. Das war's.«

Seilinger rekapitulierte. »Braunen, Weg, Norden und Blumen sind also die Wörter, die uns auf irgendeine Spur bringen sollen?«

»Dann lasst uns mal mit den Wörtern etwas rumspielen«, meinte Teresa, die aufgrund ihrer profunden Kenntnisse über Brechter und den Fall des Glasaugenmörders den anderen gegenüber im Vorteil zu sein schien, doch das Mosaik in ihrem Kopf blieb unvollständig. Es war kein Muster zu erkennen.

Alle bis auf Binsen zückten das Smartphone.

»Das Wort *braunen* ist wohl ein klarer Hinweis auf die Rechten in der Regierung«, vermutete Binsen und kratzte sich an der Stirn. »Ein Komplott? Bis in die höchste politische Ebene hinauf.«

»Du mit deinen Verschwörungstheorien. Es könnte auch lediglich die Farbe Braun damit gemeint sein«, hielt Huger ihm entgegen.

Richter und Seilinger, die zwischenzeitlich gegoogelt hatten, meldeten sich ebenfalls zu Wort.

Es entwickelte sich eine kontroverse Diskussion.

»*Norden* ist eine Stadt in Ostfriesland.«

»Vielleicht also ein Blumenladen in Norden. So viele kann es da nicht geben.«

»Genau elf.«

»*Norden* ist auch eine Himmelsrichtung. Unser *Weg* führt uns Richtung *Norden*. Da sind schon zwei der Wörter drin.«

»Was haltet ihr von *Blumenweg*? Da sind auch zwei der Wörter drin.«

»Guter Ansatz. Ich check mal, ob es einen Blumenweg in Hamburg gibt.«

»Ich hab's schon. Es gibt einen Blumenweg in Hamburg-Schnelsen, gleich vor der Stadtgrenze.«

»Also im *Norden* Hamburgs.«

»Bingo! Oder war das zu leicht?«

»Hm …, gleich neben diesem Blumenweg ist ein Campingpark. Hier, guckt mal. Wohnmobile sind auch ausgezeichnete Verstecke für böse Buben.«

»Und wie passt das *braunen* beziehungsweise die Farbe Braun dazu?«

»Da ist auch IKEA um die Ecke«, stellte Binsen fest. »Und die Möbel dort sind meistens braun.«

»Eine ungewöhnliche Theorie«, bemerkte Huger einsilbig.

Er, Seilinger und Richter schüttelten den Kopf.

»Das ist doch nicht dein Ernst, Gernot?«, fragte Seilinger, halb ernst-, halb scherzhaft. »Nein, es muss einen anderen Zusammenhang geben.«

Sie schwiegen eine Weile.

»Im Blumenweg gibt es einen Malermeister«, platzte Richter hervor, ohne den Blick von ihrem Smartphone zu heben. »Das ist schon mal was mit Farben.«

Huger fingerte ein Kaugummi aus der Hosentasche seiner Jeans. »Oder anders herum: Nordenweg. Vielleicht gibt es …?«

»Es gibt einen Joseph-Norden-Weg in Hamburg«, fiel ihm Richter ins Wort. Sie legte das Smartphone auf den Tisch und stützte den Kopf in die Hände.

»Wer ist dieser Typ?«, fragte Binsen verblüfft.

»Ich hab's gleich«, antwortete Seilinger. »Hm … Joseph Norden war ein Rabbiner. Kam 1943 im Ghetto um.«

»Ich glaube, wir drehen uns hier im Kreise«, mischte sich Teresa ein, die den Kollegen geduldig zugehört hatte. Jetzt kamen ihr erste Zweifel an der Sinnhaftigkeit der Aktion. Schließlich debattierten sie hier zu fünft an der Auflösung des Rätsels herum. Viel Potenzial für eine Maßnahme, die unter fragwürdigen Umständen ins Leben gerufen wurde. Wichtige Ermittlungsarbeit war in der Zwischenzeit liegengeblieben.

»Vielleicht sollten wir die Sache lieber …«

»Über diese Kombination haben wir noch nicht gesprochen«, unterbrach Huger Teresa. »*Braunenweg*. Gibt's doch bestimmt irgendwo.«

»In der Tat«, bestätigte Seilinger, die zwischenzeitlich eine SMS an ihre Tochter gesendet hatte. »Liegt allerdings in einem Kaff bei Ulm. Weit weg von Hamburg.«

Huger dachte nach. »Hm …, vielleicht müssen wir die Wörter doch noch etwas anders kombinieren.«

»Ihr habt euch da wirklich super reingehängt«, lobte Teresa mit einem Blick auf die Uhr. »Aber für heute sollten wir …«

Weiter kam sie nicht. Das Telefon klingelte.

Teresa nahm das Gespräch an und blickte erwartungsvoll in die Runde, während sie den Worten des Kollegen von der Einsatzzentrale lauschte.

»Leiten Sie umgehend die Fahndung ein«, sagte sie nach einer gefühlten Ewigkeit und legte den Hörer auf. Ein kalter Schauer durchzog sie.

»Jetzt fängt der Albtraum erst richtig an«, kam es ihr leise über die Lippen.

26.

Die Gestalt mit dem Hexengesicht war auf der Flucht. Hier in diesem Haus konnte sie sich verstecken, hier würde niemand nach ihr suchen, doch der Mann, der diese schäbigen Räume bewohnte, war nicht mehr da.

Der Vogel war ausgeflogen, der Feldzug hatte bereits begonnen. Das Haus so leer, dass die Zeit wie flüssiges Blei in der Luft zu hängen schien. Alles hier war dem Tode geweiht. Genau wie der Mann, der hier hauste und der gegangen war, um eine neue Zeit einzuläuten.

Ja, natürlich, die *Destruktiven* hatten Netze gebaut wie Spinnen. Auch der alte Mann, der jetzt töten würde, war in eines ihrer Netze geflogen. Zahllose Netze, von denen viele auch leer blieben, weil der Strom der Zeit von Anarchie beherrscht wurde und weil allein die Zeit selbst wusste, was als Nächstes geschehen würde.

Doch manchmal erfüllten sich die Hoffnungen der *Destruktiven*. Dann geschahen die Dinge so, wie sie geplant waren. Und das Chaos verwirbelte sich. Mächtige Kräfte bahnten sich ihren Weg, die den Zeitstrom bogen und Dinge belebten, die Schäden verursachten.

Schäden am System …

Dort, wo man sie haben wollte.

Die Pläne der Organisation reichten weit zurück.

Nur wenige wussten davon, und fast keiner glaubte daran, was auch gut war, doch es gab sie noch: die Wissenden der Bruderschaft des Terrors. Sie kannten das Geheimnis der Organisation.

Vieles lag im Vagen, viele ihrer Ziele waren nur Zwischenschritte auf einem langen Weg, der auch von Rückschlägen geprägt war, doch letztlich folgten sie einem einzigen Muster, einer verborgenen Vision, die von Generation zu Generation weitergegeben wurde.

Und die Botschaft lautete: Rache!

Vergeltung auf lange Sicht. Langsam, aber stetig, wie Wassertropfen, die einen Stein aushöhlten, bis er eines Tages verschwunden war. Eine unaufhörliche Kaskade von Nadelstichen, die das System ins Wanken bringen sollte. Viele Jahrzehnte lang war der Feind ungestört gewachsen, hatte sich entwickelt und war erstarkt. Jetzt war die Zeit gekommen, die Daumenschrauben der Vergeltung fester anzuziehen.

Denn natürlich war auch fünfundsiebzig Jahre nach dem Krieg und nach all den unvorstellbaren Gräueltaten nichts davon vergessen.

Die Wunden des Krieges saßen immer noch tief.

Es existierten nur noch wenige Überlebende des Zweiten Weltkriegs, doch für die Organisation spielte es keine Rolle, ob die Täter noch am Leben waren, denn das Prinzip der Rache wurde vererbt. Es war in den Genen von zahlreichen Menschen gespeichert, genau wie die unzähligen traumatischen Erlebnisse, die von Generation zu Generation weitergegeben wurden.

Die Seelen der Toten waren das Fundament ihrer

Doktrin, ihre Tentakel waren überall, und die Nachkommen der Täter waren in ihrer Unschuld nicht unantastbarer als die unzähligen Opfer, die ohne Rache einen sinnlosen Tod gestorben wären.

Das verhasste System hatte vom westlichen Bündnis und dem Zerfall des Ostblocks profitiert, doch nichts war auf Dauer angelegt. Die Organisation verfügte über Zeit – und Geld, sehr viel Geld. Ein neuer Aspekt, der der Globalisierung und der Öffnung der Märkte geschuldet war. Geld öffnete Türen, die sonst verschlossen geblieben wären.

Die besten Gefolgsleute, die neueste Technik, die aktuellsten Informationen: Die Frauen und Männer der Organisation, die sich DESTRUK nannte, verfügten seit Kurzem über immense Möglichkeiten.

Und jeder von ihnen hatte Nachfolger, denn die Rache, die es offiziell nicht geben durfte, war ein Jahrhundertprojekt.

Die Gestalt mit dem Hexengesicht kannte Bruchstücke des geheimen Mosaiks. Viele Jahre hatte sie selbst im Untergrund gelebt und Dinge erfahren, von denen die Öffentlichkeit nichts wusste – auch über DESTRUK.

Jetzt eskalierte die Gewalt.

Die Abstände zwischen den Anschlägen wurden kürzer, und die Hexen-Gestalt nutzte die Verwirrung zur Flucht. Und um eigene Ziele zu verfolgen, die sich gegen das System und ihre Despoten richteten. So wie vor vielen Jahren, als das Land schon einmal am Abgrund stand und sich die Angst wie ein Virus verbreitete.

Sie wanderte durch das leere Haus.

Überall lag Müll herum, Essensreste, schmutzige Kleidung, Staub, Dreck und tote Insekten, die unter ihren Schuhen knirschend zu Staub zerfielen.

Jedes Zimmer schien einen individuellen Gestank zu verströmen. Manchmal beißend, modernd oder faulig wie verdorbene Eier, ein anderes Mal penetrant fischig oder stechend, nach Jauche oder Urin.

Angewidert schüttelte sich die Gestalt.

Sie war hier schon gewesen, hatte mit dem Alten gesprochen und ihn erpresst, doch jetzt war die Zeit des Handelns gekommen. Die Maschinerie des Terrors beschleunigte ihr Tempo.

Hexengesicht suchte eine Waffe, und sie wurde fündig – auch ohne die Hilfe des Alten. Dieses Haus war voller Boshaftigkeiten, und in einer schäbigen Holzkiste im Keller fand sie die Objekte ihrer Begierde: ein Brecheisen und eine schwarze Pistole mit braunem Griff und ausreichend Munition.

Die Llama Especial 9 Millimeter war klein und handlich – Hexengesicht kannte das Modell –, doch sie würde ausreichen, um eine Tat zu begehen, die das Potenzial besaß, das Land endgültig ins Chaos zu stürzen …

27.

Feine Schneeflocken rieselten aus einem wolken-
verhangenen Himmel herab. Wie in Zeitlupe
tanzten sie dicht vor Teresas Gesicht, getrennt
durch die Fensterscheibe ihres Büros, in der sich die
riesige Pinnwand spiegelte, die vor Informationen fast
überquoll.

Sinnlose Informationen, dachte Teresa, die nir-
gendwohin zu führen schienen. Oder?

Teresa blickte gedankenversunken hinaus.

Sie wartete auf Huger, der eine Anschrift überprüfen sollte. Auf dem kurzen Dienstweg, denn heute
schienen sich die Ereignisse zu überschlagen.

Die Besprechung mit den Kollegen musste kurzfristig unterbrochen werden. Mit dem Anruf aus der Einsatzzentrale hatte sich die Situation schlagartig geändert. Sie waren kurz davor gewesen, dass Rätsel um
den Kniereitervers zu lösen, doch als die Meldung von
seinem Ausbruch hereinkam, aktivierte sie das Team,
um die Polizeikräfte bei der Fahndung zu unterstützen. Und um den Tatort zu untersuchen, denn in der
Anstalt hatte es eine Tote gegeben.

Huger hielt im Büro nebenan die Stellung.

Unter normalen Umständen wäre Teresa mit zum
Tatort gefahren, doch einer Eingebung folgend hatte
sie sich – kurz nach dem Telefonat – noch einmal dem
Vers gewidmet, der sie zum Glasaugenmörder führen

sollte – und somit vielleicht auch zum Albtraummörder. So jedenfalls Teresas Vermutung.

Ein schlechter Zeitpunkt, ahnte sie, denn die aktuelle Meldung brachte alles durcheinander, doch der Rest des Rätsels war so simpel, dass sie nicht widerstehen konnte.

So viele Möglichkeiten gab es gar nicht mehr.

Huger hatte es bereits angedeutet.

Braunenweg, gibt's doch bestimmt irgendwo, waren seine Worte gewesen.

Und tatsächlich: Ihren Recherchen zufolge gab es eine Straße mit dem Namen *Brauner Weg* in Norderstedt. Dort befand sich auch eine Gärtnerei. Die Übereinstimmung war fast perfekt. *Braunen, Weg, Norden, Blumen.* Brauner Weg, Norderstedt, Gärtnerei; nur die Hausnummer verriet das Rätsel nicht. Allerdings gab es laut Google Maps nur wenige Häuser gegenüber der Gärtnerei, wodurch die Suche stark eingeschränkt wurde.

Teresa suchte nach einem männlichen Namen, der mit *Ka...* oder *Ca...* begann. Sie hatte nicht vergessen, dass sich Brechter bei ihrem letzten Besuch fast versprochen hatte, doch über das Melderegister war unter den wenigen Namen, die dort registriert waren, niemand mit den entsprechenden Anfangsbuchstaben zu finden.

Aus diesem Grund hatte sie Huger beauftragt, die Suche auszudehnen. Sofern seine Zeit dies zuließ, denn Teresa bekam über die offenen Türen mit, dass das Telefon im Geschäftszimmer der Mordkommission pausenlos klingelte.

Kein Wunder, dachte sie beunruhigt, schließlich ist *er* ausgebrochen. Und hat dabei vermutlich ein vorsätzliches Tötungsdelikt begangen.

Und du sitzt hier rum und jagst einem Phantom hinterher. Beweg deinen Arsch und fahr zum Tatort!

Die Entscheidung wurde ihr abgenommen. Plötzlich stand Huger in der Tür, und seine Gesichtsfarbe ließ nichts Gutes erahnen.

»Was ist los?«, fragte Teresa.

»Eine Meldung … von den Kollegen draußen«, stotterte er verunsichert. »Und ich hab die Anschrift mit diesem Braunen Weg. Äh … sie werden es nicht glauben, Chefin.«

»Was für eine Meldung?«, fragte Teresa ungeduldig. »Von wem und in welcher Sache?«

»Den Kollegen Leimann und Hoffmeister ist bei der Streifenfahrt rund um die Kita Langenhorn ein alter, verwirrter Mann aufgefallen. Da der Verdacht bestand, dass der Alte aus einem Heim abgehauen ist, haben sie es der Zentrale gemeldet. Er hatte aber nur eine Panne mit seinem Wagen.«

Teresa wurde hellhörig. »Und …?«

»Sein Name ist Rolf Calastana. Sie haben ihn eben gerade zur Kita gefahren, weil er dort seinen Enkel abholen will. Es gab wohl keinen Grund für die beiden Kollegen, den alten Mann näher unter die Lupe zu nehmen.« Hugers Stimme überschlug sich fast. »Den Namen gibt's in keinem System, der Mann scheint ein Geist zu sein, doch ich hab ihn bei meiner Internet-Suche in Sachen *Brauner Weg* gefunden. Über einen alten Eintrag bei einer Flugschule. Der ist zwar pass-

248

wortgeschützt, aber ich hab den Zugang gehackt.«

Teresa stockte der Atem.

»Wie bitte …?«

»Ja, Brauner Weg 15 in Norderstedt«, sagte Huger und starrte auf den Zettel, so als wenn er selbst nicht glauben konnte, was dort stand. »Dort wohnt ein Rolf Calastana. Sofern dieser uralte Eintrag der Flugschule noch stimmt. Eine Teilnehmerliste für die Nachtflugausbildung.«

»Calastana … Ca…!« Vor Teresas geistigem Auge vervollständigte sich ein Muster. »Die Auflösung des Rätsels führt uns also zu diesem Mann.«

»Sieht so aus«, bestätigte Huger mit brüchiger Stimme. »Und der ist gerade …«

»Und der wurde eben gerade von zwei Polizisten zur Kindertagesstätte Langenhorn gefahren!«, sagte Teresa und griff zum Telefon. »Alarmieren Sie das MEK. Wenn er der Albtraummörder ist, und danach sieht es aus, dann zählt jede Sekunde …«

28.

Kein einziges Wort. Eisiges Schweigen. Polizeihauptmeister Leimann, der den Wagen in halsbrecherischem Tempo zurück zum Kindergarten lenkte, würdigte seinen Kollegen auf dem Beifahrersitz keines Blickes.

Als wäre der Polizist mit dem solariumgebräunten Gesicht in einer Gedankenwelt versunken, in der sich die Zeit zurückdrehen ließ und in der schlimme Ereignisse verschwanden, wenn man sie einfach ignorierte.

Eine Welt jenseits der Realität, die sie jetzt einzuholen schien.

Dabei war er es gewesen, der den Alten mitgenommen hatte, dachte Hoffmeister resigniert. Nur ein altes Wrack, hatte Leimann leichtfertig gesagt.

Vor Kurzem dann die Nachricht über das Diensthandy: Das alte Wrack könnte der Mann sein, nach dem sie alle suchten. Der skrupellose Killer, der Kindergärten überfiel, um zu töten. Das war ungefähr so, als wenn ein Rollstuhlfahrer am Stabhochsprung teilnehmen würde, und doch schien es real zu sein.

Hoffmeister, der von Anfang an skeptisch gewesen war, fühlte sich in seinen Zweifeln bestätigt.

Trotzdem hatte er versagt.

Denn er hätte es verhindern können.

Hoffmeister ahnte, dass dies der Kardinalfehler seines Lebens werden könnte, sofern sich die Meldung bestätigen würde.

Polizisten chauffieren Killer zum Tatort: Was für eine vernichtende Schlagzeile, die ihn sein Leben lang verfolgen würde. Und die ihn seine Karriere kosten könnte!

Verstärkung war unterwegs, doch das MEK und die Kollegen von der Kripo würden länger brauchen, sodass es an ihnen lag, den irren Opa aufzuhalten, denn in wenigen Minuten hatten sie das Ziel erreicht. Die Kita Langenhorn, dort, wo der Alte ausgestiegen war, um sein Enkelkind abzuholen. Ein Kind, das vermutlich gar nicht existierte?

Als Leimann den Wagen mit quietschenden Reifen zum Stehen brachte, sprang Hoffmeister mit hektischem Blick heraus, zog die Waffe aus dem Holster und rannte los.

Im Laufen drehte er sich um, rief den Namen seines Kollegen – *Chris, komm schon, wir müssen …* –, doch Leimann saß wie paralysiert hinter dem Steuer, unfähig, auch nur den kleinen Finger zu bewegen.

Während Hoffmeister den geschwungenen, von Büschen gesäumten und mit bunter Kreide bemalten Weg entlanglief, wurde er nur von einem Gedanken angetrieben: *Du kannst es wiedergutmachen, du musst nur die Vorschriften sausen lassen. Die Verstärkung kommt zu spät. Du musst da jetzt rein, und zwar allein.*

Als er die aufgebrochene Tür vor sich sah, hörte er Schüsse und gellende Schreie.

Scheiße …, du musst da rein, jetzt sofort …

29.

Im Flur wurde Calastana von sechs Frauen begrüßt, die rechts und links Spalier standen wie lädierte Wachsoldaten, die ihm die letzte Ehre erweisen wollten.

Calastana ..., wir haben dich bereits erwartet ...

Voller Panik warf er das Brecheisen weg und richtete die Waffe auf die Frauen, deren Anblick einem Albtraum entsprungen zu sein schien.

Ihre grinsenden Gesichter waren entstellt; fauliges Fleisch hing in Fetzen herunter, und durch die leeren Augenhöhlen schimmerten elfenbeinfarbene Knochen.

Ihre Körper und die verschmutzten grauen Kleider waren vom Verwesungsprozess gezeichnet, sodass ihm ein bestialischer Gestank entgegenschlug.

Schlagartig wurde ihm bewusst, dass die Waffe in seinen Händen nutzlos war.

»Geht weg!«, schrie er ihnen entgegen. »Ihr seid nicht real. Lasst mich in Ruhe, ihr Ausgeburten der Hölle. Ich muss den Jungen finden!«

Calastanas Sinne waren zum Zerreißen gespannt. Er spürte, wie sich unter der Maske ein Schweißfilm auf seiner Stirn bildete. Seine Augen brannten; er nahm die Umgebung nur noch verschwommen wahr, und die Waffe in seiner ausgestreckten Hand begann zu zittern.

Die Frauen setzten sich in Bewegung.

Und sie sangen ein Lied. So schien es, doch das Lied kam nicht aus ihren verfaulten Mündern, sondern aus einem der Räume, deren Türen verschlossen waren.

Hoppe, hoppe Reiter,
wenn er fällt, dann schreit er,
fällt er in den Graben,
fressen ihn die Raben,
fällt er in den Sumpf,
macht der Reiter plumps!

Wo war er hier hineingeraten? Dieses Lied – es kam ihm bekannt vor – wurde gesungen von … Kindern.

Ja, natürlich, dies war ein Kindergarten. Calastana begann, seine Gedanken zu ordnen. Er war gekommen, um den Jungen abzuholen. Oder? Wie war sein Name noch gewesen? Ja, genau, plötzlich fiel ihm alles wieder ein. Ole Michaelis, der Sohn des Polizeipräsidenten.

Dieser Junge ist ein Glücksfall …

Mit ihm würde er sich Zutritt in die Psychiatrie verschaffen, in der sich Brechter befand. Der Hochsicherheitstrakt war schwer bewacht, doch die Waffe am Kopf des Jungen würde ihm sämtliche Türen öffnen.

Die Frauen kamen immer näher.

»NEEEIN …! Bleibt mir vom Leib!«, schrie Calastana wie vom Teufel besessen. »Euch gibt es gar nicht!«

Calastana …, wir nehmen dich jetzt mit …

Plötzlich ging eine der Türen auf.

Der Oberkörper einer Frau, die eine überdimensionale rote Hornbrille auf der Nase trug, erschien hinter dem Lauf seiner Waffe.

»Wer schreit denn hier so …?«, beschwerte sich die übelgelaunte Frau, die für den Bruchteil einer Sekunde unschlüssig schien, wie sie auf den fremden Mann mit der Waffe in der Hand reagieren sollte.

Schreien oder weglaufen …?

Ihre Unentschlossenheit wurde ihr zum Verhängnis.

Calastana sah nur diese Brille, die wie ein Fadenkreuz vor ihm prangte. Als er abdrückte, flutete das Adrenalin seinen Körper. Der Kopf der Frau flog gegen den Türrahmen. Eine rote Fontäne spritzte die Wand entlang; Blut und Gehirnmasse verteilten sich auf dem Flur. Ihr Körper sackte schlaff wie eine Marionette auf den Fußboden, so als hätte jemand die Fäden zerschnitten, an denen die Puppe hing. Der Kopf schlug hart auf; die Brille zerbrach in mehrere Teile, die über das glatte Linoleum schlitterten.

Calastana fühlte sich stark.

Türen flogen auf. Köpfe mit besorgten Mienen und panisch dreinblickenden Augen tauchten auf, um dann sofort wieder zu verschwinden.

Calastana schoss.

Schreie vermengten sich mit lautstarken Anweisungen, mit denen die Kinder in Sicherheit gebracht werden sollten.

Schieß sie alle nieder, riefen die toten Frauen, die sich aufzulösen begannen. Ihre Silhouetten verwischten. Wie auf einem Aquarell flossen die Farben ihrer Gestalten ineinander, wurden transparent, und übrig blieb ein wässriger Nebel, der nach kalter Asche roch.

Aus dem Augenwinkel heraus bemerkte Calastana, wie jemand zur Tür hereinkam. Der Fremde hatte eine Waffe in der Hand.

»Sofort die Pistole fallen lassen, oder ich drücke ab«, rief ihm der Fremde, der eine dunkelblaue Uniform trug, entschlossen entgegen.

Calastana lief zur Höchstform auf.

Er beantwortete die Aufforderung mit zwei gezielten Schüssen und lief den Flur entlang, um in einen der Gruppenräume einzudringen.

Auch der Uniformierte schoss.

Calastana suchte neben einem Garderobenschrank Deckung und lud nach.

»Geben Sie auf, das hat doch keinen Sinn«, rief die Stimme fast flehentlich. »Ergeben Sie sich, sonst kommen Sie hier nicht mehr lebend raus.«

Das wird sich zeigen, dachte Calastana, schoss erneut und ging zur nächsten Tür. Sie war abgeschlossen, doch als er mit den schweren Stiefeln dagegentrat, sprang sie mit einem berstenden Geräusch auf.

Dies war der Turnraum.

Calastana hatte Glück, denn hier gab es keine Terrassentür, durch die die Kinder und ihre Erzieherinnen hätten fliehen können. Fenster, ja Fenster waren vorhanden, doch die beiden Frauen hatten es bislang nicht geschafft, alle ihre Schützlinge in Sicherheit zu bringen.

Eine von ihnen stand draußen. Calastana schoss auf die Frau, während er auf ihre Kollegin zuging. Die Kinder hielten sich schreiend die Ohren zu. Weißlicher

Qualm und ein schwefliger Pulvergestank verbreitete sich im Raum.

»Wo ist Ole?«, fauchte Calastana und hielt der Frau die Pistole an den Kopf. »Ole Michaelis von der roten Gruppe. Geben Sie mir den Jungen, sonst erschieße ich sie.«

Die Frau, um deren Beine sich die restlichen Kinder drängten, brachte kein Wort heraus.

»Geben Sie sofort den Jungen her«, stieß Calastana hervor, doch in seiner Stimme schwang bereits Resignation mit.

»Bitte … ich … kann nicht …«, stöhnte sie und breitete die Arme aus, um einen Schutzschirm für die Kinder hinter sich zu bilden. »Tun Sie das bitte nicht …«

Calastana sah die Dunkelheit. Und den Abgrund, der sich ihm näherte. Es war, als würde die Zeit stehen bleiben. Alles um ihn herum war wie eingefroren, selbst diese Frau und die Kinder wirkten erstarrt. Draußen hingen die Schneeflocken an silbernen Fäden; ein blutroter Kondensstreifen erschien wie aus dem Nichts am Himmel, und geifernde Hexen ritten auf Besen durch die fahle Novemberluft.

Sie streckten ihm lange, knochige Mittelfinger entgegen, die abfielen und sich dann wie Nägel in die entlaubten Bäume schlugen.

Er schüttelte die albtraumhaften Bilder ab, riss eines der Kinder – einen kleinen Jungen mit blonden Haaren – aus der Gruppe heraus und verließ zielstrebig den Raum, den Jungen als Geisel vor sich herschiebend.

30.

In Teresas Büro schien die Luft zu brennen. Die Auseinandersetzung mit Huger verlief ungewöhnlich hitzig. Der sonst so gutgelaunte Kriminaloberkommissar mit den blauen Augen und den dunkelblonden kurzen Haaren betrachtete die Kriminalrätin mit einem Blick, als wollte er sagen, *Chefin, Sie müssen den Verstand verloren haben.*

»Die beiden Beamten vom Streifendienst sind vor Ort«, ereiferte er sich lautstark. Sein kantiges Gesicht glühte vor Zorn. »Das MEK und unsere Leute sind unterwegs. Wir müssen da jetzt auch hin, Sie und ich, und zwar sofort!«

Teresa betrachtete ihn ausdruckslos. »Fahren Sie allein, Huger.«

»Was soll das, Chefin? Was wollen Sie denn machen? Hier sitzen und sinnieren? Sie müssen vor Ort sein und den Einsatz koordinieren. Wir sind in null Komma nichts …«

»Ich muss nachdenken.« Teresa blieb stur. Ihre eiskalte Art irritierte Huger, der nicht hatte glauben wollen, dass die Kohlwein derart abgebrüht und emotionslos sein konnte.

»Oder sind Sie krank, Chefin?«

»Ich habe da so eine Ahnung, Huger.«

»Wie bitte?« Huger schüttelte den Kopf und schnappte sich seine Jacke und die Autoschlüssel.

»Was denn für eine Scheiß-Ahnung?«

»Warum gerade jetzt?«, fragte Teresa.

»Weil da gerade in diesem Moment vermutlich ein Anschlag auf den Kindergarten stattfindet«, brüllte Huger fassungslos. »Rolf Calastana, wenn Sie sich erinnern? Der Albtraummörder!«

»Nein …«, sagte Teresa, »warum gerade jetzt *sein* Ausbruch? Wo steckt er und was hat er vor?«

»Mein Gott, das eine hat doch mit dem anderen nichts zu tun. Bei allem Respekt, Chefin, Sie haben offensichtlich den Bezug zur Realität verloren.«

»Fahren Sie zur Kita Langenhorn, Huger«, beharrte Teresa. »Halten Sie mich über den internen Kanal auf dem Laufenden.«

»Und Sie? Was machen Sie?«

»Ich? Ich veranlasse eine Handy-Ortung.«

31.

Der Zeitpunkt war von entscheidender Bedeutung. Nicht früher, nicht später, sondern genau heute an diesem grauen Novembertag, an dem sich alle Blicke auf den Albtraummörder richten würden, dies war der perfekte Tag, um den Plan in die Tat umzusetzen.

Hexengesicht war Perfektionist.

Nichts war dem Zufall überlassen worden; auch die Waffe hatte sich angefunden.

Die naive Therapeutin hatte ihm alle Informationen beschafft, die nötig waren, um den Ausbruch aus der Anstalt und die heutige Aktion zu organisieren.

Zuverlässig hatte *sie* mitgewirkt, ohne die Konsequenzen zu hinterfragen, hatte den Nervenkitzel, der mit seiner extravaganten Persönlichkeit einherging, genossen und war auf dem schmalen Grat zwischen Faszination und Hörigkeit gewandelt, um dann abzustürzen.

Hexengesicht hatte sich ihrer entledigt.

Endgültig ...

Er war sich nicht sicher gewesen, ob sie seine Flucht tatenlos toleriert hätte. Denn schließlich gab es für sie keinen triftigen Grund, das Objekt ihrer Begierde aufzugeben. Ein Risiko, das seinen Plänen im Wege gestanden hätte. Denn er benötigte ihre Chipkarte, das Auto und ihr Smartphone für die Flucht und zur Umsetzung seines Planes – dem Anschlag auf den Kindergarten in Poppenbüttel. Parallel zu jenem, den der alte Mann heute verüben würde.

Seiner Therapeutin war es gelungen, den Alten anzustacheln, seine Mordlust zu wecken und ihm ein Versprechen zu entlocken, als sie noch Trägerin des Hexengesichtes war.

Jetzt war er in die Rolle geschlüpft.

Vielleicht hatte der greise Killer noch die Kraft, um ein letztes Mal in Erscheinung zu treten, doch die eigentliche Bedrohung würde von ihm selbst ausgehen. Heute war der Tag, an dem er Angst und Schrecken verbreiten würde, denn die Zeit seiner Wiederauferstehung war angebrochen.

Heute war der Tag des Terroristen.

Mit schnellen Schritten verließ er das Haus mit der Hexenmaske in der Hand. Nebel kam auf; die feuchtkalte Novemberluft vertrieb den Gestank, der ihn im Haus umweht hatte, und als er den Wagen startete, überkam ihn ein prickelndes Gefühl der Vorfreude.

Ich erschaffe das absolute Chaos …

Eine zweite, völlig unerwartete Attacke.

Doch es gab einen Unterschied, eine radikale Vollendung, einen Höhepunkt, der das Potenzial besaß, die Welt für immer zu verändern.

Er würde sie alle töten – auch die Kinder!

32.

Als der Schmerz in seinen Händen unerträglich wurde, ließ Leimann das Lenkrad los. Er hatte sich daran festgekrallt wie an einem Seil hoch oben in einer steilen Felswand, mit dem Wissen, den Gipfel, der in schwindelerregender Höhe lag, niemals erreichen zu können.

Mit der Kapitulation reifte das Wissen in ihm, von der eigenen Arroganz verführt worden zu sein. Eine fatale Verfehlung, die er sich anzulasten hatte und die ihn in seinen Grundfesten erschütterte.

Doch die aufkeimende Demut war wertlos, spürte er, sie bewirkte nichts und würde auch kurzfristig nichts verändern. Als Schüsse durch die Luft hallten, zuckte er zusammen.

Du musst etwas tun, dachte Polizeihauptmeister Chris Leimann und starrte in den Rückspiegel.

Beweg dich …

In diesem Moment verstand er, warum jemand wie er, dessen Leben von Anfang an in geordneten Bahnen verlaufen war, an einer Herausforderung wie dieser scheitern konnte. Genau aus diesem Grund. Er war immer auf sich selbst fixiert gewesen. Eine Position, die er bisher nie wirklich verlassen musste.

Bis jetzt …

Es galt, die Paralyse zu durchbrechen. Was auch immer geschehen würde, alles war besser, als tatenlos im Wagen zu sitzen und den Dingen ihren Lauf zu lassen. Fast alles, denn je länger er darüber nachdachte, desto bewusster wurde ihm, was eigentlich geschehen war.

Sie beide, oder eigentlich er selbst – Sven war von Anfang an misstrauisch gewesen –, hatten den Mann zum Kindergarten befördert, der, obwohl alt und gebrechlich, vermutlich der Albtraummörder war. Nein, nicht vermutlich, sondern ganz sicher, denn sonst hätte er die Schüsse nicht gehört, die ihn aus seiner Lethargie zwangen.

Mein Gott, Sven ..., die Kinder, hoffentlich nicht ...

Er hatte dem Killer den Weg bereitet.

Als ein Ruck durch seinen Körper ging, lösten sich die Fesseln der Lähmung. Es war der Zeitpunkt, an dem sein Geist den Körper zu verlassen schien. Er beobachtete sich selbst und war erstaunt, mit welcher Geschwindigkeit er vorging. Ohne Hektik und voll von innerer Gelassenheit.

Leimann stieg aus, entsicherte die Waffe und lief mit federnden Schritten zum Kindergarten.

Die Tür stand sperrangelweit offen.

Mit erhobener Waffe presste er sich an die Wand, um dann vorsichtig hineinzuspähen. Am Ende des Flures lag eine Frau in einer riesigen Blutlache. Eine der Innentüren stand offen. Wortfetzen, die nichts Gutes ahnen ließen, drangen aus dem Raum. Er konnte Schritte hören, die näher kamen.

Was ist mit Sven?, dachte Leimann und streckte den Kopf durch den Türspalt in den Flur hinein.

Hoffmeister saß in der Ecke auf dem Fußboden,

den Rücken an die Wand gelehnt. Er war angeschossen – aus einer Wunde seitlich am Brustkorb sickerte Blut –, schien aber noch zu leben. Seine Waffe lag am anderen Ende des Flurs auf dem Fußboden.

Leimann signalisierte ihm mit dem Zeigefinger über den Lippen, dass er sich ruhig verhalten sollte, doch obwohl der Verletzte die Augen offen hatte, reagierte er nicht.

Scheiße!, verfluchte sich Leimann in Gedanken. *Die Kugel muss ihn gleich neben der Schutzweste erwischt haben.*

Die Schritte wurden lauter.

Leimann sah aus dem Augenwinkel heraus, wie der Alte den Flur betrat. Er schob einen kleinen Jungen vor sich her, hielt ihn dabei mit einer Hand am Arm fest und richtete mit der anderen die Waffe auf seinen Kopf. Das Kind wehrte sich nicht, sagte nichts und tat, was der fremde Mann von ihm verlangte.

Er wird gleich durch die Tür kommen, dachte Leimann und presste sich gegen den glatten Putz. Er streckte den Arm mit der Waffe in der Hand aus und wartete.

In der Ferne konnte er bereits die Sirenen hören.

Du hast nur diese eine Chance, Chris, ermahnte er sich. *Er hält die Waffe an den Kopf des Kindes. Die anderen werden ihn nicht stoppen können. Mit mir rechnet er nicht.*

Leimann schaltete in einen Modus, der ihm eigentlich fremd war.

Du musst eiskalt sein … eiskalt …

33.

Auf der Fahrt nach Hamburg-Poppenbüttel dachte der Mann mit der Hexenmaske an die Herrschaft der Anarchie.

Das kapitalistische System ist krank. Es muss eliminiert werden. Nieder mit den Faschisten, es lebe die Antifa ... kam es ihm spontan in den Sinn.

Der Routenplaner im Smartphone zeigte ihm den Weg durch die pulsierende Stadt, deren Bewohner noch nicht ahnten, dass es bald eine neue, alles verändernde Epoche der Rebellion geben würde.

Gut gelaunt stellte er das Radio ein.

Metallica spielte »Nothing Else Matters«, und er tippte dazu mit dem Daumen auf das Lenkrad. Auf dem Beifahrersitz lagen die Hexenmaske, das Brecheisen, die Waffe und mehrere Dutzend Schuss Munition.

Bereits in der Anstalt hatte er sich für den Kindergarten in Poppenbüttel entschieden. Von Norderstedt aus war es nur ein Katzensprung dorthin, das Gebäude lag verkehrsgünstig in der Nähe eines Busbahnhofes, der ihm zur weiteren Flucht dienen sollte, und die Anzahl der Kinder war eher gering, sodass es leichter sein würde, die Gruppen zusammenzutreiben und unter Kontrolle zu bringen.

Nach zehn Minuten schaltete er das Radio aus.

Kurze Zeit später parkte der Mann den Audi in einer Nebenstraße in der Nähe des Kindergartens und stieg aus. Ein eisiger Wind schlug ihm entgegen, der nach Regen und Abgasen roch.

Mit einer Plastiktüte, in der er seine Utensilien mitführte, machte er sich auf den Weg zu dem Gebäude, das am Rande eines kleinen Parks lag, in dessen Mitte ein kreisrunder Teich im Herbstnebel schimmerte.

Misstrauisch beobachtete er die Umgebung – die Polizei könnte die Einrichtung überwachen –, doch bis auf eine Gruppe Schulkinder, die sich auf dem Heimweg befanden, war niemand zu sehen.

Hier stimmt etwas nicht, dachte er, verwarf den Gedanken daran aber gleich wieder. *Du hast Glück ...*

Vor dem Eingang versteckte er sich hinter parken den Fahrzeugen, setzte die Hexenmaske auf, lud die Waffe durch und nahm das Brecheisen zur Hand.

Die aus Holz und Glas bestehende Eingangstür stellte kein Hindernis dar, und als er breitbeinig im Flur stand, ließ er seinen Blick prüfend umherschweifen, um in den nächstbesten Gruppenraum einzudringen, aus dem der Lärm von spielenden Kindern hallte.

Doch plötzlich war da diese Stimme.

»Sie töten hier heute niemanden, außer vielleicht mich.«

Er kannte die Frau, die das gesagt hatte, nur zu gut. Es war diese Polizistin – Teresa Kohlwein.

Schlagartig wurde ihm bewusst, was schiefgelaufen war. Ein kleiner Fehler nur, doch ...

»Ich hab Sie tatsächlich unterschätzt, Kätzchen«, sagte der Mann mit der Hexenmaske und drehte sich um, die Waffe auf die Frau gerichtet, die ihm gegenüberstand. »Ich hätte es besser wissen müssen. Sie haben sich nicht ablenken lassen, nicht wahr?«

»Sie töteten Ihre Therapeutin Cornelia Hölter und benutzten das Handy der Frau, um mit dem Routenplaner den Weg hierher zu finden. Dieses Objekt haben Sie schon länger im Auge, stimmt's?«, entgegnete Teresa mit fester Stimme. Sie hielt ihre Waffe fest in beiden Händen, die Finger am Abzug. »Es war leicht, das Handy zu orten, Herr Brechter. Oder sollte ich Sie lieber als Wolfgang Möller ansprechen?«

Brechter/Möller ging nicht darauf ein.

»Aber Sie sind alleine hier«, stellte er höhnisch fest und kicherte. »All Ihre Kollegen sind auf der Jagd nach dem Albtraummörder, nicht wahr, Kätzchen?«

Teresa ging sofort aufs Ganze: »Warum soll ich Ihnen was vormachen, Möller? Ja, Sie haben recht, wir stehen uns hier allein gegenüber. Jeder zielt auf den anderen, und wir können uns jetzt hier gegenseitig erschießen. Ist es das, was Sie wollen, Möller?«

»Es geht Sie nichts an, was ich will … oder nicht will«, konterte Brechter/Möller unwirsch. »Sie bluffen doch nur, Kätzchen. Zum Sterben sind Sie noch viel zu jung.«

Teresa versuchte Zeit zu gewinnen.

»Die Maske steht Ihnen nicht, Möller«, sagte sie mit einem Achselzucken. »Setzen Sie das scheußliche Ding ab, dann können wir reden.«

»Worüber sollten wir reden?«, zischte Brechter/Möller, riss sich die Maske vom Kopf und warf den Fetzen aus Latex auf eine der Sitzbänke, die den Kindern zum Umziehen diente.

Teresa bemerkte, dass sich sein Gesichtsausdruck

verändert hatte. Bereits bei den Befragungen in der geschlossenen Psychiatrie war ihr aufgefallen, dass sich das typische Brechter-Gesicht – jugendlich, adrett und freundlich, ja fast naiv – in eine harte, unnachgiebig wirkende Variante verwandelte, wenn Wolfgang Möller zum Vorschein kam, doch jetzt sah sie in eine verzerrte Fratze, die vor Feindseligkeit und Mordlust zu transformieren schien. Sogar seine Augenfarbe schien sich verändert zu haben.

Sie musste zweimal hinschauen, um den ursprünglichen Daniel Brechter in ihrem Gegenüber zu entdecken.

»Was soll das, Möller?«, fragte sie mit einem Anflug von Abscheu in der Stimme. »Sie treten hier als Trittbrettfahrer auf, als eine billige Kopie des Albtraummörders. Ein Nachahmer, das ist doch unter Ihrem Niveau. Ich kann das nicht nachvollziehen.«

Ein gefährliches Spiel ... ging es Teresa durch den Kopf. *Er fühlt sich in die Enge getrieben, das macht ihn noch bedrohlicher, als er ohnehin schon ist. Du musst ihn bei seiner Eitelkeit erwischen.*

Überraschenderweise lächelte Brechter/Möller.

»Jemand wie Sie kann die großen Zusammenhänge nicht verstehen, Kätzchen«, sagte er in Oberlehrermanier. »Dafür reicht Ihre Vorstellungskraft bei Weitem nicht aus. Calastana könnte in diesem Moment versagen, doch das spielt keine Rolle, denn in diesem Haus hier werde ich heute alle töten. DESTRUK will, dass alle sterben, und ich will es auch.«

»DESTRUK?« Teresas Neugierde war geweckt. »Was ist DESTRUK?«

»Ein fluides Netzwerk«, antwortete Brechter/Möller wie beiläufig, »ständig im Fluss und perfekt vernetzt, aber Sie werden nie …«

Plötzlich öffnete sich hinter ihm eine der Türen und der Kopf einer Frau kam zum Vorschein.

Teresa blickte in fragende Augen.

Mit einem kurzen Schwenk ihrer Waffe signalisierte sie der Frau, schleunigst zu verschwinden. Schlagartig schloss sich die Tür.

Die Sekunden flossen dahin. Teresa bemerkte, dass ihre Hände zu zittern begannen. Die Walther P99 wog nur 700 Gramm, doch die Schwerkraft zerrte daran wie an einem Amboss.

Er wird die Waffe länger hochhalten können, überlegte sie fieberhaft. *Das bringt ihm einen Vorteil. So kann er besser zielen.*

»Wie lange wollen wir denn hier eigentlich noch so rumstehen, Frau Kommissarin?«, fragte Brechter/Möller und grinste. »Sie werden schwächer, das ist kaum zu übersehen. Was glauben Sie, wer von uns hält wohl länger durch? Überlegen Sie mal, Kätzchen.«

Teresa fing an zu schwitzen. Möller hatte recht.

Ihre Taktik – Zeit zu gewinnen – war von Anfang an falsch gewesen. Sie hätte ihn provozieren müssen, ihn zur Weißglut bringen und zum unüberlegten Handeln verleiten sollen, damit er die Nerven verliert und schießt. Aus seiner Wut heraus hätte er vielleicht danebengeschossen, und ihre Chancen, ihn mit einem gezielten Treffer außer Gefecht zu setzen, wären deutlich besser gewesen. Ein lebensgefährliches Wagnis, aber vermutlich die einzige Möglichkeit, den Wahnsinnigen zu stoppen, um ein Blutbad im Kindergarten zu verhindern.

Natürlich hatte sie Verstärkung angefordert, doch die Einsatzabteilung konzentrierte sich auf den Albtraummörder, der zu dieser Stunde einen Anschlag auf den Kindergarten in Langenhorn verübte. Jetzt ging es um Sekunden, denn lange würde sie die Waffe nicht mehr halten können.

»Schon mal mit dem Teufel getanzt, Frau Kommissarin?«, fragte Brechter/Möller, dessen Augen voller Verachtung aufblitzten.

Auch er stand unter Zeitdruck.

Während Sekunde um Sekunde verging, schwanden seine Aussichten, das geplante Massaker in die Tat umzusetzen. Zumindest in einem der Gruppenräume waren sie gewarnt worden und hatten vielleicht schon die Flucht durch die Fenster angetreten.

Außerdem: Über ihre Handys konnten sich die Erzieherinnen gegenseitig informieren.

Brechter/Möller und Teresa: Sie standen beide unter Druck.

Teresa handelte blitzschnell.

»Machen wir ein Ende, Möller«, schrie sie ihm entschlossen entgegen. Sie ging leicht in die Hocke, hob ruckartig die Waffe ein Stück weit hoch und drückte am Abzug.

Doch sie feuerte nicht. Es war eine Täuschung, und Brechter/Möller fiel erwartungsgemäß darauf herein, denn er schoss zuerst. Teresa erwiderte das Feuer. Sie gab mehrere Schüsse auf ihn ab, bevor sie selbst getroffen wurde.

Die Wucht des Treffers riss sie schlagartig von den Beinen und schleuderte ihren Körper quer durch den Flur. Sie wunderte sich darüber, dass es nicht wehtat, als ihr Kopf auf den harten Fußboden knallte.

Wo ist ... Möller?

Sie sah die Decke über sich. Ihre Struktur schien sich zu verbiegen; alles verzerrte sich, wurde wässrig und transparent. Ihr Körper fühlte sich taub an, wie in Watte gepackt. Keine Schmerzen, keine Gefühle. Wo hatte er sie getroffen?

Die Decke über ihr veränderte sich. Von allen Seiten lief schwarze Farbe ins Bild. Ihr Fokus verengte sich, plötzlich war da nur noch ein kleiner, weißer Punkt, von dem sie magisch angezogen wurde. Der Punkt wurde immer kleiner, die Schwärze erfüllte das gesamte Universum.

Da ist es, war ihr letzter Gedanke. *Das Ziel deiner Reise ...*

34.

Jahre später in einer deutschen Großstadt. Aus den Lautsprechern klang leise *White Christmas*, es roch nach Glühwein und Zimt und draußen rieselten dicke weiße Flocken vom Himmel.

Das Fest der Liebe bescherte den Menschen eine stimmungsvolle Atmosphäre in der Stadt, doch es gab eine skandalöse Ausnahme, denn der Weihnachtsmann war boshaft.

Nicht gütig, nicht lieb oder gemütlich, nicht einmal freundlich. Er brachte den Kindern auch keine Geschenke. Nicht an diesem Tag. Heute verbarg sich hinter dem wallenden Bart und dem roten Kostüm eine skrupellose Person, die nur ein Ziel kannte: »Erschaffe dir so viele Gaben wie möglich«, flüsterte Boris zu sich selbst.

Mit ausladenden Schritten bahnte er sich seinen Weg durch die pulsierende Menschenmenge. Wie ein großer Organismus schwappte die konsumgierige Masse hektisch durch den weitläufigen Gebäudekomplex des Einkaufszentrums. In ihrer selbstverliebten Betriebsamkeit nahmen die Menschen kaum Notiz von dem rabiaten Weihnachtsmann, der sich so seltsam verhielt. Nur das eine oder andere neugierige Kind blieb neben dem vermeintlichen Gabenbringer stehen, um mit ausgestrecktem Arm und offener Hand fordernd darauf hinzuweisen, dass es die Verteilung von

Süßigkeiten und Lebkuchen erwartete.

Doch heute ignorierte der Weihnachtsmann die leuchtenden Kinderaugen. Denn er hatte eine Mission zu erfüllen, für die es keinen Aufschub gab. Dabei nahm er keine Rücksicht auf jene, die seinen Weg kreuzten. Noch sah man dem hünenhaften Kostümträger mit dem weißen Rauschebart und der lustigen Zipfelmütze nicht an, welche düsteren Pläne er ausgeheckt hatte, doch unter dem weiten Samtmantel lauerte bereits das Verderben.

Die Rolltreppen ächzten unter der Last. Endlose Massen von Kunden, die noch auf der Jagd nach einem Weihnachtsgeschenk waren, drängelten durch die Gänge des Einkaufszentrums, um sich an diesem Samstagnachmittag hemmungslos dem Kaufrausch hinzugeben. Viele Besucher schleppten prall gefüllte Einkaufstüten, deren Ausmaße von beeindruckender Aufnahmekapazität zeugten. Kleine Geschenke für die Kids schienen out zu sein; riesige Kartons mit Raumschiffmodellen, Experimentierkästen oder Puppen-Friseur-Sets waren die Renner in dieser Saison.

Der vor einigen Jahren neu eröffnete Konsumtempel im Osten der Stadt hatte sich mächtig ins Zeug gelegt, um die Kunden von einem Besuch in den traditionellen Kaufhäusern der Innenstadt abzulenken. Gerade jetzt in der Vorweihnachtszeit waren die höchsten Umsätze zu erwarten.

Ein imposanter, festlich geschmückter Weihnachtsbaum, der von der Decke hing, bunte, schillernde Girlanden, zahllose Lichterketten in verschiedenen Farben, miniaturhafte, mit Kunstschnee verzierte Mär-

chenlandschaften und stimmungsvolle Hintergrund-
musik, die zum Einkauf verleiten sollte: Nichts war
dem Zufall überlassen worden.

Doch die weihnachtliche Stimmung kippte abrupt.

Der Rempler mit dem Rauschebart beschleunigte
seine Schritte. In seinen bernsteinfarbenen Augen
blitzte eine Kälte auf, die von erbarmungsloser Entschlossenheit zeugte. Mehrere Kinder, die ihm voller
Elan entgegengelaufen kamen, gingen unsanft zu Boden.

Erschrocken über das rücksichtslose Verhalten dieses seltsamen Weihnachtsmannes blieben zahlreiche
Besucher kopfschüttelnd stehen. Eben noch von vielen
missachtet, begann der Mann in dem roten Mantel
plötzlich in den Fokus des Interesses zu geraten.

*So ein Flegel, ist der etwa betrunken?, wir werden uns
beschweren* ... waren nur einige der diversen Kommentare, die ihm auf seinem Weg zur Rolltreppe an den
Kopf geworfen wurden.

Man echauffierte sich. Auf eine Entschuldigung
oder eine Erklärung warteten die Kunden allerdings
vergeblich. Der böse Weihnachtsmann ließ sich nicht
beirren. In sich selbst versunken kam der Mann vor
einer der Rolltreppen breitbeinig zum Stehen. Das
metallische Vehikel transportierte einen schier endlos
anmutenden Menschenstrom vom oberen Stockwerk
hinab. Irritiert wichen die Menschen aus, als sie am
Ende ihrer Fahrt auf den grimmig dreinschauenden
Santa Claus stießen, der ihnen den Weg versperrte.

»Falscher Eingang!«, raunte ihm ein Mann grinsend
zu und schüttelte den Kopf. »Du musst auf die andere

Seite, Kumpel.«

»Ich nicht dein Kumpel«, sagte der vermeintliche Weihnachtsmann kühl, dann öffnete er den Reißverschluss seines Mantels.

Zum Vorschein kam ein Kalaschnikow-Nachbau aus serbischer Produktion. Das schwarz schimmernde Sturmgewehr mit der hölzernen Rohrverkleidung sprang wie von allein in die Hände des 35-jährigen kampferprobten Terroristen, der seine Ausbildung einem russischen Geheimbund zu verdanken hatte.

Was jetzt geschah, ließ sich als eines der blutigsten Massaker der Nachkriegszeit bezeichnen, das diese Stadt heimgesucht hatte.

Das Funken speiende Maschinengewehr – auf Dauerfeuer gestellt – schmetterte innerhalb weniger Minuten so viel Blei in die Leiber der Rolltreppennutzer, dass die Maschinerie des Transportmittels ins Stocken geriet. Blut ergoss sich in das Innere der Technik, Kleidungsstücke und Handtaschen rutschten zwischen die Fugen und die gläsernen Seitenwände drohten zu zerspringen.

Augenblicklich brach Panik aus.

Das Knattern des Maschinengewehrs, gellende Schreie, panisches Gebrüll, Hilferufe und das Stöhnen der Sterbenden vermengten sich zu einer ohrenbetäubenden Sinfonie des Grauens. Voller Todesangst stoben die Menschen kopflos auseinander. Nur wenigen gelang es, sich mit einem halsbrecherischen Sprung in Sicherheit zu bringen.

Das Mündungsfeuer blitzte ohne Unterlass.

Boris hatte zuerst den oberen Teil der Rolltreppe

anvisiert, um sich dann nach unten vorzuarbeiten.

Die Menschen hatten keine Chance; sie fuhren geradewegs in ihr Verderben.

Blutüberströmte Leiber fielen reihenweise die Treppe hinunter und türmten sich vor dem Terroristen, der sich Boris nannte, zu einem Leichenberg auf. Als niemand mehr von oben kam, entledigte er sich seines roten Mantels und nahm all jene ins Visier, die sich versteckten – oder auf der Flucht befanden.

Kurze Salven hallten durch das Einkaufszentrum.

Boris lief schießend durch die Gänge, immer auf der Suche nach weiteren Opfern, bis er breitbeinig vor einem menschenleeren Gang stand, in dem sich zahllose, prall gefüllte Einkaufstaschen stapelten.

Hier endete sein blutiger Feldzug.

Nachdem Boris das hundertunddritte Opfer getötet hatte – ohne dabei mitzuzählen –, überkam ihn eine seltsame Melancholie, die sich wie Blei um seine Seele legte. Der Russlanddeutsche von der Krim stand wie angewurzelt da und sah auf seine zitternden Hände hinab. Das Töten war wie im Rausch geschehen; er hatte den Bezug zur Realität verloren.

Warst du das da eben? Der Killer ...?

Es hatte sich wie das Putzen der Mannschaftstoiletten angefühlt. Eine unliebsame, zwanghafte Tätigkeit, die erledigt werden musste – von irgendjemandem. Mechanisch, monoton, Latrine für Latrine, Pissoir für Pissoir, so, als hätte man eigentlich nichts damit zu tun.

Oder? Du spürst nichts in dir drin. Gar nichts!

Nach einer gefühlten Ewigkeit schüttelte er energisch den Kopf, um die lähmende Lethargie loszuwerden. Er warf die Kalaschnikow beiseite, schob die schwarze Kapuze über den kahlrasierten Kopf und betrat mit federnden Schritten das Treppenhaus, um den Komplex über einen der Seiteneingänge zu verlassen. Mit dem kalten Dezemberwind schlug ihm das Sirengeheul der Einsatzfahrzeuge entgegen.

Trotz aller Versprechen sind sie nicht schneller geworden, dachte Boris fröstelnd und schob die behandschuhten Hände tief in die Taschen seiner abgerissenen Jeans. Der Fußweg an der Stadtring-Chaussee glich einem Hexenkessel. Verwirrte, von Angst beseelte Menschen rannten an ihm vorbei, während andere, die sich der Faszination des Grauens hingeben wollten, voller Sensationslust in Richtung Einkaufszentrum liefen. Fast alle schrien in ihre Smartphones hinein, so als wollten sie den Gesprächspartner am anderen Ende der Leitung vor dem drohenden Weltuntergang warnen.

Boris scherte sich nicht um sie.

Die nächste Bushaltestelle lag einen Kilometer entfernt. Hier war das Chaos noch nicht angekommen. Am Domplatz bestieg er den 277er, der pünktlich in Richtung Autobahnzubringer abfuhr. Obwohl der Bus voller Menschen war, herrschte eisiges Schweigen. Alle wirkten seltsam erschöpft. So als würden sie gerade von einem Fronteinsatz zurückkehren.

Boris stellte sich schlafend, während die asiatisch aussehende Fahrerin das rot-weiße Ungetüm durch den vom ständigen Kollaps bedrohten Verkehr manövrierte.

Es dunkelte bereits, als er eine Stunde später am verabredeten Treffpunkt den LKW bestieg, der ihn in die Nähe seines provisorischen Verstecks bringen sollte, das sich tief in einem abseits gelegenen Waldstück befand. Die letzten Kilometer zu dem spartanisch eingerichteten Erdloch würde er zu Fuß gehen müssen.

Durchhalten, ermahnte er sich innerlich. *Zuhause in Sewastopol wartet eine fürstliche Belohnung auf dich.*

Der Fahrer, ein kleiner, gedrungen wirkender Bulgare mit fettigen Haaren und einer Hakennase nickte ihm nur kurz entgegen und schwang sich dann mit unerwarteter Leichtigkeit hinter das überdimensionale Lenkrad. Während der altersschwache Truck schnaufend anfuhr, verkroch sich Boris in die Schlafkabine und rekapitulierte müde, was in den letzten Tagen geschehen war.

Vor einer Woche war der erste Kontakt zustande gekommen.

Mit Sergei Noskow: IT-Unternehmer, talentierter Hacker und ein vermögender Landsmann, dem diverse Immobilien in der Stadt gehörten, von denen einige für operative Einsätze zur Verfügung standen.

Eine der Wohnungen bezog Boris.

Noskow ließ sich den Deal gut bezahlen, doch seine exzellenten Beziehungen waren jeden Cent wert, sodass sich Boris keine Gedanken um die Waffe oder den organisatorischen Ablauf der Aktion machen musste. Noskow hatte alles geregelt – und ihm mehr erzählt, als es das ungeschriebene Gesetz der Organisation eigentlich erlaubte.

Die alte Plaudertasche säuft zu viel Wodka …

»Irgendwann haben wir der NATO den Todesstoß versetzt, diesem zerstrittenen Haufen. Auch deine Aktion, Boris, dient der Destabilisierung des Landes und der Demokratie. Cyberangriffe und Desinformationen sind zwar nicht verkehrt, aber gelegentlich geht doch nichts über einen richtig schönen blutigen Anschlag«, hatte ihm Noskow mit glasigen Augen verschwörerisch zugeraunt, nachdem die erste Flasche *Putinka* leer über den Laminat-Fußboden rollte. »Wie damals in Hamburg. Das hat den Leuten mächtig Angst gemacht. Mord im Kindergarten. Stell dir das mal vor!«

Er lächelte verschmitzt.

Boris zuckte mit den Schultern. »Kann ich mich gar nicht dran erinnern. Muss wohl in jener Zeit im Ausland gewesen sein.«

»War auch nur ein Teilerfolg«, entgegnete Noskow mit einem Anflug von Enttäuschung in der Stimme.

»Was war schiefgelaufen?«, fragte Boris mit gespielter Neugierde. Eigentlich waren ihm solche Dinge egal. Mehr noch: Er wollte sie gar nicht wissen. Der Auftrag musste erledigt werden, das war alles. Zu viel Ablenkung bereitete ihm Unbehagen, doch Boris wusste, dass Noskows Stimmung von einer Sekunde zur anderen umschlagen konnte. Der Alkohol brachte dann etwas in ihm zum Vorschein, auf das Boris gut verzichten konnte.

Noskow betrachtete ihn ausdruckslos über den Rand des Glases hinweg. »Schon mal was von dem Albtraummörder gehört?«, fragte er mit einem Grin-

278

sen in seinem pausbäckigen Gesicht.

Boris strich sich über die Glatze. »Eigentlich … äh, ich erinnere mich dunkel …«

Noskow winkte ab. »Ist ja auch … egal«, sagte er mit glasigen Augen. »Der Typ hatte damals eine krasse Nummer abgezogen, konnte dann aber letztlich die Erwartungen nicht erfüllen. Ein Bulle hat ihm die Rübe weggepustet.«

»Die Organisation hatte ihn angeheuert? Gegen Bezahlung?«, fragte Boris misstrauisch. Sein Interesse war geweckt, da es sich bei dem Mann offensichtlich um einen wie *ihn* handelte.

»Nein, kein Auftragskiller. Der Polizist aus der Irrenanstalt, dieser Brechter, hatte ihn rekrutiert. Von ihm stammt der Kontakt zum Albtraummörder. Er konnte zwar nicht raus aus der Anstalt, hat aber seine Psychiaterin auf den Alten angesetzt. Wer hätte das gedacht!«

Der Bulle aus der Irrenanstalt … Kriminaloberkommissar Daniel Brechter …

Boris erinnerte sich.

Es war einiges durchgesickert, nachdem Brechter mit ein paar Typen aus der Islamisten-Szene die Elbphilharmonie vor Jahren in Schutt und Asche gelegt hatte. In der Szene kursierten Gerüchte, dass die Organisation der *Destruktiven* mit bewusstseinsverändernden Drogen experimentierte. Es war nicht ausgeschlossen, dass sie ihm das Zeugs heimlich verabreicht hatten, um den bereits vorhandenen Wahn zu verstärken.

»Brechter war schon voll der Psycho«, sagte Boris,

während er die dritte Flasche öffnete. »Und dieser Albtraummörder auch, oder?«

Noskow, dessen Alter vermutlich irgendwo in den Fünfzigern lag, verdrehte die Augen. Dann schüttelte er den Kopf mit den grau melierten Haaren und seufzte schwer.

»Der Sack soll ein seniler, von Krankheit gezeichneter Serienkiller gewesen sein«, sagte er mit einem Funkeln in den Augen. »Kurz vor dem Exitus. Doch die Organisation hat ihm nochmal Feuer unterm Arsch gemacht. Und nun rate mal wie!«

Er kicherte schrill.

Boris zuckte mit den Schultern. Noskow ging ihm mittlerweile auf die Nerven, sein Gequatsche, seine Wichtigtuerei, seine unberechenbare Art und der maßlose Alkoholkonsum: Alles ging ihm auf die Nerven.

»Brechter und seine Psychiaterin …?«, fragte er wie beiläufig. »Hast du mir doch vorhin erklärt, obwohl das sicher geheim bleiben sollte, oder? Die Organisation will doch immer alles geheim halten.«

Kaum hatte er den Satz beendet, bereute er ihn bereits wieder, doch Noskow hatte zu viel Wodka intus, um den Affront wahrzunehmen.

Der IT-Unternehmer führte Selbstgespräche.

»Die Leute von DESTRUK sind sehr einfallsreich, und … sie haben Möglichkeiten. Brechter war ganz dicke mit seiner Psychiaterin. Er vertraute ihr vieles an, und sie war ihm fast schon hörig. Die Organisation hat die Frau dann erpresst. Hatte wohl ihre Doktorarbeit gefälscht, die feine Dame. Na ja, mit 'ner Hexenmaske vor der Visage hat sie dann nachts den greisen

280

Killer im Schlaf verrückt gemacht und so den Mörder in ihm wieder zum Leben erweckt. Ha, ha ... ha, ha. Irre, was? Der hatte früher vor vierzig Jahren schon Erfahrungen als Serienmörder gemacht und Brechter wusste davon.«

Noskow haute sich mit der flachen Hand auf den Oberschenkel und brach in schallendes Gelächter aus.

»Ich nehme an, dass die Operation erfolgreich verlaufen war?«, mutmaßte Boris grinsend.

Noskow schüttelte den Kopf. Ein Ruck ging durch seinen Körper, und plötzlich wirkte der Hüne wieder deutlich nüchterner.

»Wie gesagt, es war nur ein Teilerfolg. Im ersten Kindergarten hatte er das Personal erledigt und konnte dann noch flüchten, doch beim zweiten Anschlag hat es ihn dann selbst erwischt. Kopfschuss. Finalen Rettungsschuss nennen das die Bullen.«

»Kenn ich«, meinte Boris einsilbig.

»Na, das kann dir nicht passieren, Boris. Dein Einsatz wird natürlich ein voller Erfolg«, sagte Noskow kalt. »Hab ich recht?«

»Natürlich«, echote Boris und fügte hinzu: »Daran besteht nicht der geringste Zweifel.«

Noskow grinste.

»Die Geschichte hat dann damals übrigens ein unerwartetes Ende genommen: Brechter hatte in der Klapsmühle seine Psychiaterin erwürgt und konnte dann flüchten. Irgendwie hat er sich eine Knarre besorgt und ist dann mit der Hexenmaske auf der Rübe in einem Kindergarten aufgetaucht, um dort einen Anschlag zu verüben. Zeitgleich mit dem Albtraummörder, nur eben ein anderer Kindergarten.«

Boris schüttelte den Kopf. »Genial. Ein Ablenkungsmanöver. Und dann?«

»Es kursieren so allerlei Gerüchte«, antwortete Noskow nebulös.

Boris machte sich darauf gefasst, mit Spekulationen über die damaligen Geschehnisse bombardiert zu werden, doch sein Gastgeber schwieg.

»Nervt dich eigentlich deine Legende nicht?«, fragte Noskow plötzlich und rülpste laut. »Diese Tarnung als streunender Obdachloser? Und dann diese feuchten Erdlöcher, in denen du dir die Nächte um die Ohren schlägst?«

Boris zuckte mit den Schultern. »So bin ich nahezu unsichtbar. Für drei Monate kein Problem. Wenn der Job erledigt ist, tauche ich noch einige Wochen ab, dann geht's zurück in die Heimat.«

»Verfolgen sie dich?«, fragte Noskow nachdenklich, kratzte sich am Kopf und füllte sein Glas erneut mit der klaren hochprozentigen Flüssigkeit. Sein pausbäckiges, rot-glühendes Gesicht spiegelte sich verzerrt im Glas der Flasche.

»Wer, die Bullen?«

»Nein, die Toten.«

»Und wenn schon, sollen sie doch«, konterte Boris ohne äußere Regung. »Wenn sie unbedingt noch einmal sterben wollen – kein Problem.«

35.

Dezember 2019. Heute war der schlimmste Tag ihres Lebens. Der Himmel war grau und wolkenverhangen, und auf den Regenrinnen saßen große, schwarze Vögel, die zu ahnen schienen, dass etwas Schreckliches geschehen war.

Die Stadt wirkte wie erstarrt.

Leere Straßen und Plätze, geschlossene Geschäfte, verwaiste Cafés und in den Zügen und Bussen schweigende Menschen, die in sich selbst versunken schienen.

Die Türen der großen Halle standen sperrangelweit auf. Die Polizei hatte Absperrungen errichtet. Weinende Trauernde, die sich gegenseitig stützten, schritten mit gesenkten Häuptern durch den Eingang in das Innere der Halle. Ihre Prozession wurde umsäumt von zahllosen Menschen, die der bewegenden Trauerfeier stumm beiwohnten. Ein Meer von Blumen säumte den Weg, und überall lagen Gestecke, Beileidsbekundungen und Abschiedsbriefe.

Im Hintergrund hatten sich Kamerateams in Stellung gebracht, um die Zeremonie live zu übertragen. Ein Heer von Journalisten und Fotografen stand abseits, die Kameras mit den langen Objektiven im Anschlag.

Die Angehörigen gingen voran, gefolgt von Geistlichen verschiedener Konfessionen, hohen politischen

Amtsträgern – einige von ihnen würden heute noch emotionale Reden halten – und weiteren zahlreichen Gästen, unter denen sich auch eine Delegation der Hamburger Polizei befand.

Teresa wurde flankiert von ihrem Chef, Kriminaloberrat Otto Sänger, dessen spärlicher Haarkranz über Nacht ergraut war.

Niemand sagte ein Wort.

Drinnen standen zahlreiche Stuhlreihen. Den Mitarbeitern der Polizei wurde die letzte Reihe zugewiesen. Teresa saß neben Sänger am Gang und blickte vor Ergriffenheit auf den Fußboden vor sich. Gedämpftes Licht erfüllte den Raum; es roch nach Blumen, Parfum und frischem Holz. Als das Streichquartett und der Chor, die am Rande der provisorisch errichteten Bühne positioniert waren, Mozarts *Laudate Dominum* zu spielen begann, musste Teresa aufblicken.

Der Anblick trieb ihr die Tränen in die Augen.

Der ganze Saal war erfüllt vom Schluchzen und Weinen der Menschen, die fassungslos vor Trauer und Wut ihren Gefühlen freien Lauf ließen. Teresa nahm ein Taschentuch; ihr Blick fiel auf Sänger, dessen Hand zitterte. Er wirkte entrückt, so als hätte er sich vorübergehend von dieser Welt verabschiedet.

Neben Sänger saß Michaelis, dessen Gesicht wie in Stein gemeißelt aussah. Die Augen des Polizeipräsidenten funkelten voller Zorn, und seine Hände lagen zu Fäusten geballt in seinem Schoß. Seine Gedanken schienen sich abseits der Trauer bereits mit dem nächsten Problem zu beschäftigen: Wie könnte sie aussehen, die Republik *nach* dem Attentat?

Nie zuvor hatte Teresa etwas Vergleichbares erlebt. Und sie war sich sicher, dass dies für die meisten Menschen, die heute hier anwesend waren, ebenfalls galt.

Das ganze Land stand unter Schock.

Noch war völlig unklar, welche Konsequenzen sich aus der Tragödie ergeben würden, doch eines schien sich bereits abzuzeichnen: So wie bisher würde es nicht weitergehen. Der Schutz der Menschen in diesem Land hatte oberste Priorität. Unumkehrbare Veränderungen kündigten sich an. Die Behörden, die Polizei, ja auch sie selbst in ihrer Funktion als Kriminalbeamtin hatten versagt. Ein fatales Desaster, das sich durch nichts und niemanden wiedergutmachen ließ.

Dem Täter war es gelungen, die verwundbarste Schwachstelle dieser Gesellschaft offenzulegen. Er traf die Menschen direkt ins Mark. Die Dimensionen dieses Verbrechens waren von so unvorstellbarer Brutalität, dass niemand damit gerechnet hatte, etwas derartig Grauenvolles erleben zu müssen.

Dennoch war es geschehen.

Teresa überlegte, ob sie den Job jemals wieder ausüben könnte. Viele ihrer Kollegen warfen ihr Emotionslosigkeit vor, und ja, in der Tat, für die Ermittlungsarbeit war es oft von Vorteil gewesen, wenn sich Gefühle gar nicht erst einstellten, doch dieser Fall hatte sie in ihren Grundfesten erschüttert.

Von nun an war sie verwundbar.

Sie spürte, es würde ihr nicht mehr gelingen, die notwendige Distanz zu einem Fall aufrechtzuerhalten. Damit verlor sie ihre wichtigste Waffe im Kampf gegen die Kriminalität. Wozu dann noch kämpfen?

Ihr Blick fiel auf die riesige schwarze Tafel, auf der mit weißen Buchstaben die Namen der sechsundzwanzig Opfer standen. Jeder Name eine Tragödie. Teresa las einen nach dem anderen, um allen den gebührenden Respekt zu erweisen, doch gleichzeitig offenbarte sich ihr die schreckliche Wahrheit, mit der sie den Rest ihres Lebens konfrontiert sein würde.

Sie hätte es verhindern können ...

Man würde sie hassen, alle würden sie hassen. Sie war die eiskalte Polizistin, die über Leichen ging.

Die Bischöfin ging an das Rednerpult. Teresa hörte ihre Stimme − sanft und voller Empathie −, doch die Bedeutung der Worte perlte an ihr ab wie Wasser.

Voller ungläubiger Bestürzung blickte sie auf die aufgebahrten weißen Kindersärge.

Zweiundzwanzig Kinder. Alle lagen erhöht auf Sargtransportwagen, die mit schwarzem Tuchbehang verkleidet waren. Sie wurden flankiert von vier braunen Eichensärgen, in denen die Erzieherinnen ihre letzte Ruhestätte fanden.

Auf den Särgen und davor lagen Blumen, Gestecke und Kränze. Einige von ihnen waren mit Texten und Worten des Abschieds beschrieben, und überall standen kleine Staffeleien mit Fotos der Verstorbenen.

Irgendwann beendete die Bischöfin ihre ergreifende Rede. Erneut erklang Musik, und Teresa vermutete, dass jetzt der Bundespräsident das Wort ergreifen würde, doch stattdessen wurde hier und da getuschelt. Köpfe drehten sich zu ihr um, anklagende Blicke trafen sie. Teresa bemerkte, wie hinter vorgehaltener Hand über sie gelästert wurde.

Die Frau ist unfähig. Sie hat versagt, man muss sie zur Rechenschaft ziehen. Die Kohlwein ist ein Monster ...

Sänger und Michaelis schienen nichts davon zu bemerken. Oder es war ihnen egal. Mehr noch: Vielleicht war es ihnen sogar recht, dass Teresa als Sündenbock angeprangert wurde. Auf diese Weise kämen sie aus der Schusslinie. Michaelis war ein derartiges Verhalten zuzutrauen, doch Sänger ...?

Sollte sie sich so sehr in ihm getäuscht haben?

Teresa wurde unruhig; Schweiß trat ihr auf die Stirn, ihre Hände begannen zu zittern. Die Wut der Menschen schien sich auf sie zu konzentrieren.

Wie war das möglich?

Schon früher hatte sie es zugelassen, als Zielscheibe für den Frust anderer herzuhalten, doch diesmal fühlte es sich an, als würden die Sünden der ganzen Welt auf ihren Schultern lasten.

Die Zeremonie wurde zu einer Farce.

Drei Reihen vor ihr drehte sich eine Frau zu ihr um und schüttelte vorwurfsvoll den Kopf. Teresa fuhr es durch Mark und Bein, doch eine Verwechslung schien ausgeschlossen. Es war ihre ... Mutter, die dort saß. Wieso war sie hier? Das war typisch, dachte Teresa. Irgendwie war es ihr gelungen, sich Zutritt zu verschaffen, um ...?

Du hast schon wieder versagt, Resi. Entweder läufst du weg, oder du versagst ...

Unruhig rutschte Teresa auf ihrem Stuhl hin und her. Sie blickte sich um. Die große Doppelflügeltür war geschlossen, doch das würde sie nicht aufhalten. Es kam ihr vor, als hätten sich alle gegen sie verschworen. Diese starren Gesichter, die vorwurfsvollen Blicke, das anklagende Getuschel, und dann noch ihre Mutter, die sie zu verfolgen schien: All das war zu viel, um der Trauerfeier noch länger beizuwohnen.

»Ich verlasse den Saal«, raunte sie Sänger zu, der ihr irritiert zunickte.

Ihr Blick fiel ein letztes Mal auf die Reihen der Särge, dann wollte sie sich erheben, um dem Albtraum zu entfliehen, doch im selben Moment gefror ihr das Blut in den Adern, denn schreckliche Dinge geschahen.

Teresa war unfähig, sich zu bewegen. Wie paralysiert starrte sie auf die Särge der Kinder, deren Deckel sich zu bewegen schienen.

Sie glaubte nicht, was sie sah, doch als mehrere Kränze und Blumenschmuck von den Behältnissen herunterrutschten und einer der schweren Holzdeckel krachend auf dem Tribünenboden landete, überkam sie das blanke Entsetzen.

Das kann nicht sein …!

Nach und nach hob sich ein Deckel nach dem anderen. Ein ohrenbetäubender Lärm erfüllte die Halle, Holz zersplitterte und barst, die Gestelle mit den Fotos der Verstorbenen fielen wie Dominosteine um, und das Geschrei der Gäste vermengte sich mit der Trauermusik, die falsch und verzerrt klang.

Eine bleiche Hand reckte sich aus einem der Särge. Orientierungslos griff sie in die Luft, so als suchte sie einen Halt, um den Rest des Körpers hochzuziehen. Überall erschienen suchende Hände aus den Särgen, und plötzlich erhob sich einer der scheinbar toten Körper wie von Geisterhand.

Die Halle verwandelte sich in einen Hexenkessel.

Immer mehr der toten – oder scheintoten – Körper erhoben sich, und als alle zweiundzwanzig Kinder in ihren Särgen saßen, mit leblosen, glasigen Augen, blutleeren Leibern und in weiße Totengewänder gehüllt, streckten sie die Arme aus und zeigten auf ... Teresa.

Sie ist schuld, sie ist schuld ... riefen sie im Chor. *Die Polizistin ist schuld, sie hat uns auf dem Gewissen* ...

Ihre anklagenden Stimmen klangen metallisch und blechern, so als würden sie aus kaputten Lautsprechern dröhnen.

Alle Blicke richteten sich auf Teresa.

Jeder hier im Saal wusste nun Bescheid. Die toten Kinder gaben keine Ruhe; ohne Unterlass wiederholten sie ihren Vorwurf und einige der Gäste stimmten bereits in das Wehklagen der Opfer mit ein.

Sogar Teresas Mutter beteiligte sich.

Das ist ein abgekartetes Spiel, dachte Teresa. Vielleicht eine Inszenierung von Michaelis, der sie fertigmachen wollte. Eine Fake-Trauerfeier, eine ausgeklügelte 3-D-Animation, so wie die vom Computer erzeugten Abbilder der Tatorte, die sie im Präsidium auf der Leinwand betrachten und sogar virtuell begehen konnten. Eine perfekte Täuschung, die perfider nicht sein konnte.

Vielleicht hatte ihr jemand Drogen verabreicht? Eine Halluzination oder ein massenhysterisches Ereignis, denn alle Gäste hier in der Halle verhielten sich seltsam. Dann käme ein berauschendes Gas in Frage, schließlich atmete jeder der Gäste dieselbe Luft ein, und Teresa wusste: Es gab gasförmige Substanzen, unsichtbar und geruchsfrei, die Halluzinationen hervorrufen konnten.

Doch warum sollte jemand so etwas tun? Und wer?

Vielleicht … DESTRUK? Was war das für ein Wort? Wofür stand es? Teresa überlegte fieberhaft. Wo hatte sie dieses Wort schon mal gehört? Warum kam es ihr gerade jetzt in den Sinn?

DESTRUK … ein fluides Netzwerk …?

Wer verbarg sich dahinter? Waren das … Mörder?

Wenn ja, dann bestand die Möglichkeit, dass …

Eine Gasvergiftung, die Halluzinationen hervorrief, und dann, wenn das Gas im Körper seine eigentliche Wirkung entfaltete, zum Tode führte. Natürlich …, das hier war ein Anschlag! Sie alle waren in Gefahr. Das Gebäude musste evakuiert werden – und zwar sofort!

Sie wollte aufstehen, um das Podium zu betreten. Schließlich war es an der Zeit, eine Durchsage zu machen, damit keine Panik ausbrach, und um eine geordnete Evakuierung zu ermöglichen. Irgendjemand musste das in die Hand nehmen …

Doch sie konnte nicht aufstehen, denn ihre Unterarme waren mit Klebeband an den Armlehnen fixiert.

Teresa wollte schreien, sich Gehör verschaffen, doch der lärmende Tumult, ausgelöst durch die groteske Wiederauferstehung der toten Kinder, übertönte all ihre Bemühungen.

Du musst diese Wahnbilder überwinden, trieb sie sich in Gedanken an und versuchte, die Augen zu schließen. Ein kalter Atem im Nacken ließ ihr das Herz bis zum Halse schlagen. Jemand stand hinter ihr. Er griff Teresa brutal in die Haare und drückte ihr kleine Klebebänder unter die Augen, an denen spitze Nadeln befestigt waren. Wenn sie jetzt versuchte, die Augen zu schließen, stachen ihr die Nadeln in das Oberlid.

Sie war dazu verdammt, mit offenen Augen auf die Geschehnisse vor sich zu starren, unfähig, die Klebestreifen zu entfernen, da ihre Arme am Stuhl gefesselt waren. Immerzu fiel ihr Blick auf die Tribüne mit den Särgen, aus denen die toten Kinder auf sie einschrien.

Sie ist schuld, sie ist schuld ... sie hat uns auf dem Gewissen ... sie ist schuld ...

Teresa geriet in Panik.

Ihre Augen begannen zu brennen. Sie schrie um Hilfe, doch niemand schien sie zu hören. Sie versuchte, sich zu befreien, zerrte und riss, doch irgendetwas blockierte ihren gesamten Körper. Es fühlte sich an, als wären auch Nadeln in ihrem Arm, und sie versuchte, sie herauszuziehen, doch da waren Hände, die sie daran hinderten.

Behutsame Hände ... und Stimmen.

Teresa stöhnte ...

Plötzlich war eine tiefe Schwärze um sie herum. Die Nadeln, das Klebeband, die Gäste der Trauerfeier, die Särge mit den Kindern: Alles war der Schwärze gewichen, die sie zu ersticken drohte.

»N-N-N-N-EIN!«, schrie sie wie von Sinnen.

Keine Angst, es passiert Ihnen nichts ...

»Bitte ... ich ... lasst mich in ... Ruhe.«

Sie sind in Sicherheit, wachen Sie auf, dann geht es Ihnen besser ...

Aufwachen? Nicht denken. Nur aufwachen ...

Wie fühlen Sie sich ...?

Teresas Wahrnehmung veränderte sich. Über ihrem Kopf schien ein schwaches Licht zu schweben.

Nicht denken. Nur aufwachen ...

Das Licht pulsierte.

»Hm ... mein Kopf, es tut so weh ...«

Teresa ... machen Sie die Augen auf ...

»Ah! Ah! Es tut so weh ... ich kann nicht ...«

Das ist normal. Ich erhöhe vorübergehend die Dosis über den Perfusor, sagte eine Frauenstimme.

Aufwachen ...

Die Welt gewann an Konturen. Der Nebel verzog sich. Langsam formten sich Bilder. Ein Bündel grellbunter Farben, die wässrig ineinander zu laufen schienen, prangte vor ihrem Gesicht. *Blumen ...?*

Teresas Augenlider zitterten, während ihre Sinne in die Wirklichkeit zurückkehrten. Sie fühlte sich unendlich schwach, doch langsam, sehr langsam realisierte sie, dass dies ein Krankenhauszimmer war, in dem sie sich befand.

Ein Mann räusperte sich; er wollte etwas sagen.

Lassen Sie ihr noch Zeit, sagte die Frauenstimme. *Sie ist sehr schwach.*

»Hmm.« Der Mann nickte.

Eine Stunde später erblickte Teresa ein verschwommenes Gesicht, das sie an Otto Sänger erinnerte. Der Kriminaloberrat hielt einen Teller in der Hand, darauf ein überdimensionales Stück Käsekuchen. Mit vollen Backen verzog er die buschigen Brauen, als wollte er sagen: *Teresa, hätten Sie nicht noch etwas warten können mit dem Aufwachen?*

»Was ... machen Sie hier?«, fragte Teresa mit brüchiger Stimme.

»Auf Sie aufpassen«, erwiderte Sänger mit vollem Mund. Er stellte den Kuchen beiseite und beäugte seine Kollegin, die in einem Krankenhausbett lag und einen dicken Verband um den Kopf trug. »Außerdem könnte man sagen, dass ich hier in der Klinik wohne, da meine Frau des Öfteren hier behandelt wird.«

»Wie praktisch«, stöhnte Teresa. »Die riechen übrigens schrecklich, Chef. Bringen Sie sie raus. Bitte …«

»Was, die Blumen?«

»Ja … bitte.«

Während Sänger die Blumen im Bad neben das Klo stellte, kamen Teresas Erinnerungen bruchstückhaft zurück. *Mein Gott, die Kinder! Alle tot? Diese schreckliche Trauerfeier! War das wirklich geschehen?*

Als Sänger wieder neben ihr saß, brachte sie keinen Ton heraus. Die Angst drohte ihren Kopf zum Bersten zu bringen; die Schmerzen wurden unerträglich.

Sänger schien ihr Leid zu spüren.

»Sie müssen einen schrecklichen Traum gehabt haben, als die Wirkung der Narkose nachließ. Aber jetzt geht es wieder bergauf.«

Teresa liefen Tränen aus den Augen. »Die Kinder? Sind sie alle …?« Während sie das sagte, sah sie so hilflos und verletzlich aus, dass Sänger feuchte Augen bekam.

»Nein …, um Gottes willen, NEIN!«, sagte er schnell. »Den Kindern ist nichts geschehen. Auch den Erzieherinnen nicht. Sie sind alle wohlauf.«

Teresa konnte es nicht glauben.

Nur ein Traum? Ein böser Albtraum …

»Wirklich …?«, fragte sie ungläubig und griff zum Wasserglas.

Sänger half ihr, denn Teresa war nicht imstande, das Glas aus eigener Kraft zu halten.

»Selbstverständlich, Teresa«, beteuerte Sänger und verkniff sich ein Grinsen. »Warum sollte ich Ihnen was vormachen? Sie haben alle gerettet und werden als Heldin gefeiert. Sie glauben gar nicht, was da momentan los ist. Die Presse überschlägt sich förmlich. In der Psychiatrie haben wir Notizen von Brechter gefunden, aus denen hervorgeht, dass er vorhatte, alle Kinder zu töten. Stellen Sie sich das mal vor.«

»Das ist alles so –aua!– unwirklich«, sagte Teresa und tastete an ihrem Kopfverband. »Mein Kopf tut höllisch weh.«

»Kann ich Ihnen nachempfinden«, entgegnete Sänger diplomatisch. »Übrigens: Draußen auf dem Flur sitzen Ihre Eltern. Soll ich sie reinholen?«

»Nein!«, sagte Teresa wie aus der Pistole geschossen. »Erzählen Sie mir erst, was passiert ist.«

»Nun ja …«, druckste Sänger herum, »Sie hatten eben den richtigen Riecher. Während sich alle Kräfte auf den Albtraummörder in Langenhorn konzentrierten, haben Sie Brechter per Handyortung nach Poppenbüttel verfolgt. Und dort in der Kita das Schlimmste verhindert.«

»Calastana …«, hauchte Teresa kaum hörbar.

»Ja, Calastana!«, echote Sänger und fügte hinzu: »Der Mann ist tot. Glücklicherweise.«

In Teresas Augen spiegelte sich blanke Panik. »Was ist dort mit den Kindern geschehen? Ist jemand zu

Schaden gekommen?«

Sängers Gesicht verfinsterte sich. »Den Kindern glücklicherweise nicht«, antwortete er, »aber zwei von den Erzieherinnen sind umgekommen. Und einer der Streifenpolizisten wurde verletzt. Aber der Spuk ist jetzt endlich zu Ende.«

»Schrecklich …!«

»Ja, Calastana wollte eines der Kinder, einen Jungen, entführen«, sagte Sänger, griff wieder zur Kuchengabel und fuhr fort: »Polizeihauptmeister Leimann, einer der Streifenpolizisten, hat ihn mit einem gezielten Todesschuss in den Kopf direkt am Ausgang des Kindergartens zur Strecke gebracht. Und ihm das Kind gleich entrissen. Der Junge hat es gar nicht richtig mitbekommen.«

»Finaler Rettungsschuss!«, staunte Teresa.

»Genau. Dafür braucht man gute Nerven.«

»Wir hätten das in Langenhorn verhindern müssen«, bedauerte Teresa. »Zwei tote Frauen …«

»Nun gehen Sie mal nicht so hart mit sich ins Gericht«, hielt Sänger ihr entgegen. »Durch Ihren Einsatz wurde das schlimmste Drama verhindert, das diese Republik je gesehen hätte. Der Wahnsinnige war drauf und dran, all die Kinder und ihre Erzieherinnen zu ermorden.«

Teresa verzog vor Schmerzen das Gesicht.

»Was ist da eigentlich passiert?«

»Erinnern Sie sich?«

Natürlich. Vor Teresas geistigem Auge tauchte der Mann mit dieser scheußlichen Maske und der Waffe in der Hand auf.

Brechter alias Möller, das Ungeheuer.

Sie hatte ihn dazu gebracht, zuerst zu schießen, und dann …?

»Er schoss auf mich und ich feuerte zurück. Ich wurde … getroffen«, begann Teresa stockend, »dann sah ich die Decke über mir und alles wurde schwarz.«

»Das konnten wir anhand der Spuren rekonstruieren«, ereiferte sich Sänger. »Sie haben Brechter äh … alias Möller im Flurbereich gleich hinter dem Eingang gestellt. Es kam zu einem Schusswechsel; insgesamt haben wir sieben Hülsen gefunden. Ihre Schutzweste hat Ihnen zunächst das Leben gerettet, doch dann haben Sie sich einen Treffer am Kopf eingefangen.«

Sie schwiegen eine Weile. Sänger schaute betroffen drein.

»Ist es schlimm?«, fragte Teresa, und in ihrer Stimme schwang Unsicherheit mit. »Werde ich je wieder gesund werden?«

»Die haben die Kugel aus Ihrem Kopf herausgeholt«, sagte Sänger mit einer Selbstverständlichkeit, als wäre es ein Splitter im Daumen gewesen. »Da sind Sie bestimmt bald wieder auf den Beinen. Aber sprechen Sie mit den Ärzten, ich darf ja eigentlich nichts sagen.«

Teresa nickte mit schmerzverzerrtem Gesicht.

»Und was ist mit Brechter?«, fragte sie neugierig. »Hab ich ihn getroffen? Ist er tot, Chef?«

»Brechter ist während einer Not-OP gestern hier im Krankenhaus verstorben«, antwortete Sänger und kratzte sich an der Nase. »Übrigens: Ich bin nicht mehr Ihr Chef. *Sie* übernehmen jetzt den Laden«, sagte er bedeutungsschwer und fügte augenzwinkernd hinzu:

»Wenn Sie wieder fit sind.«

Teresa ging nicht darauf ein.

»Brechter ist tot ...?« Sie starrte Sänger ungläubig an, so als wollte sie nicht wahrhaben, was geschehen war. »Irgendwie tut er mir leid, schließlich war er krank und nicht verantwortlich für ...« Ihre Stimme versagte.«

»Sie haben natürlich recht«, bestätigte Sänger und runzelte die Stirn. »Doch denken Sie auch an die unschuldigen Kinder, die dadurch gerettet wurden. Glauben Sie mir, es ist besser so.«

»Trotzdem ist es frustrierend«, sagte Teresa und seufzte schwermütig. »War er denn noch bei Bewusstsein? Oder war die Verletzung zu schwer?«

»Herzschuss!«, antwortete Sänger knapp und zuckte mit den Schultern. »Trotz der OP war nichts mehr zu machen. Kurz vorher hat er noch nach Ihnen verlangt, aber sie lagen ja selber ...« Den Rest des Satzes ließ er in der Luft hängen.

»Ich würde einiges darum geben, zu erfahren, was er mir sagen wollte«, sagte Teresa, der Resignation nahe.

»Wir werden es nie erfahren«, antwortete Sänger. »Jedenfalls ist der Fall jetzt abgeschlossen.«

Teresa nickte lethargisch.

»Die Hölter hat er übrigens bestialisch erwürgt«, platzte es aus Sänger heraus. »Mit einem seilartigen Strangulationswerkzeug. Brechter hat dabei so fest zugezogen, dass beide Oberhörner im Kehlkopf gebrochen waren.«

Teresas Gedanken schweiften ab.

Eine bleierne Müdigkeit legte sich über sie, zwang sie, die Augenlider zu schließen, und nur unter großer Anstrengung schaffte sie es, die Augen noch einmal ein Stück weit zu öffnen. Sänger saß da, und seine Silhouette schien sich aufzulösen.

Nur schlafen ... Fragen, so viele Fragen ...

Erst schlafen, nur ein bisschen ...

»DESTRUK ...?«, hauchte sie kaum hörbar. »Kennen Sie ...?«

Sänger beugte sich vor. »Wie bitte?«

»Kennen Sie es? Dieser Name ... das fluide Netzwerk ... DESTRUK ...?«

Sänger schüttelte den Kopf. »DESTRUK? Nie gehört.«

»Wir müssen ... ermitteln, was dahintersteckt«, sagte Teresa mit letzter Kraft. »Brechter erwähnte diesen Namen. Wir müssen ...«

»Ich weiß, ich weiß«, erwiderte Sänger mit fürsorglicher Stimme. »Sie werden es herauskriegen, Teresa. Nein, Sie lassen nicht locker, denn es ist Ihre Bestimmung. Sie können gar nicht anders, und ich bewundere das, wirklich, denn Sie sind – wie waren noch Ihre Worte? – stets bestrebt, die Interferenzen des Lebens aufzulösen, *damit sich die Dinge in der Waage halten.* So ist es doch richtig, Teresa, oder?«

Teresa antwortete nicht.

Vermutlich hätte sie gestaunt, denn selten hatte sie Sänger so viel am Stück reden gehört, doch Teresa konnte seine Worte nicht mehr wahrnehmen.

Nur schlafen ... ganz kurz ...

Und dann ...

EPILOG

Ihre Bemühungen sind zwecklos.

Ich spüre das, doch okay, sie kämpfen immer, auch in praktisch aussichtslosen Fällen, bis auf dem Monitor nur noch eine gerade Linie zu sehen ist.

Von oben betrachtet sieht der Kampf nüchtern aus, fast langweilig. Ist das jetzt der Beweis für das Jenseits? Eine außerkörperliche Erfahrung!

Ich schwebe über meinem geschundenen Körper und beobachte das OP-Team dabei, wie es die Kugeln aus meinem Körper entfernt und doch den Kampf verliert.

Das hat etwas Endgültiges, ja Befreiendes an sich.

Es fühlt sich gut an. Alles fällt ab, es gibt keine Tragödien und keinen Ballast mehr.

Ich sehe einen Ball ... und Freunde, gute Freunde. Es macht Spaß. Ich bin wieder ein Kind und träume von Superhelden und Turniersiegen. Ich sehe die Bilder meiner Jugend: Partys, Schule, Idole und meine Mutter. Musik, Filme, endlose Diskussionen mit Freunden, die einer nach dem anderen verblassen. Meine erste Freundin, mein erstes Mal, mein erster Rausch, mein erstes Auto. Irgendwann schmilzt sie dahin: die Unbeschwertheit der Jugend.

Ich sehe Pflichten und Verantwortung, aber auch neu gewonnene Freiheiten. Der Job, meine Frau, Urlaube und Konflikte, die mich stärker machten.

Dann geschieht etwas Schleichendes. Ich interpretiere sie falsch: die Signale meiner Metamorphose. Meine Seele zerspringt; grauenvolle Dinge geschehen, die ich, oder etwas in mir, zu verantworten habe.

Jetzt, im Angesicht des Todes, ist all das ohne

Bedeutung. Ich bin nur noch der, der ich früher einmal war.

Es fühlt sich an, als wenn meine Seele sich gehäutet hätte. Da ist dieser kristallklare Kern, der zum Vorschein kommt und … wartet. Auf eine neue Chance im Kreislauf der universellen Kräfte.

Was es auch ist, ich bin bereit …

ANMERKUNGEN DES AUTORS

»Der Albtraummörder« ist eine in sich abgeschlossene Geschichte, doch es gibt immer einen Nährboden, auf dem die Saat des Bösen wächst. Um mehr über die Hintergründe der geschilderten Ereignisse zu erfahren, lesen Sie meine Thriller »Der Modellbauer« Teil 1 und »Der Pakt des Terroristen« Teil 2 aus der Daniel-Brechter-Trilogie.

Bücher von Gerald Gräf

Thriller
»Der Albtraummörder«
»Der Pakt des Terroristen«
»Der Modellbauer«
»Gottes unsichtbare Armee«

Science-Fiction-Drama
»Der Schatten von Apophis«

Biografie
»Die Liquor-Strategie«
»Wo bitte geht's denn hier zum Leben?« (zusammen mit meiner Partnerin Iris Lewe)